안녕,
샌디에이고

복일경 지음

안녕,
샌디에이고

한국과 미국을
바라보는
이방인의 시선

ByBooks

어린 시절 저에게 미국은 카우보이와 금발 공주들의 나라였습니다. 하지만 멀게만 느껴졌던 그곳은 이제 초등학생들도 쉽게 드나드는 가까운 나라가 되어 있습니다. 그렇기에 미국의 문화와 삶을 이야기한다는 것은 '영어를 잘하는 비법'만큼이나 식상하고 재미없는 일일지도 모릅니다. 그럼에도 십 년 넘게 살았던 미국, 샌디에이고에서의 저의 삶을 털어놓는 이유는 여행이나 관광을 통해 알 수 없는 미국 문화를 좀 더 깊이 들여다보고, 나아가 우리 문화를 되돌아보기 위함입니다.

한국에 돌아와서야 알게 되었습니다. 익숙해서 당연하게만 여겼던 우리의 생활습관이 곧 문화였다는 것을. 또한 그 안에는 아름답고 소중한 것들도 있지만, 그렇지 않은 것들도 있다는 사실을 말입니다. 이제 이방인의 시선으로 바라본 저의 이야기들을 통해, 여러분 역시 우리의 삶 속에 깃든 습관과 문화를 새로운 시선으로 바라볼 수 있게 되기를 소망합니다.

　끝으로 저의 모든 이야기의 주인공인 남편과 두 딸에게 이 책을
바칩니다.

2019년 가을 복일경

차례

Chapter 3. 엄마들의 낙원, 아이들의 천국

Chapter 4. 즐거운 인생, 신나는 교실

Chapter 7. 우리는 모두 이웃사촌

chapter 1

헬로우, 샌디에이고

#1.
역마살의 시작

비행기가 LA 공항으로 들어서는 동안, 나는 어릴 적 들었던 할아버지 말씀을 되새기고 있었다. 그날 할아버지께선 여름방학을 맞아 시골집에 내려와 있던 오빠와 나를 불러 앉히신 다음, 벽장에서 오래된 책 하나를 꺼내셨다. 금방이라도 바스러질 것 같은 그 낡은 책을 잠시 들여다보신 할아버지께서는 손가락을 짚어가며 연신 뭔가를 중얼거리셨다. 그 앞에 앉은 오빠와 나는 감히 숨소리도 내지 못한 채 할아버지 말씀이 떨어지기만을 기다리고 있었다.

"허, 둘 다 역마살이 있구면."

"역마살이 뭔데요, 할아버지?"

"그것이 뭐다냐, 여기저기 돌아다닌다는 말이여."

"그럼 안 좋은 거예요?"

"글씨, 기집한텐 별로지 싶다만. 헌디 시방은 세상이 많이 변했응께, 괜찮겠지. 어찌 됐든 간에 둘 다 항상 몸조심 혀. 알것냐?"

"네, 할아버지."

고작 초등학교 2학년이었던 그때, 나는 역마살이란 게 뭔지, 대체 어딜 돌아다닌다는 것인지 아무것도 알지 못했다. 하지만 마치 마법사의 예언과도 같았던 할아버지 말씀과 그날의 분위기만은 오래도록 내 안에 남아 있었다. 그런 할아버지 말씀을 증명기라도 하듯, 먼저 대학생이 된 사촌오빠는 세계의 나라들을 부지런히 헤집고 다녔다. 영국에 있는 줄만 알았던 오빠는 미국이라며 전화 연락을 해왔고, 중국과 아프리카까지 섭렵하더니 결국 두바이에 자리 잡았다.

그처럼 할아버지의 예언은 사촌 오빠에게 척척 들어맞았던 반면, 이상하게도 나에겐 영 신통력을 발휘하지 못했다. 대학 시절 친구들과 그 흔한 배낭여행 한 번 다녀오지 못했던 내게, 역마살은 졸업을 앞두고 다녀온 일본 여행만을 한 번 허락했을 뿐이었다. 할아버지의 예언이 왜 나만 비껴갔는지 섭섭해하며 집과 회사만을 오가던 사이, 나는 어느덧 남편을 만나 결혼하게 되었다. 하지만 그것이 '역마살의 시작'이었다는 것을 나는 전혀 깨닫지 못했다. 신혼여행에서 돌아와 남편과 함께 어학연수를 나설 때도, 유학 준비를 위해 버클리에서 지낼 때도 역시 마찬가지였다. 남편의 교수와 함께 샌디에이고로 갈 때쯤에서야 서서히 들었던 생각, 즉 어쩌면 쉽게 한국으로 돌아갈 수 없으리란 예감은 결국 현실이 되고 말았다.

사실 내가 바랐던 건 단순한 여행일 뿐이었다. 낯선 곳, 낯선 사람들이 주는 자유로움을 만끽할 수 있는 정도의 여행, 적당히 외국물 좀 먹었다고 거들먹거릴 수 있을 정도의 여행이면 내겐 충분했다. 하지만 할아버지께서 '여기저기 떠돌아다닌다'고 말씀하셨던 예언의 의미는 결코 단순한 여행이 아니었다. 그것은 오히려 십 년 넘게 한국에 돌아갈 수 없다는 저주에 가까웠다는 것을 나는 착륙하는 비행기 안에서야 깨달았던 것이다.

내가 늘 '유배지'라고 불렀던 샌디에이고는 사실 휴양지에 더 가까운 곳이다. LA에서 차로 두 시간 거리에 있는 그곳은 미국의 서남쪽 끝단에 있고, 일 년 내내 화창한 날씨가 이어지는 매력적인 도시다. 게다가 멕시코 국경까지 삼십 분도 채 걸리지 않아, 맘만 먹으면 '카보 산 루카스'와 같은 세계적인 휴양지에서 하룻밤을 보낼 수 있는 곳이기도 하다. 하지만 내게 샌디에이고란 아름다운 여행지나 화려한 휴양지와는 거리가 먼, 초라하기 짝이 없는 내 삶의 주소지였을 뿐이었다. 그렇게 내가 할아버지의 말씀을 예언이 아닌 저주로 받아들인 데는 몇 가지 이유가 있었다. 그 첫 번째 이유는 샌디에이고에서의 삶이 나의 의지와는 무관하게 시작됐다는 점이다. 결혼이 임박해 결정된 남편의 유학은 이제 막 물오르기 시작한 나의 사회경력을 산산조각 내버렸다. 잘 나가는 커리어우먼까지는 아니더라도 직속 후배 사원을 거느리고 대리 승진을 앞두고 있었던 나는 결혼과 함께 회사를 떠나야만 했다. 그때만 해도 남편의 유학이 내게 새로운 기회를 마련해줄 거라고 여겼기에 나는 회사에 크게 미련을 두지는 않았다. 하지만 나날이 높아져 가는 집세에 떠밀려 이사와 아르바이트를 반복해야 했던 나는 삶이란 어디를 가나 비슷하다는 깨달음을 얻었을 뿐이었다.

또 다른 이유는 궁색하기 짝이 없었던 우리의 이사 모습 때문이었

안녕, 샌디에이고

다. 명품 가방 몇 개만 달랑 들고 공항을 드나들던 사촌 오빠와는 달리, 우리 부부는 낡은 중고차에 짐을 한가득 실은 채 이사를 다녀야만 했다. 살림이라고 해봤자 한국에서 가져온 야외용 취사도구와 옷가지가 전부였지만, 전 세입자가 버리고 간 양념 통들부터 쓰다 남은 두루마리 휴지까지 챙겨 넣은 가방은 언제나 터지기 일보 직전이었다. 게다가 일 년에 한두 번 내릴까 말까 했던 샌디에이고의 비는 우리의 이삿날에 맞춰 내리곤 했다.

그처럼 저주스럽기만 했던 역마살은 샌디에이고에 와서도 우리 곁을 절대로 떠나지 않았다. 한국에 비해 결코 고급 주거지가 아닌 미국의 아파트는 단독주택을 구매할 돈이 없거나 우리처럼 오래 머물지 않는 유학생들을 위한 주거지였다. 여건에 따라 가격도 천차만별이어서 새 학기가 시작되는 8월과 9월은 그야말로 아파트 전체가 이사로 몸살을 앓을 정도였고, 우리는 해마다 오르는 집세를 피해 수도 없이 이삿짐을 꾸려야 했다. 그런 와중에 태어난 연년생의 딸들은 우리의 이사 형태를 바꿔 놓았다. 늘어난 아이들 짐을 싣고 나르기 위해 우리들의 낡은 중고차는 물론 작은 트럭까지 동원되기 시작한 것이다. 물론 이사에 드는 힘과 비용도 나날이 늘어만 갔다. 집세 말고도 이사의 또 다른 이유를 갖게 된 우리 부부는 점점 더 '이사의 달인'이 되어 갔지만, 집은 학교에서 계속 멀어져만 갔다.

할아버지의 예언은 좀처럼 내 곁을 떠나지 않았다. 어느새 남편과 두 딸에게까지 손을 뻗친 역마살은 결국 가족 모두의 삶을 흔들어대기 시작했다. 뿌리내리지 못한 삶이 힘겨워질 때마다 나는 돌아가신 할아버지를 떠올렸다. 제발 그 저주를 풀어달라고, 어디라도 좋으니 제발 머무르게만 해달라고 빌고 또 빌었다. 하지만 내 삶에 찰거머리처럼 붙어있던 역마살은 오히려 삶의 방향마저 바꿔버리곤 하였다.

'자신을 죽일 정도로 엄청난 것이 아닌 이상, 고난은 나를 더욱 강하게 만든다'라는 니체의 말은 절대 거짓이 아니었다. 그토록 지겹기만 했던 역마살이, 실은 나와 가족을 강하게 만들어 주었음을 나는 오랜 시간이 흐른 뒤에야 알게 되었다. 언제인지도 모르게 얻게된 것들, 즉 짐을 쌓아두지 않는 간결한 삶의 형태와 낯선 환경에 대한 자신감은 우리로 하여금 언제라도 훌훌 털고 떠날 수 있게 해 주었다. 세상 어디에 가도 적응하며 살아갈 수 있는 용기를 역마살이 주었던 것이다. 수많은 이사로 단련된 우리 부부는 그 어떤 물건에도 애착을 두지 않는다. 최소한의 가구와 옷가지만으로 살아가기에 불필요한 물건을 쌓아두는 법도 없다. 그럼에도 뭔가를 가져야만 하는 상황이 생기면 반드시 다음 임자를 매겨두곤 한다.

나의 두 딸 역시 마찬가지다. 어려서부터 낯선 환경과 새로운 언어에 단련되어서인지, 딸들은 어디를 가더라도 두려워하는 기색이 전혀 없다. 다음엔 카자흐스탄으로 가게 될지도 모른다는 남편의 말에 재빨리 세계지도를 펼치는 두 딸은 어딜 가더라도 성당과 맛집을 찾을 수 있을 거란 말로 오히려 나와 남편을 위로했다. 이처럼 오래된 집시들이나 품었을 법한 방랑벽은 삶을 바라보는 우리들의 시선과 태도마저 바꾸어 놓았다. 덕분에 삶은 어디에서나 비슷하게 꾸려지게 마련이라는 것, 중요한 것은 장소가 아닌 우리들의 마음이라는 것을 깨달은 나는 그 어느 때보다도 편안한 마음으로 추억을 보듬고 있다.

안녕, 샌디에이고

#2.
보이지 않는 벽

샌디에이고에 살면서 우리에게 가장 큰 고민거리는 뉴욕과 맞먹는 비싼 집세였다. 남편 학교로부터 장학금과 생활비를 지원받는 데다 시댁 부모님 역시 매달 생활비를 보내 주고 계셨지만, 샌디에이고의 높디높은 집세와 생활비를 감당하기엔 역부족이었다. 아파트 계약이 만료되는 팔월이면 나와 남편은 렌트비가 낮은 아파트를 구하기 위해 샌디에이고 전역을 돌아다니곤 했다. 하지만 인터넷과 지역 정보지를 탈탈 털어 찾아낸 것은 저렴한 아파트가 아닌, 샌디에이고에 드리워져 있던 '보이지 않는 벽'들이었다.

인터넷에서 시원시원한 집 구조에 비해 렌트비가 저렴한 아파트를 발견한 우리는 망설일 것도 없이 오피스에 전화를 걸었다. 하지만 약속한 시각보다 일찍 도착한 우리는 뭔가 심상치 않은 기운을 느꼈다. 아파트를 나가는 젊은 남자도, 문을 열고 들어가는 할머니도, 심지어 창을 내다보는 아이들조차도 모두 흑인이었기 때문이다. 게다가 그들은 일제히 우리를 쳐다보고 있었다. 따가운 시선 속에서 괜히 시계만 들여다보던 우리는 말로만 들었던 흑인 동네가 엄연히 존재한다는 사실은 물론, 집세가 유난히 저렴한 데는 그만한 이유가 있다는 것을 깊이 깨달을 수밖에 없었다.

잠시 후 전화를 받고 도착한 오피스 직원은 우리를 보자 더욱 놀란 눈치였다. 그녀는 애써 웃음을 지어 보이며 악수를 건네긴 했지만, 별로 추천하고 싶진 않다는 말로 우리를 되돌려 보냈다. 따가운 눈총 속에서 벌렁거리는 심장을 추스를 새도 없이 그곳을 빠져나온 우리는 간신히 집에 도착했다. 그리고 집 안에 들어서자마자 라면 끓일 물을 올렸다. 말없이 라면을 먹고 국물까지 모두 들이킨 후에야 남편과 나는 입을 열기 시작했다. 정말이지 간이 떨어져 나가는 줄 알았다고, 숨도 제대로 쉬지 못했다고 말이다. 서로를 애써 위로한 남편과 나는 다음부터는 가격과 함께 주변 지역도 잘 알아보기로 굳게 다짐하였다.

우리의 실수는 거기서 끝나지 않았다. 가격에 앞서 주변 지역부터 샅샅이 알아봤던 두 번째 장소는 평범하게 생긴 4층짜리 아파트였다. 우선 동네부터 꼼꼼히 살폈던 남편과 나는 주변을 오가는 백인과 아시아인들을 보며 흡족해했고, 이어서 오피스 직원의 안내를 받으며 아파트 내부를 둘러보기 시작하였다. 하지만 엘리베이터에서 만난 사람들과 복도에서 마주친 사람들은 모두 젊은 남자들뿐이었다. 물론 평범해 보이는 얼굴과 옷차림의 사람들이었지만, 그 긴 복도를 지나면서도 흔한 아줌마 한 명 보지 못했다는 사실이 왠지 나를 불안하게 만들었다. 결국 불안함을 지울 수 없었던 나는 직원에게 대충 둘러댄 뒤, 아쉬워하는 남편의 손을 이끌고 아파트를 나왔다. 다음날 학교에서 헐레벌떡 돌아온 남편으로부터 나는 기막힌 소식을 전해 들었다. 다름 아닌 전날 둘러봤던 그곳이 베트남 갱단들이 모여 사는 아파트였다는 것이다. 신분조차 확인할 수 없는 남자들 때문에 살인과 사고가 끊이지 않아 오히려 주변에 거주하던 백인들이 손을 들고 나갔다고 했다. 남편의 이야기가 끝나자 나는 깊은 한숨을 내쉬었다. 남들은 싸고 좋은 아파트를 잘도 구하던데 우리는 왜 매번 그 모양인지 그저 답답할 뿐이었다. 그런 나의 마음을 알 턱이 없는 남편은 저녁 식사 내내 갱단들에 대한 이야기를 쉴 새 없이 늘어놓았다. 전설처럼 존재했던 러시아 갱단부터 현재 미국을 주름잡고 있는 베트남 갱단, 그리고 한참 세력을 키워나가고 있는 멕시코 갱단의 이야기까지, 마치 우리가 갱단들의 소굴 안에 들어와 있는 것만 같았다.

결국 우리는 학교에서도 가깝고, 백인들과 돈 많은 아시안들만 살고 있다는 제일 비싼 아파트로 이사했다. 그리고 비싼 집세를 충당하기 위해 나는 아르바이트를 시작했다. 물론 힘들고 고된 시간들이긴 했지만 우리의 결정을 결코 후회하진 않았다. 우리와 비슷한 과정을 거쳐 저렴한 아파트를 선택한 후배는 매일 아침 깨져 있는 차 유리를 갈아 끼워야 했고, 얼마 후엔 그마저도 사라져 버렸다. 또한, 옆집의 총격사건을 목격한 또 다른 후배는 계약금을 포기한 채 우리 옆으로 이사했고, 결국 방이 두 개였던 그곳엔 다섯 명의 후배들이 모여 살게 되었다. 화장실이 한 개라 불편하지 않냐는 나의 물음에 후배들은 그래도 무서운 것보단 낫다고 대답했다. 늘 두려움 속에서 긴장의 시간을 보냈던 후배들은 비싼 렌트비와 불편함을 감수하면서도 계속 그곳에 남아 있었다.

지중해의 산토리니처럼 생긴 그 아파트 안에는 럭셔리한 헬스장은 물론 큼지막한 수영장을 세 개나 갖추고 있었다. 멕시칸 청소부들의 부지런한 손길 덕에 항상 청결함과 우아함을 유지했던 그것들은 늘 두꺼운 책과 아르바이트에 짓눌려 있던 우리 부부에겐 그저 '그림의 떡'일 뿐이었다. 아파트엔 우리말고도 꽤 많은 아시안이 살고 있었지만, 그 아름다운 수영장과 헬스장을 차지하고 있는 건 언제나 백인들뿐이었다. 나는 그때부터 우리 앞에 둘러진 수많은 벽을 보게 되었다. 샌디에이고는 물론 미국 어디에나 존재했던 그 보이지 않는 벽은 흑인들과 백인들, 일본인과 베트남인들, 그리고 타국의 주눅 든 유학생들과 미국 학생들 사이를 갈라놓고 있었다. 그리고 그 벽에 끝에 서 있는 사람들은 언제나 미국의 백인들이었다.

그토록 살갑게 굴었던 그들이 벽을 치기 시작한 건 우리의 소비자적 삶이 끝나갈 무렵이었다. 아르바이트생이었던 내가 계약직 사원이 되고, 남편이 학교의 수석 자리를 차지하자 불편한 심기를 드러낸 그들은 우리 앞에 수많은 벽을 드리우기 시작했다. 인종, 언어 그리고 문화 등의 다양한 이름으로 세워진 그 벽들은 남편이 직장을 구하고 두 딸을 학교에 보내기 시작하면서 더욱더 위압을 가해왔다. 우리는 그들이 세워놓은 벽 안에서 매일 일을 하고 학교에 다녔다. 그들과 함께 일을 하고 수업을 받고 있었지만, 저녁이 되면 어김없이 벽 안으로 돌아와야만 했다. 그러한 벽들이 물리적으로 우리를 괴롭히거나 힘들게 한 것은 아니었다. 하지만 우리는 결코 그들과 같아질 수 없다는 암묵적인 사실과 그로 인한 소외감은 늘 우리를 주눅 들게 했다. 그나마 우리를 버티게 해 준 것은 아이들에 대한 희망이었다. 부모야 어찌 됐든 미국의 시민이었던 아이들은 반드시 그 벽들을 넘어서리라 믿었기 때문이었다. 아이들은 이방인이 아닌 주인이 될 수 있다는 희망, 어디서나 당당하게 자신의 권리를 내세울 수 있을 거란 희망 속에서 우리는 그들의 차가운 시선을 견딜 수 있었다.

정작 놀라운 것은 나 역시 비슷한 벽을 치고 있었다는 점이다. 애초 낯선 사람들에게만 드리웠던 나의 벽은 '우리'가 될 수 있는 사람과 없는 사람들 사이를 갈라놓더니, 급기야 사람들과 적당한 거리 유지를 위한 수단으로까지 이용되기 시작했다. 그 안에서 나는 늘 외롭고 쓸쓸했다. 벽을 세우기만 했지 무너뜨리는 법을 몰랐던 나는 그 좁은 공간 안에서 점점 시들어갔다. 우습게도 그 모든 벽을 무너뜨릴 수 있었던 것은 나의 '역마살' 덕분이었다. 샌디에이고에 적응해갈쯤 얼굴을 내민 역마살은 나와 가족을 또다시 낯선 곳으로 내몰았다. 덕분에 새로운 환경과 사람들에게 떠밀린 나는 어쩔 수 없이 벽을 허물어야만 했던 것이다. 낯선 사람들에게 길을 묻고, 멀게만 느껴졌던 동네 사람들과 친해지면서 두텁던 나의 벽은 조금씩 무너지기 시작했다. 벽이 없는 세상은 너무나 따뜻하고 편안했다. 이방인이라는 굴레 속에서 늘 소외감을 느꼈던 나는 이제 누구에게나 손을 내밀 수 있게 되었다. 사실 낯선 사람들이란 아무런 의미도 갖고 있지 않았다. 그저 처음 만난 사람들일 뿐, 한 번의 인사와 악수만으로도 언제든지 친구가 될 수 있다는 것을 나는 깨진 벽들 사이로 천천히 배워나갔다.

전 세계 74억 명의 사람 중에서 내가 만난 사람은 과연 몇 명이나 될까? 모르긴 해도 몇 천, 몇 백도 되지 않을 것이다. 그런데도 내게 맞는 사람들과만 어울리겠다고 벽을 친다면, 나는 대부분의 친구를 만나지 못했을 것이다. 이제 나는 두 딸에게 어떻게 벽을 넘어야 하는지보다 어떻게 벽을 허무는지를 가르치고 있다. 낯선 사람들에게 손을 흔들고, 먼저 다가가 이야기를 건네면서 말이다. 이로써 딸들은 알게 될 것이다. 벽이 없는 세상이 얼마나 우리를 행복하고 풍요롭게 하는지, 또한 얼마나 우리를 따뜻하게 만들어 주는지를 말이다.

안녕, 샌디에이고

#3.

크레이그리스트 Craigslist

https://sandiego.craigslist.org/

샌디에이고에서 남편과 내가 가장 제일 많이 드나들었던 곳은 아름다운 비치가 아닌, '크레이그리스트Craigslist'라는 인터넷 사이트였다. 1995년 샌프란시스코에서 '크레이그 뉴마크'란 사람이 시작했다는 이 온라인 사업장은 주택 매매와 구인과 구직은 물론, 중고 교환 등의 생활 정보를 제공하는 미국 최대의 온라인 사이트다. 사실 샌디에이고에서 우리의 삶은 크레이그리스트에서 시작해, 크레이그리스트로 끝났다고 해도 과언이 아니었다. 샌디에이고에 도착했을 때 빈손이었던 우리는 크레이그리스트를 통해 삶에 필요한 모든 것을 얻을 수 있었고, 떠나올 때는 그 모든 것들을 되돌려준 채 빈손으로 돌아왔다.

살기 위해선 참으로 많은 것들이 필요하다는 것을 우리는 샌디에이고에 와서야 알게 되었다. 그전까지 살았던 아파트들은 대강의 가구와 도구들이 갖추어진 곳이었기에 실상 우리가 가지고 있던 살림이라곤 밥그릇 두 개와 수저 두 벌이 전부였다. 하지만 샌디에이고 집은 냉장고와 세탁기를 제외하면 아무것도 없는 텅 빈 공간에 불과했다. 침대와 이불은커녕 밥솥조차 없었던 우리 부부는 크레이그리스트의 '무빙 세일moving sale'을 뒤지기 시작했다. 무빙 세일이란, 이사하는 사람들이 살림살이 전체를 내놓는 것을 말한다. 땅덩어리가 큰 미국에서는 가까운 곳이 아니면 이사비용이 더 들기 때문에 대부분의 살림살이를 정리하고 이사하는 경우가 많았다. 게다가 샌디에이고에는 들고나는 유학생들이 많아 크레이그리스트엔 그들이 올려놓은 자질구레한 물건들로 항상 북적대곤 했다. 하지만 우리가 샌디에이고로 이사했을 땐 이미 학기가 시작돼서 그런지 팔고 남은 몇 개의 물건들만 눈에 띌 뿐이었다.

그곳에서 한국인 부부를 만난 건 행운이었다. 크레이그리스트에 올라와 있던 사진 중에 우연히 한글을 발견한 나는 적힌 전화번호를 통해 그들과 연락하게 되었다. 긴 유학 생활을 마치고 한국으로 돌아가는 그들 부부의 살림 속엔 우리에게 필요한 모든 것들이 포함되어 있었다. 같은 한국인이라는 점과 남편의 대학 선배라는 점을 이용해 올려놓은 가격보다 100달러 이상을 깎은 나는 350달러에 그들의 살림살이 전부를 인수하기로 했다. 그 속엔 소파와 매트리스, 낡은 서랍장 두 개, 청소기 등이 포함돼 있었고, 밥통은 물론 크고 작은 접시들과 냄비 세트, 프라이팬 뒤집개 같은 부엌살림 일체가 포함되어 있었다. 낡기는 했어도 저렴한 가격에 그 모든 것들을 구매할 수 있게 된 우리는 특별히 그들을 배려하여 한국으로 돌아가는 전날까지 기다려 주기로 하였다. 약속한 날짜가 되자 우리는 작은 트럭 한 대를 빌려 그곳에 도착했고, 익숙한 솜씨로 이삿짐을 나르기 시작하였다. 얼마 후 트렁크 몇 개를 제외한 살림살이 모두를 싣고도 계속 두리번거렸던 남편과 나는 그들의 손에 들려 있던 빨간 담요까지 빼앗아 실은 뒤에야 트럭 문을 닫았다. 그리고 허탈해하는 그들을 향해 '부디 건강한 모습으로 한국에 돌아가시길 빈다'는 아주 정중한 인사를 마친 뒤 집으로 돌아왔다.

그것은 시작에 불과했다. 막상 이삿짐을 들이고 보니 마음에 들지 않는 것들이 한둘이 아니었다. 낑낑대며 실어온 소파 세트는 너무 커서 거실에 들어가지도 않았고, 몇 벌 되지 않는 옷들은 서랍장 한 개만으로도 충분했다. 결국, 남편과 나는 소파와 서랍장을 포함해 필요 없는 물건들을 되팔기로 결정했다. 그리고 집에 맞는 소파를 찾기 위해 또다시 크레이그리스트를 뒤지기 시작했다. 그렇게 우리 부부는 가지고 있던 가구들을 더 비싼 가격으로 되팔기도 하고, 손해를 보기도 하면서 마음에 드는 살림살이들을 구해나갔다.

어느 정도 살림을 갖추게 된 후에도 크레이그리스트를 찾는 우리의 손길은 계속해서 이어졌다. 어느새 사고 팔기에 재미를 붙인 나와 남편은 길에 버려진 가구만 보면 무조건 집으로 들여왔다. 그리고 약간의 리폼을 행한 뒤 사진을 찍어 크레이그리스트에 올렸다. 누군가에겐 쓰레기였지만, 누군가에겐 절실하게 필요한 물건이었던 가구들은 대부분 모두 좋은 가격에 팔려나갔다. 학교에서 돌아오면 나의 리폼 작업을 도와야만 했던 남편은 자기가 공부를 하러 온 건지 가구장사를 하러 온 건지 모르겠다며 구시렁대곤 했지만, 푼돈이라도 벌겠다는 나의 의지를 절대로 꺾지 못했다.

한국에 돌아와 잠시 신촌의 대학가 주변에 살게 됐을 때에도 나를 가장 들뜨게 만들었던 건 길거리에 버려진 가구들이었다. 멀쩡하게 생겼는데도 폐기물 딱지를 붙인 채 수거되어가는 가구들을 볼 때마다 나는 속상하고 안타까웠다. 미국이었다면 50달러, 100달러 정도는 충분히 받을 수 있는 가구들을 오히려 돈을 내고 버린다는 게 이해가 되지 않았다. 나는 버려진 가구들을 볼 때마다 당장이라도 집에 들여와 뭔가를 하고 싶었지만, 한국에선 팔 데가 없다고 극구 말리는 남편 때문에 단념하곤 했다.

두 딸의 출산과 육아는 마침내 우리를 크레이그리스트 신봉자로 만들어 버렸다. 첫아이를 가진 지 3개월이 되었을 때 나는 출산에 필요한 품목들을 정리하기 시작했다. 그리고 '최저의 가격으로 최고의 물건들을 구매하겠다'는 굳은 신념 아래 크레이그리스트를 하루에도 몇 번씩 드나들었다. 아침마다 새로 나온 물건들을 비교 분석하고 판매자와의 거리까지 계산한 결과 나는 새것과 진배없는 출산용품들을 절반도 되지 않는 가격에 사게 되었다. 하지만 아기방은 출산하기 며칠 전에야 꾸며지기 시작했다. 사실 우리는 잠깐씩 왔다가는 학생이나 직장인들을 상대로 방 하나를 렌트해주고 있었다. 처음엔 누가 방 하나만 렌트할까 싶어 망설였지만, 크레이그리스트라면 가능한 일이었다. 덕분에 단기 렌트는 신기할 만큼 계속해서 이어져갔고, 아파트 렌트비도 절반으로 줄게 되었다. 그처럼 우리가 크레이그리스트를 사랑할 수밖에 없는 이유들은 세기조차 힘들었지만 우리들의 인연은

안녕, 샌디에이고

서서히 끝을 향해가고 있었다.

십 년 만에 모든 유학 일정을 마치고 한국으로 돌아가게 된 남편과 나는 크레이그리스트에 마지막 불꽃과도 같은 애정을 쏟아 부었다. 이제는 모든 걸 팔아치워야 했다. 중고로 샀던 침대부터 하다못해 수저 세트까지 모두 크레이그리스트에 올린 나는 이번엔 최고의 가격에 팔기 위해 두 팔을 걷고 나섰다. 아침 일곱 시만 되면 물건을 사려는 사람들이 구름처럼 몰려들었다. 나는 눈곱도 떼지 못한 채 차고 문을 열어 그들을 맞이했고, 그들이 선택한 물건들을 봉지에 담아 현금과 맞바꿨다. 그렇게 일주일을 보내자 집 안은 거짓말처럼 텅 비어 버렸다. 가져갈 옷가지만 빼고 타고 다니던 중고차까지 전부 팔아치운 우리는 일회용 수저로 밥을 먹으며 맨바닥에서 옷을 덮고 자다가 한국으로 돌아왔다.

한국에 크레이그리스트와 같은 인터넷 사이트가 없다는 것은 무척 유감스러운 일이었다. 한국에 와서도 역시 새로운 살림을 꾸려야 했던 남편과 나는 중고시장을 다 휘젓고 다녔지만, 물건도 별로였을 뿐더러 가격도 너무 비쌌다. 사실 크레이그리스트는 우리처럼 가난한 유학생들에게 소금과도 같은 존재였다. 중고긴 해도 나름의 선택을 할 수 있고, 언제라도 되팔 수 있다는 점 때문에 별다른 죄책감 없이 물건들을 구입할 수 있었기 때문이다.

나는 여전히 번쩍거리는 새 물건들보다 사람들의 손때가 여기저기 묻어있는 물건들에 더 마음이 간다. 공장에서 막 나온 물건에서는 결코 있을 수 없는 누군가의 시간과 추억이 고스란히 남아있기 때문이다. 또한, 어느 누군가에 의해 힘겹게 만들어진 그것들이 여러 사람의 손을 거쳐 그 수명을 채울 수 있게 하는 일이야말로 소비하는 삶에 대한 '최소한의 의무'라고 생각한다. 더군다나 같은 책상을 쓰고, 같은 식탁을 썼던 사람들은 결코 남이 될 수 없는 법이다. 오래된 물건들을 통해 사람들의 온기를 느끼고, 쓸데없는 소비를 최소화하기 위해선 우리에게도 '한국형 크레이그리스트'가 필요함은 두 말할 필요도 없지 않겠는가. 내가 썼던 테이블을 넘겨주고, 이웃이 썼던 의자들을 받을 수만 있다면 그 얼마나 좋을까. 아마도 그것은 필요한 물건은 물론 서로의 온기까지도 나눌 수 있는 최고의 장이 될 것이다. 언젠가 한국형 크레이그리스트가 생겨난다면, 새것에서 느껴지는 '낯섦과 냉기'보다 낡은 것이 주는 '친근함과 온기'를 사랑하는 사람들이 점점 늘게 되리란 것을 나는 믿어 의심치 않는다.

안녕, 샌디에이고

#4.
바흐 캘리포니아,
또 하나의 미국

지금 와서 생각해보면, 샌디에이고는 정말로 멋진 도시 중의 하나였다. 멕시코와 나란히 국경을 두고 있는 미국의 최남단 도시 샌디에이고는 덥지도 않고 춥지도 않은 이상적인 기후를 갖추고 있었다. 겨울에도 늘 섭씨 15도 이상을 유지했고, 아무리 찌는 듯한 여름에도 바람 한 번이면 모든 더위와 습기가 싹 가실 정도였다. 멕시코의 대농장에서 들여온 마트의 과일과 채소는 언제나 반짝반짝 빛나고 있었고, 가격도 무척이나 저렴했다. 게다가 LA에서 공수되는 한국 식품들과 두 개의 파리바게트 덕분에 우리가 미국에 살고 있다는 사실조차 잊고 지낼 때가 많았다.

매일 아침 남편과 나는 창밖의 푸른 하늘을 내다보며 '오늘도 뷰티풀 샌디에이고!'를 외치는 것으로 하루를 시작했다. 그리고 저녁이 되면 서늘한 바닷바람 속에서 맥주캔을 부딪히는 것으로 하루를 마치곤 했다.

우리에게 일요일은 모든 공부와 아르바이트에서 벗어나 샌디에이고로 향했던 유일한 시간이었다. 샌디에이고의 자연은 우리에게 휴식처이자 자유였으며, 신성한 종교이기도 했다. 우리 부부는 일요일 아침이면 으레 도시락을 준비한 뒤 샌디에이고의 유명한 관광지를 찾아다녔다. 하루는 '임페리얼 비치'에 전시된 모래 조각 대회 작품들을 구경하기도 하고, 다음엔 '개스램프'에서 들려오는 재즈 음악에 몸을 맡기기도 했다. 때로는 '라호야 비치'에서 일광욕 중인 물개들을 온종일 바라보면서 자연의 신성함을 배워나갔다. 하지만 샌디에이고는 그리 넓은 곳이 아니었다. 얼마 안 가 샌디에이고에서 공짜로 볼 수 있는 모든 비치와 박물관을 섭렵한 우리는 슬슬 멕시코로 반경을 넓히기 시작했다. 그리고 미국과 별다르지 않았던 멕시코 국경 부근까지 싫증이 났을 무렵, 우리에게 멋진 일탈의 기회가 찾아왔다.

무릇 여행이란 지친 몸과 마음을 재충전하고 새로운 것을 경험할 수 있는 최고의 기회이긴 하지만, 그만큼 시간도 들고 돈도 많이 드는 게 사실이다. 시간은 있었지만 늘 돈이 없었던 우리는 한 번도 샌디에이고를 벗어나지 못했다. 그러나 기회는 엉뚱한 곳에서 주어졌다. 이미 수업료를 면제받았던 남편이 수석을 차지하면서 또 다른 장학금을 받게 된 것이다. 갑자기 생긴 현금을 모두 은행에 밀어 넣는 게 마땅했지만, 그렇게 하기엔 우리 너무 철이 없었다. 우리는 딱 반을 잘라 은행에 넣은 뒤, 나머지 돈으론 여행을 가기로 했다. 초등학교 동창이었던 우리 부부는 많은 면에서 달랐지만, 먹고 노는 데는 기가 막히게 잘 맞았다. 들뜬 마음으로 수많은 여행 사이트와 여행 서적들을 뒤적인 끝에, 우리는 마침내 바흐 캘리포니아의 5박 6일 올 인클루시

브 패키지all inclusive : 비행기, 식사, 교통이 모두 포함된 패키지여행로 결정했다.

LA에서 비행기로 두 시간 거리에 있는 바흐 캘리포니아는 미국의 접경 지역에 있는 멕시코 최북단의 주를 말한다. 바흐Baja는 '아래'라는 뜻으로 '캘리포니아의 아래'라는 의미를 지니고 있다. 태평양 연안으로 길게 삐져나온 바흐 캘리포니아의 끝엔 최상의 휴가지로 꼽히는 '로스카보스'가 있고, 그 안에는 땅끝Land's end이라는 이름을 가진 '카보산 루카스'가 있다. 쾌락과 환상의 도시라는 '칸쿤'과는 달리, 카보산 루카스는 가족 단위의 여행객들이 주로 찾는 한적한 도시로서 크고 작은 예술품들을 판매하는 갤러리들이 모여 있는 곳이기도 하다.

출발하기 전까지 우리는 여행사에서 보내준 안내 책자를 거의 외우다시피 하며, 얼마 되지도 않는 짐을 챙기고 확인하는 것으로 두 주를 보냈다. 하지만 막상 출발일이 되자 잿빛으로 변해버린 하늘과 시골 버스처럼 한쪽 구석에서 덜덜거리고 있는 비행기는 내 기분을 완전히 뭉개버렸다. 게다가 세상에서 가장 싸다는 비행기에서 몇 번이나 추락의 순간을 경험해야만 했던 우리는 노랗게 변한 얼굴로 간신히 공항 게이트를 빠져나왔다.

막상 도착한 멕시코는 내가 생각했던 곳과 완전히 딴판이었다. 내 상상 속의 멕시코는 공항 문만 나서면 파란 바다가 있어야 했다. 그리고 판초를 입은 남자들이 기타를 치고 있어야 했고, 빨간 드레스를 입은 여자들이 플라밍고 댄스를 추고 있어야만 했다. 하지만 눈앞의 멕시코는 용설란을 빼면 풀 한 포기 없는 사막이었고, 우리를 맞이한 건 창살처럼 생긴 선인장이 전부였다.

바흐 캘리포니아

멕시코

　우리는 작열하는 태양 아래, 파라솔 하나 없는 사막 위에서 버스
를 기다렸다. 그간 샌디에이고의 시원한 바람에만 익숙해져 있던 우
리에게 멕시코의 모래바람은 견디기 어려울 만큼 거칠었다. 그나마
도 낡고 초라한 공항이 막아주고 있어 견딜 수 있었다. 이윽고 도착
한 리조트 버스에 올라탄 남편과 나는 눈을 뜰 수 있게 된 것만으로
도 기뻐하며 공항을 빠져나갔다. 그러나 달리는 버스 안에서 바라본
멕시코의 풍경은 갈수록 가관이었다. 모르긴 해도 6·25를 겪은 서울
의 모습이 그러하지 않았을까 싶을 정도였다. 길은 험했고, 길가의
집들은 허름하기 짝이 없었다. 자갈이 많은 길 위로는 뿌연 먼지가
연기처럼 피어올랐고, 손을 흔들며 따라오는 아이들 얼굴엔 빈곤의
흔적이 역력했다. 금방이라도 무너져 내릴 것 같은 집 안에서 얼굴을
내밀고 있는 사람들의 모습은 남루하다 못해 애처롭기까지 했다.
　그렇게 한 시간 가량을 달리자 마침내 버스는 바닷가로 들어서게
되었다. 거기서부터 울퉁불퉁한 길과 허름한 집들이 사라지더니 갑
자기 매끄러운 아스팔트와 눈부신 리조트들이 모습을 드러내기 시작

안녕, 샌디에이고

했다. 드넓은 백사장 앞에 세워진 리조트들은 한결같이 고급스럽고 화려해 보였다. 갑작스러운 변화로 어리둥절해진 나에게 리조트의 환상적인 모습은 마치 다른 세상에 온 것 같은 착각마저 불러일으켰다. 게다가 흥겨운 라틴음악에 맞춰 흔들리고 있는 야자수들의 모습은 좀 전에 보았던 선인장과는 너무나도 대조적이었다. 얼마 후 리조트 안으로 들어선 버스는 멍해진 우리를 라운지에 내려놓았고, 발 빠른 멕시칸들에 의해 우리의 몸과 짐들은 모두 객실로 옮겨졌다.

창을 열고 바라본 세상은 파라다이스 그 자체였다. 아래로 내려다보이는 유선형의 거대한 풀장과 하얀 비키니 차림의 여자들 모습은 내가 꿈꿔왔던 바로 그 세계였다. 또한 깔깔대며 물속을 드나들고 있는 아이들과 투명한 마티니 잔을 들고 있는 남자들의 모습은 상상했던 그 이상이었다. 게다가 눈부시게 흰 셔츠를 입고 그들 사이를 오가는 웨이터와 웨이트리스들의 몸놀림은 바람보다도 더 가볍고 흥겨워 보였다.

그때부터 5박 6일간의 꿈같은 시간이 펼쳐졌다. 뽀송뽀송한 침대에서 우리를 일으켜 세웠던 것은 흥겨운 음악과 새소리였다. 창을 열면 아침부터 풀장에서 첨벙 대는 아이들과 웨이터들의 분주한 모습이 하루의 시작을 알려주었다. 일곱 시부터 열 시까지 제공되는 아침 식사는 늘 파도가 잔잔한 바닷가의 뷔페에서 이루어졌고, 하얀 천막 밑으로 열 명도 넘는 요리사들이 만들어낸 음식들이 계속해서 쏟아지고 있었다.

더벅머리에 반바지 차림으로 허겁지겁 먹고 있는 우리를 빼고는 모두 백인 가족들뿐이었다. 금발에 푸른 눈을 가진 그들은 하나같이 하늘거리는 원피스와 막 다린 셔츠 차림으로 나타났고, 포크와 나이프를 쥔 그들의 손동작은 언제나 느긋하고 우아했다. 반면 그들의 물잔이 빌세라 끊임없이 얼음물을 채우고 다 먹은 접시들을 내가는 멕시칸 웨이터들의 손길은 언제나 빠르고 민첩했다.

식사를 마치고 볶아낸 커피 향을 즐기는 사이, 수영장 한편에선 스낵바가 세워지고 있었다. 아침 식사를 끝내고 커다란 풀장에서 수구와 아쿠아로빅을 마친 사람들이 그곳에서 허기진 배를 채웠다. 말이 스낵이지 아침 뷔페와 별 차이 없는 그곳엔 햄버거와 피자, 브리토, 치킨 등이 산더미처럼 쌓여 있었고, 음료는 물론 맥주와 칵테일까지 제공하고 있었기에 사람들의 배는 한시도 꺼질 틈이 없었다. 남편과 나는 난생처음 마셔보는 칵테일에 취해 물장구만 치다가 점심 식사를 위해 리조트 안의 바비큐장으로 들어섰다. 고기로 배를 든든히 채운 사람들은 리조트에서 제공하는 승마, 호핑투어, 쿼드 바이크 등의 레저활동으로 오후를 보냈다. 그러다 저녁이 되면 또다시 옷을 차려입고 예약해둔 이탈리아 식당이나 일본 식당으로 나서곤 했다. 어둠과 시작되는 파티는 사람들을 밤의 짙은 열기 속으로 밀어 넣었다. 가수들의 현란한 삼바 음악에 맞춰 몸을 흔들던 사람들은 애절한 보사노바에 블루스를 추다가 밤이 깊어진 후에야 비틀거리며 객실로 돌아갔다. 그 뒤엔 땀에 젖은 멕시칸 웨이터들의 쉰 목소리가 새벽까지 울려 퍼지곤 했다.

비슷한 날들이 이어졌던 리조트 안에서 백인들과 섞이지 못했던 나와 남편은 오히려 멕시칸 웨이터들과 친해지기 시작했다. 대부분의 멕시칸 웨이터와 웨이터들은 간단한 대화 말고는 전혀 영어를 하지 못했다. 그러나 '호세'라는 이름의 잘 생긴 웨이터는 대강의 영어를 듣고 말하는 데다, 우리에게 유독 친근하게 굴었다. 남편과 나는 그의 서툰 영어를 통해 로스카보스에 있는 호텔과 리조트들의 주인이 모두 미국인이라는 사실과 함께 그곳에서 일하는 멕시코 사람들의 자부심이 얼마나 대단한지도 알게 되었다.

호화로운 리조트 너머로 그들의 허름한 집들이 눈에 들어오기 시작한 것도 그때부터였다. 우아하게만 비쳤던 미국인들의 태도가 왠지 모르게 오만하게 보이기 시작했고, 그들의 말 없는 미소까지도 비웃음처럼 느껴졌다. 손가락 하나만 까딱해도 달려오는 멕시칸 웨이터와 은근한 손짓과 찌푸린 표정만으로 불만과 항의를 드러내는 미국 여행객. 이 둘 사이의 간극을 설명하기란 결코 쉽지가 않았다. 직원과 손님이라는 입장의 차이 말고도 미국과 멕시코의 엄청난 경제력 차이는 그들의 사이를 더욱 벌려 놓았고, 새로운 계급과 신분까지 형성했기 때문이다.

지척이라고는 해도 남의 땅에 최고급 호텔과 리조트를 짓는 것도 모자라, 땅 주인에게 서빙을 시킨다는 것 자체가 사실 모순이었다. 아무리 계산기를 두드려 봐도 미국인 사장과 손님들 사이에서 멕시코 사람들이 얻을 수 있는 이득이라곤 쥐꼬리만 한 월급과 넘쳐나는 쓰레기뿐이었을 테니 말이다. 장소만 달라졌을 뿐 집에서 잔디를 깎고, 쓰레기를 치우고, 길에서 나무를 심어왔던 멕시칸들이 미국인들의 식사를 서빙하는 것은 전혀 이상한 일이 아닐 수도 있었다. 하지만 그들의 당당함과 비굴함이 나로 하여금 '인도에서의 영국인'과 '조선에서의 일본인'을 떠올리게 했다는 것만은 틀림없는 사실이었다.

꿈만 같던 휴가는 며칠 만에 끝이 났다. 리조트 버스에 오르기 전, 남편과 나는 며칠 사이에 친해진 호세를 찾아 뜯어보지도 않았던 사발면 한 상자를 선물로 주었다. 그에게 미국에서 꼭 볼 수 있길 바란다는 마음에도 없는 말을 남긴 채 우리는 버스에 올랐고, 먼지가 풀풀 날리는 길을 되돌아 공항에 도착했다. 이륙한 비행기 아래로 멕시코의 허름한 마을과 미국의 호화로운 리조트들의 모습이 더욱 확연하게 드러났지만, 더 이상 새롭지는 않았다. 한 공간에 두 개의 세상을 보는 게 사실 처음은 아니었으니깐.

멕시코에서 미국으로 돌아왔지만, 우리는 오히려 더 많은 멕시칸과 마주쳤다. 샌디에이고 공항을 쓸고 닦는 사람들, 화물을 운반하는 사람들 모두가 멕시코 노동자였으니 말이다. 사람뿐만이 아니었다. 스페인어로 가득한 도로 표지판들은 우리가 멕시코에서 미국으로 온 것인지, 미국에서 멕시코로 온 것인지 헷갈릴 정도였다. 오직 남은 공부와 아르바이트 걱정만이 우리를 현실로 이끌었다. 비행기에서 내린 우리는 시원하게 놓인 고속도로를 따라 집으로 돌아왔다. 멕시코로 하여금 캘리포니아 반환을 포기하게 했던 바로 그 비싼 도로를 통해서였다. 우리들의 비싼 아파트는 여전히 아름다운 자태를 뽐내고 있었다. 하지만 어디선가 쓰레기를 치우고 잔디를 깎고 있을 그들 덕분이란 걸 우리는 두 번 다시 말하지 않았다.

chapter 2

한국에서의 삶 vs 미국에서의 삶

#5.
알바 천국

2018년 최저임금이 7,530원으로 결정되었다. 2020년까지 최저 임금을 1만 원을 올리겠다는 정부의 목표가 조금씩 현실화되고 있는 모양이다. 그러나 알바생들은 오히려 울상이다. 올라간 시급 때문에 알바생을 줄이거나 아예 뽑지 않겠다는 업주들이 많아져 오히려 일 자리가 없어졌다는 것이다. 높아진 시급을 반가워할 수 없는 알바생의 처지도 그렇지만, 나날이 나빠지는 경기 때문에 알바생을 쓰지 못 하는 업주들의 사정도 안타깝기는 마찬가지다. 하지만 나는 최저임 금 인상이 반드시 이루어져야 한다고 믿는다.

어느 신문에서 '한국의 낮은 물가는 뼈 빠지게 일하고도 여전히 저임금을 받는 식당 아줌마들 덕분이다'라는 내용의 칼럼을 읽은 적 이 있다. 십 년 만에 세 배 이상 오른 등록금과 비교했을 때, 수많은 밑반찬이 따라 나오는 밥과 찌개의 값이 여전히 칠, 팔천 원이라는 것이 바로 그 증거라고 말이다. 글을 읽는 동안 나는 왠지 죄송스러운 마음에 얼굴이 화끈거렸다. 나 역시 칠천 원짜리 백반을 먹으면서도 수없이 아주머니를 불러대는 사람들 중의 한 명이었던 것이다. 제대로 된 직장을 구할 수 없다면, 제대로 된 알바 자리라도 있으면 좋으련만. 한국의 현실은 그렇지가 못하다. 그 오래된 칼럼을 지금까지도 기억하는 이유는 나 역시 식당에서 일했던 경험이 있어서였다.

샌디에이고의 턱없이 비싼 집세를 경험한 나는 곧바로 아르바이트 자리를 찾아 나섰다. 한인 잡지의 구인란에서 식당 아르바이트 몇 개를 찾아낸 나는 일단 면접을 보면서 일할 곳의 분위기를 파악하기로 했다. 첫 번째 식당은 별의별 메뉴를 만들어 파는 작은 분식점이었다. 그곳 사장님은 미국에서 아르바이트가 처음이라는 나에게 시급이 얼마인지, 세금은 얼마나 떼는지 설명하면서 실은 월급보다 팁이 훨씬 더 많다고 귀띔하셨다. 하지만 그때까지도 미국의 팁 문화에 대해 잘 알지 못했던 나는 사장님의 말씀을 별로 귀담아듣지 않았다. 그렇게 '아르바이트 설명회'와도 같았던 면접을 마친 나는 잘해줄 테니 꼭 일하러 오라는 매니저와 사장을 남겨둔 채 또 다른 식당으로 향했다.

두 번째는 일식집이었다. 아담했던 식당은 제법 분위기도 있는 데다 월급도 더 많았지만, 팁이 문제였다. 세 명의 웨이트리스가 팁을 받으면 주방은 물론 그곳에서 일하는 스시맨들과 나눠야 한다는 것이었다. 팁이 얼마나 되는지는 몰라도 뭔가를 뺏기게 된다는 말에 기분이 상한 나는 역시 더 생각해 보겠다는 말을 남기고 가게를 나왔다.

마지막은 샌드위치 가게였다. 아주머니 혼자서 참으로 다양한 샌드위치를 만들어 팔고 있는 조그마한 가게였는데, 아침에는 필요한 재료들을 준비하고 점심에 손님이 오면 주문을 받아 계산만 해주면 된다고 했다. 일도 어렵지 않아 보이고 아주머니의 인상도 좋았지만 나는 전화하겠다는 말만 남긴 채 뒤돌아섰다.

집에 돌아와 어디가 나을지 고민한 나는 마침내 첫 번째 분식집에서 일하기로 마음먹었다. 이유야 여러 가지가 있었지만, 일이 끝나면 밥을 준다는 게 제일 큰 이유였다. 나는 분식집 사장님께 전화를 걸어 일하겠다는 의사를 밝혔다. 사장님은 바쁘니 당장 주말부터 나와 달라고 했지만, 주말엔 약속이 있으니 월요일부터 나가겠노라고 답한 뒤 전화를 끊었다. 당시 사장님께선 그처럼 황당한 경우는 처음이었다며 나중에서야 말씀하셨다. 경험도 없는 아르바이트생이 가게를 골라가면서, 그것도 자신이 원하는 날짜에 일을 시작하겠노라고 선언한 사람은 내가 처음이었다는 것이다. 모름지기 무식하면 용감해지는 법이다.

나는 원하던 대로 월요일부터 가게에 나갔고, 매니저의 가르침에 따라 일을 배우기 시작했다. 작은 가게였지만 할 일은 산더미 같았다. 테이블 번호는 물론 음식의 가격도 모두 외워야 했고, 음식의 종류마다 달라지는 반찬의 개수도 전부 익혀야 했다. 게다가 한국식당이긴 해도 일본인이나 중국인은 물론 미국인 손님도 제법 되었기에 모든 메뉴를 영어로 설명할 수 있어야만 했다. 덕분에 나는 사장님으로부터 생각하지도 못했던 영어수업까지 받게 되었다. 하지만 앞치마 주머니에 채워지는 팁들은 그 험난한 과정을 모두 잊게 해 주었다. 처음 일주일간은 숙련 기간이라 시급만 받고 일을 했다. 그 일주일이 얼마나 길었는지 굳이 설명하지 않아도 되리라.

안녕, 샌디에이고

그 당시 캘리포니아 최저임금이 8천 원쯤 되었는데, 나는 세금을 미리 떼고 7천 원가량을 받았다. 처음엔 시급만으로도 만족했지만, 일주일간 왔다갔다 하면서 살펴본 결과 매니저 주머니로 들어가는 팁이 상당하다는 걸 알게 되었다. 그 지옥 같던 일주일을 마친 나는 드디어 팁을 나누어 받기 시작했다. 처음 일주일 중 삼 일을 배정받은 나는 월요일 점심시간과 수요일 저녁 시간 잠깐만 일을 했지만, 토요일은 온종일 일할 수 있었다.

손님이 없는 평일은 별 볼 일 없었지만, 토요일엔 그야말로 굉장했다. 가게 문을 열자마자 밀어닥치는 손님 사이를 정신없이 뛰어다니다 보면 어느새 저녁 여덟 시가 지나 있었다. 하루 종일 일하느라 지치고 힘들었지만 돈 통에 가득한 팁을 나누다 보면 어느새 피로가 싹 가셔 버렸다. 바쁜 날엔 보통 세 명의 웨이트리스가 함께 일하는데, 주방에 십 퍼센트를 떼어주고도 우리는 이백 달러 이상을 나누어 가졌다. 거기다 열 시간 넘게 일해 받은 시급까지 생각하면 하루 일한 대가치고는 상당한 돈이었다. 나는 하루하루 팁을 모으는 재미에 힘든지도 모르며 일을 해 나갔고, 매달 사천 달러 이상을 벌게 되었다.

그것뿐이 아니었다. 그 당시 식당 주방에서 일하는 사람들은 대부분 멕시칸이었다. 그들은 김치는 물론 된장찌개와 육개장을 빛의 속도로 만들 수 있었고, 심지어 점심으로 라면이나 제육볶음을 해 먹을 정도였다. 나는 그중 몇몇과 친해지면서 많은 특혜를 받게 되었다. 마음씨 좋은 그들은 지쳐 있는 나에게 치킨 한 조각을 입에 넣어주기도 하고, 집에 가서 남편과 함께 먹으라며 볶음밥이나 육개장을 넉넉히 싸주기도 했다. 식당에서 일하면서도 외식이라곤 꿈도 꾸지 못했던 우리 부부에게 그 음식들은 최고의 성찬과도 같았다.

일 년 후 나는 마침내 식당의 매니저가 되었다. 사장님이 가게 하나를 더 오픈하면서 원래 있던 매니저가 가는 바람에 남게 된 내가 매니저가 된 것이다. 매니저라고 특별히 월급을 더 받는 것은 아니었지만, 웨이트리스들의 시간표를 정할 수 있었다. 보통의 웨이트리스들은 일주일에 삼일 만을 배정받았지만, 매니저는 오육 일 이상을 그것도 자신이 원하는 시간에 일할 수가 있었다. 사실 그것은 엄청난 특혜였다.

그 당시 호황이었던 미국의 경기 덕분이기도 했지만, 나는 일주일에 서른 시간 정도를 일하고 한 달에 오백만 원 이상을 고정적으로 벌어들였다. 사장님은 웨이트리스들이 자신보다 더 돈을 많이 번다며 늘 구시렁대곤 했다. 자신은 재료비와 인건비, 가겟세까지 내고 세금까지 내야 하지만, 웨이트리스들은 다 준비된 가게에 와서 시급에다 팁까지 챙겨간다고 말이다. 그렇게 말하면서도 사장님은 직원들 식사에 매번 고기반찬을 올렸고, 한 달에 한 번씩은 직원들을 위한 파티까지 열어주었다. 주방에서 일하는 멕시칸들과 웨이트리스들은 물론 남편까지 초대해 준 사장님 덕분에 우리는 갈비와 그 비싼 소주까지 마음껏 즐길 수 있었다.

나의 아르바이트는 쪼들리기만 했던 우리의 삶을 완전히 바꿔 놓았다. 원룸에서 방 두 개짜리 아파트로 집을 옮긴 우리 부부는 매달 한 가지씩 가구를 바꾸어 나갔다. 처음엔 침대를 바꾸었고, 다음엔 소파, 얼마 뒤엔 번듯한 식탁과 의자도 마련했다. 그리고 남편이 그토록 원했던 오디오 시스템까지 턱 하니 사주었다. 또한, 여름엔 멕시코로 휴가를 다녀올 수 있을 정도로 여유가 생겼다. 물론 그사이 받을 팁을 생각하면 차마 발걸음이 떨어지지 않았지만, 멕시코에서의 휴가는 평생 잊지 못할 우리들의 추억으로 남게 되었다.

전 세계 사람들이 그토록 까다로운 심사에도 불구하고 미국으로 몰려드는 까닭은 바로 그 높은 인건비 때문인지도 모른다. 미국의 외국인 노동자들은 영어를 못해도 일자리를 구할 수 있다고 믿는데다, 일하면 반드시 대가를 받을 수 있다고 확신했다. 미국에선 웨이터나 웨이트리스들조차도 나름의 비전을 가지고 있다. 초보과정을 거쳐 손님에 대한 응대 기술을 터득하면 매니저로 승진하거나 더 큰 식당으로 옮기게 된다. 그렇게 해서 언젠간 지점장이 될 수 있다는 꿈을 지녔던 웨이터나 웨이트리스들은 자신의 삶에 만족할 수 있었던 것이다. 게다가 한 번 부르기만 해도 삼백 달러 이상을 지급해야 하는 배관공들에겐 절대로 불황이 없다는 사실은 미국에서는 누구나 알고 있는 사실이다.

이처럼 약간의 기술과 노동으로도 만족스러운 삶을 이어갈 수 있는 미국은 그야말로 알바 천국이었다. 굳이 식당일이 아니더라도 베이비시터나 캐쉬어 등의 알바만으로도 넉넉한 용돈을 벌어들일 수 있는 미국의 학생들은, 밥도 굶어가며 두세 개의 알바를 해내야 하는 한국 학생들의 삶을 감히 상상조차 할 수 없을 것이다.

십 년 전 시간당 사만 원도 넘게 받았던 나의 알바를 생각하면, 한국의 최저임금은 아직도 멀었다는 생각이 든다. 한 시간을 일했다면 적어도 밥 한 끼 정도는 사 먹을 수 있어야 하지 않겠는가. 물론 신문과 뉴스에서는 기업의 경영 악화와 물가 상승의 위험을 계속해서 외치고 있다. 하지만 그런 거창한 것들은 제발 잠시 잊어두고, 땀 흘려 일한 사람들이 충분한 대가를 받을 수 있는 한국이 되었으면 좋겠다. 사실 대단한 직업이 아니더라도 삶을 지탱할 수 있는 충분한 대가를 받을 수만 있다면, 서로에 대한 시기나 과다한 경쟁도 눈 녹듯 사라질 테니 말이다. 이로써 조그만 한인 식당의 웨이트리스로서 내가 누렸던 삶의 만족을 한국의 모든 알바생들도 갖게 되길 바라며, 철없던 우리 부부에게 한없는 넉넉함을 보여주셨던 사장님께 글로나마 감사의 마음을 전하고 싶다.

#6.
'나무늘보'들의 세상

얼마 전 딸과 함께 〈주토피아〉라는 애니메이션을 보았다. 진정한 경찰관이 되고자 고군분투하는 어느 토끼의 모험담을 그려낸 이 영화에는 아주 재미있는 장면 하나가 담겨 있다. 납치범의 차량번호를 조사 중이던 주인공 토끼와 여우가 미국의 차량국인 DMVDepartment of Motor Vehicles를 방문하는데, 그곳의 직원들이 모두 나무늘보였던 것이다. 세상에서 가장 느리다는 나무늘보답게 DMV에서 스탬프를 찍고, 자판을 두드리는 그들의 모습은 하나같이 슬로 모션으로 표현되었다. 만화지만 DMV를 그처럼 재치 있게 표현한 디즈니사에 감탄을 금할 수 없었던 나는 영화를 보는 내내 웃음을 그치지 못했다.

미국에서 잠시라도 살아본 사람이라면 차에 관한 모든 것을 관리하는 DMV가 얼마나 느리고 답답한지 알고 있을 것이다. 오죽하면

'일은 느려 터지고, 사람들은 미어터지고, 나는 분통 터진다'고 알려질 정도로 DMV의 악명은 미국 내에서도 자자하지만, 불행하게도 이곳을 거치지 않고 미국에서 살아가기란 거의 불가능하다. 그것은 차가 없이는 집 앞 슈퍼도 가지 못하는 미국의 거대함 때문이다. 뉴욕처럼 번화한 곳을 제외하면 버스나 지하철이 다니지 않은 미국에서 자동차란, 삶에서 결코 떼어낼 수 없는 손이자 발이었다.

남편과 내가 샌디에이고에 도착하자마자 간 곳도 역시 DMV였다. 장롱면허였던 나의 한국 운전면허증을 보여주고 미국의 '임시 운전면허증'을 받기 위해서였다. 임시 운전면허증은 두 달 정도만 유효하기에 그 안에 반드시 필기시험과 실기시험을 거쳐 정식 운전면허증을 발급받아야 하지만, 적어도 운전학교에 다니지 않고 시험을 볼 수 있다는 점과 신분증 구실을 한다는 점에서 내게는 가장 중요한 서류였다.

온라인으로 예약을 하고 갔지만 DMV에 들어가기 위해 나는 밖에서 한 시간 이상을 기다려야만 했다. 하지만 접수처에 이르자 그곳의 직원은 한사코 내가 운전면허를 취득할 수 없는 신분이라고 우겨댔다. 일명 '시체 비자'라고 불렸던 나의 F2비자는 정규적으로 급여를 받는 일을 하거나 학교의 정규과정조차 등록할 수 없음은 물론, 관공서 업무조차 혼자 할 수 없는 참으로 아니꼬운 비자였다. 그나마 쇼핑이라도 하라고 미국은 F2 비자에 운전면허 취득만은 허락하고 있었건만, 그 못생긴 여자가 그 최소한의 권리마저 부정했던 것이다. 급해진 나는 손짓 발짓 다 해가며 열심히 설명했지만, 그녀는 내가 알고 있던 지식과 서류들을 깡그리 무시해 버렸다. 그리고

정 그렇게 운전면허증을 받고 싶으면 한국의 주민센터와 비슷한 사
회보장 사무소Social Security office에서 확인증을 받아오라며 나를 옆
으로 밀쳐냈다. 결국, 나는 DMV 안으로 한 발자국도 들여놓지 못
한 채 다시 사회보장 사무소로 향했다. 도착한 나는 그곳 직원에게
눈물까지 글썽거리며 DMV에서의 일을 토로했다. 시종일관 안쓰러
운 표정으로 이야기를 듣고 있던 그 직원은 나를 '허니'라고 부르며
반드시 운전면허를 받게 해 주겠노라 약속했다.

운전면허 취득이 가능하다는 확인서를 받은 나는 또 한 번의 예약
을 거쳐 DMV로 향했다. 그리고 초조한 마음으로 접수처 직원들을
확인했지만, 다행히 지난번 여자 직원은 보이지 않았다. 드디어 내
차례가 돌아왔고, 나는 접수처 직원 앞에 확인서와 함께 서류들을 조
심스럽게 내려놓았다. 하지만 그 직원은 확인서는 거들떠보지도 않
은 채 도장을 찍고는 번호표와 함께 돌려주었다. 삼십 초도 걸리지
않은 그의 행동을 보며 나는 정말로 어이가 없었다. 도대체 지난번
여자는 내게 무슨 억하심정이 있어 이렇게 쉬운 일을 막았단 말인가.
나는 끓어오르는 분을 삭이며 서류들을 되돌려 받았다.

드디어 DMV의 문안으로 들어서는 데 성공한 나는 또다시 직원
들을 둘러보기 시작했다. 그리고 구석 맨 끝에서 지난번 그녀를 어렵
지 않게 찾아내었다. 뚱뚱하고 못생긴 그녀는 옆의 직원과 낄낄대다
가도, 창구 앞에 서기만 하면 오만하기 짝이 없는 얼굴로 고개를 내
젓곤 하였다. 의자에 앉아 그녀의 일거수일투족을 바라보던 나는 어
느 때보다도 침착하고 조용하게 절차를 마쳤고, 마침내 임시면허증
을 손에 쥐게 되었다.

감격의 눈물도 억누른 채, 나는 그 즉시 그녀에게 다가가 손에 쥐고 있던 임시면허증을 펴 보였다. 그리고 두 눈을 부릅뜬 채 당신이 알고 있는 정보가 얼마나 잘못된 것인지, 그 때문에 내가 얼마나 피해를 보았는지 분노와 증오에 찬 목소리로 이야기했다. 그때만큼은 나조차 신기할 만큼 영어가 술술 나왔다. 하지만 어깨를 한 번 으쓱해 보이며 입을 삐쭉 내민 그녀는, 자신이 알고 있는 한 너는 절대로 운전면허증을 가질 수 없다며 뒤돌아 가버렸다. 정말이지 뛰어들어가 그녀의 귀를 물어뜯고 싶은 심정이었다. 하지만 그럴 수 없었던 나는 힘없이 집으로 되돌아왔고, 또 다른 '시체 비자'의 주인들과 함께 그녀의 험담을 늘어놓는 것으로 분을 삭여야만 했다.

DMV에 대한 악명은 사실 이뿐만이 아니었다. 운전 실기시험에서 최하의 점수와 함께 운전은 꿈도 꾸지 말라는 소리를 들었던 어떤 친구는 다음날 시험에서 최고의 점수와 칭찬을 받았다고도 했다. 우리의 운전면허증은 그야말로 시험관의 인격과 그날의 기분에 따라 좌우되었던 것이다. 게다가 내가 지켜본 바에 의하면 그들의 발걸음은 시속 5m를 절대로 넘지 않았다. 서류를 넘겨보고 도장을 찍는 데만 십 분 이상이 걸렸고, 신분증을 복사해서 돌아오는 긴 여정에는 '억겁의 시간'이 필요했다. 가는 길엔 커피 한 잔을 내려 마시고, 어렵게 복사를 마친 후에는 반드시 신분증을 가지러 되돌아갔으며, 오는 길에 적어도 세 명 이상의 동료들과 잡담을 하고 나서야 내 앞에 이르렀다. 이처럼 느리고 불친절한 DMV 직원들의 태도는 미국 내에서도 많은 비웃음을 사고 있었지만, 그들은 절대로 자신들의 스타일을 바꾸지 않았다.

안녕, 샌디에이고

한국에 와서도 운전면허증은 여전히 나의 골칫거리였다. 한참을 넘긴 유효기간이 바로 문제였다. 나는 지긋지긋한 운전면허증을 포기하겠노라 선언했지만, 남편은 한사코 말렸다. 그리고 남편 손에 이끌려 또다시 운전면허시험장으로 향했던 나는 기이한 풍경을 만나게 되었다. 우선, 길게 늘어선 줄이 기다리고 있을 거란 나의 예상과는 달리 한국의 운전면허시험장은 한산하기만 했다. 게다가 문을 열고 들어서자마자 다가온 직원은 우리에게 무슨 일로 왔는지 묻고는 번호표까지 직접 뽑아주며 가야 할 곳을 친절하게 일러주었다. 그러고 나서 일 분도 걸리지 않아 창구 앞에 앉은 나는 직원에게 모든 사정을 이야기했다. 사실 나는 필기시험부터 치러야 할까 봐 걱정하던 참이었다. 하지만 직원은 아주 친절한 목소리로 그럴 필요는 없으며 다만 서류작성을 위해 시간이 좀 걸리는데 괜찮냐고 물었다. 시험도 안 보고 서류작성만 하면 된다는데, 없던 시간도 만들어내야 할 판국이었다. 나는 그러겠노라고 답한 뒤 아주 조심스럽게 얼마나 걸리는지를 물었다. 그러자 직원은 대단히 미안하다는 표정으로 오 분에서 십 분 정도라고 말했다. '겨우 오 분에서 십 분이라고?' 내 귀를 의심하며 자리에 앉아 있는 사이, 직원은 그 섬섬옥수 같은 손으로 서류를 쓰고 자판을 두드리더니 정확히 오 분 만에 빳빳한 새 운전면허증을 내 앞에 내밀었다. 그것은 차라리 기적이었다. 어떻게 예약을 하거나 줄을 설 필요도 없이, 친절한 직원들의 안내를 받으며, 그 짧은 찰나의 시간 동안, 유효기간이 지난 운전면허를 갱신받을 수가 있단 말인가. 정말이지 내 상식으로는 불가능한 일이었다. 예약을 거쳐 엄청난 시간을 들여서도 서류가 부족하다며 몇 번을 왔다갔다 하게 만드는 미국의 DMV에만 익숙해져 있던 내게, 한국의 운전면허시험장은 그야말로 신선한 충격이었다. 남편과 나는 놀랍고도 환희에 찬 모습으로 운전면허시험장을 나왔고, 그 뒤로도 하늘과 땅 같았던 미국과 한국 관공서 간의 차이를 수도 없이 경험하게 되었다.

그녀는 알고 있을까. 지구 반대편에 있는 내가 자신의 얼굴을 생생히 떠올리며 미움과 증오에 가득한 말을 퍼붓고 있다는 것을. 나 또한 그녀가 여전히 오만한 얼굴과 잘못된 정보로 사람들을 울리고 있는지 알지 못한다. 하지만 내가 분명하게 말할 수 있는 것은 미국에 가려거든 제발 조급함을 땅에 파묻고 가야 한다는 것, 그리고 하나둘씩 생겨날 몸속 사리들을 어느 정도 예상해야 한다는 것이다.

친구 중 한 명이 온라인으로 주문했던 TV가 뉴저지에서 다른 주소로 배달되었는데, 도착지에서 다시 뉴저지로 되돌아 갔다가 샌디에이고로 돌아오는 바람에 석 달도 넘게 걸려서야 도착했다는 이야기를 차마 내 입으로 말하고 싶진 않다. 그러니 미국 관공서에서 말하는 기다림이란 적어도 두세 시간은 기본이고, 길어지면 네 시간에서 여섯 시간이 걸릴 수 있다는 것을 명심하자. 더군다나 DMV를 방문할 계획이라면 빈틈없는 서류 준비는 물론이고, 신문이나 책도 함께 준비하는 게 좋다. 당이 급격히 떨어지는 것을 대비해 사탕이나 스낵을 준비한다면, 끓어오르는 화를 조금은 누그러뜨릴 수도 있을 것이다.

#7.

내 안의 김치 유전자

무더운 여름, 학교에서 돌아온 딸들이 냉장고를 뒤지기 시작한다.
"엄마, 냉장고가 왜 이래? 먹을 건 하나도 없고, 김치만 잔뜩 있
네. 아, 짜증 나!"
"이것아, 김치가 얼마나 중요한데. 밑에 복숭아 있으니깐 씻어 먹
어."
입이 댓 발이나 나온 딸은 어쩔 수 없다는 듯 복숭아를 씻어 방으
로 들고 간다. 아닌 게 아니라 별로 크지도 않은 냉장고엔 3분의 2 이
상이 김치들로 가득 채워져 있었다. 그래도 나의 마음은 꽉 찬 곳간
을 보는 것처럼 뿌듯하기만 했다. 당장이라도 밥에 물을 말아 잘 익
은 열무김치, 오이지와 함께 먹고 싶을 정도였다.
사실 나는 김치를 좋아하는 사람이 아니었다. 라면 먹을 때를 제
외하곤 거의 김치를 먹지 않았기에 미국에 갈 때도 친정엄마가 싸주
신 김치를 기어이 빼놓고 짐을 꾸렸다. 하지만 버클리에 도착해 가장

아쉬웠던 건 다름 아닌 김치였다. 쌀은 비싸긴 해도 미국 마트에서 구입할 수 있었지만, 김치는 한국식당에서조차 구경하기 어려웠기 때문이다. 당시만 해도 김치가 귀한 시절이었다. 한인마트에서 팔고 있는 김치의 가격은 쌀보다 훨씬 비쌌고, 근처 한국식당에서는 배추가 아닌 양배추로 김치를 만들어 버젓이 내놓을 정도였다. 차를 구입하자마자 한인마트로 향했던 우리 부부는 꿈에도 그리던 김치와 고추장을 잔뜩 집어 들었다. 하지만 김치찌개 속의 배추는 허예진 채로 둥둥 떠올랐고, 처음 사 먹어 본 김치는 한없이 달고 짜기만 했다. 그나마 김치를 먹을 수 있다는 사실에 감격했던 우리 부부는 한동안 배추김치를 유일한 김치로 알고 지냈다.

버클리에서 샌디에이고로 이사하면서 우리 집 김치에도 많은 변화가 생겼다. 그간 '싸스SARS' 때문에 김치의 인기가 높아졌던 탓도 있었지만, LA가 가까워선지 샌디에이고의 김치는 훨씬 저렴하고 다양한 편이었다. 집 앞의 미국 마트는 물론, 간간히 코스트코에도 볼 수 있었던 사발면과 김치들은 내게 왠지 모를 편안함과 뿌듯함까지 안겨주었다. 그처럼 널리 알려진 김치 덕에 샌디에이고의 한인마트에는 각종 김치를 사러 오는 중국인과 일본인들로 넘쳐났고, 병에 담긴 각종 김치들을 유심히 살펴보는 미국인들도 적지 않았다.

그중에서도 옆집에 살던 '유키'는 나보다 더 김치를 좋아하는 사람이었다. 사실 유키는 일본에서 '욘사마'로 불렸던 배우 배용준을 만나기 위해 한국어를 공부하고 한국에 몇 번이나 다녀왔을 정도로 대단한 한국 드라마 덕후였다. 거기다 유키는 집에서도 김치찌개와 잡채를 해 먹을 정도로 한국 음식에 푹 빠져 있었다. 매일 저녁 순두부와 돌솥비빔밥을 먹어야 했던 유키의 남편은 자신이 일본 사람인지 한국사람인지 모르겠다며 투덜댈 정도였다. 그처럼 한국의 모든 것을 사랑했던 유키는 나에게도 큰 관심을 보였고, 얼마 후엔 자기 집으로 나를 초대하기까지 했다. 일본인들은 어지간해서는 사람들을 집으로 초대하지 않는다는 것을 알고 있었던 나는 유키의 초대가 그저 놀랍기만 했다. 그럼에도 사시미와 생선구이를 포함한 정갈한 일본식 백반을 상상했던 나는 유키가 좋아하는 파리바게트의 빵을 잔뜩 사들고 옆집으로 향했다.

잠시 후 유키의 아담하고 깔끔한 집에 들어선 나는 깜짝 놀라고 말았다. 나를 위해 차려놓은 유키의 식탁에는 된장찌개와 김치, 일본인들이 '지지미'라고 부르는 김치전과 불고기가 가지런히 놓인 반면, 그토록 바라던 일본음식은 마트에서 샀다는 '나토'뿐이었다. 당혹감을 지우기 위해 호들갑스러운 칭찬을 남발했던 나는 이윽고 식탁에 앉아 유키가 차린 음식들을 맛보기 시작했다. 사실 내가 만든 음식보다 훨씬 더 맛이 있었다. 너무 달지 않게 볶아진 불고기는 부드러웠고, 무엇으로 국물을 내었는지 된장찌개는 시원하고 칼칼했다. 게다가 알맞게 익힌 김치는 마트에서 구입한 우리 집 김치와는 비교도 되지 않을 정도로 맛깔스러웠다. 그처럼 얼떨떨한 상황에서 궁금증을 억누를 수 없었던 나는 도대체 김치를 어디에서 구입했는지, 무슨 상표인지 캐물었다. 그러자 김치 맛이 괜찮냐고 되물은 유키는 수줍은 얼굴로 자신이 직접 담근 김치라고 말했다. 순간 얼굴이 확 달아올랐다. 한국인인 나도 한 번 담가본 적 없는 김치를 외국인인 유키가 직접 김치를 담가 먹고 있다는 사실이 나를 당혹스럽게 했다.

김치를 담그기는커녕 어떻게 만드는지조차 모른다는 부끄러운 나의 고백에 유키는 예전 한국 친구로부터 배웠다는 비법을 나에게 전수해 주었다. 그로써 나는 일본인에게 김치 만드는 법을 배운 첫 번째 한국인이 되고 말았다. 마트에서 멕시칸들이 만들어 파는 대부분의 김치들이 제대로 씻지도 않은 배추로 만들어진다는 소문, 더군다나 합성조미료를 국자도 아닌 '삽'으로 퍼넣고 있다는 소문이 들리기 시작한 것도 바로 그쯤이었다.

집에 돌아와 유키가 적어준 메모를 들여다보던 나는 한국의 친정엄마에게 전화해 김치 담그는 법을 물었다. 하지만 '알맞게', '적당히', '대충 봐서' 간을 맞추라는 엄마의 설명은 유키가 적어준 비법보다 훨씬 더 어려웠다. 도통 감이 오지 않았지만 시작하면 어떻게든 되리라 믿었던 나는 어서 빨리 주말이 오기만을 기다렸다.

토요일 오전 나는 남편과 함께 비장한 얼굴로 한인마트에 들어섰다. 김치를 담그는데 그처럼 많은 재료가 필요한지 알지 못했던 나는 액젓과 고춧가루, 생강, 파, 마늘은 물론 김치를 버무릴 큼지막한 대야와 통 등을 카트가 넘치도록 실어야만 했다. 하지만 배추 앞에 이르자 나는 주체할 수 없는 기쁨에 빠져들었다. 모처럼 찾아온 세일 기간 때문에 배춧값이 절반도 되지 않았던 것이다. 가격이 싸니깐 한 박스를 들여가라는 점원의 말에 솔깃해진 나는 열 포기도 넘게 든 배추 한 박스를 카트에 턱 하니 실어 넣었다. 옆에 있는 남편의 입은 계속해서 벌어진 상태였다. 오래 먹으려면 포기김치를 담가야 한다는 친정엄마의 말에 무도 잔뜩 실었다. 대충 계산해보니 김치를 담그는 비용으로만 100달러가 넘었지만 나는 전혀 개의치 않았다. 그 돈이

안녕, 샌디에이고

면 제일 비싼 김치를 열 통이나 살 수 있다며 구시렁대는 남편의 잔소리도 결코 나의 결심을 바꾸지는 못했다.

집에 돌아와 식탁에 가득 쌓인 배추와 무를 보니 갑작스레 두려움이 밀려오기 시작했다. 도대체 내가 왜 이런 짓을 저질렀는지 나조차 이해할 수 없었다. 그래도 후회만 하고 있을 수는 없었다. 나는 벌어진 일을 수습하기 위해 팔을 걷고 나섰다. 옆에서 보기가 안 되었는지 남편까지 나서서 배추를 다듬고 절인 후 무를 썰었지만 김치의 완성까지는 멀고 아득하기만 했다. 게다가 입안이 얼얼해질 때까지 간을 보고 또 봤지만 도통 간을 맞출 수 없었던 나는 결국 '배추김치는 익으면 다 맛있어진다'는 강한 믿음과 함께 김치 담그기를 대충 끝내 버렸다.

부엌 한 구석에 처박혀 있던 나의 김치들은 며칠이 지나자 신기하게도 비슷한 맛을 내기 시작했다. 그제야 냉장고로 모셔진 김치들은 그날 저녁 식탁에 올려졌고, 남편에게 '먹을 만하다'라는 대찬사를 듣게 되었다. 그렇게 자신감을 완전히 회복한 나는 다음날 남편 도시락에 몸에 좋은 카레와 배추김치를 턱 하니 실어 보냈고, 옆집 유키에게도 가득 담은 김치 한 통을 선물했다. 정말로 뿌듯한 하루였다.

다음날 다른 때보다 일찍 돌아온 남편의 얼굴은 시무룩해져 있었다. 집에 들어서자마자 라면을 끓이는 폼이 예사롭지 않았다. 식탁에 앉아 라면을 먹던 남편은 그날 실험실에서 일어난 참사에 대해 설명하기 시작했다. 점심시간이 일정치 않은 데다 도시락을 먹는 사람도 거의 없는 연구소에서 배가 고팠던 남편은 휴게실에 앉아 카레와 김치를 꺼내 먹기 시작했다. 하지만 몇 숟갈을 채 뜨기도 전에 휴게실로 사람들이 들이닥쳤다. 옆에서 샌드위치를 깨작대던 사람들은 물론 연구실 직원들이 코를 싸쥔 채 몰려들었던 것이다. 도대체 이상한 냄새를 풍기는 그것의 정체가 뭐냐는 물음에 얼굴이 달아오른 남편은 황급히 도시락 뚜껑을 닫은 뒤 밖으로 나올 수밖에 없었다고 했다. 시무룩한 얼굴로 내일부터는 샌드위치를 싸 달라고 말하는 남편은 라면을 먹으면서도 김치엔 손도 대지 않았다.

김치 소동은 그걸로 끝나지 않았다. 남편의 이야기를 전해 들은 시어머니께선 내가 담근 김치에 문제가 있다는 결론을 내리셨다. 그 때문에 엄청난 운송료를 들여서라도 당장 김치를 담가 보내겠다는 시어머니를 우리는 도저히 말릴 수가 없었다. 그 후 김치는 정확하게 5일 만에 도착했다. 하지만 도착한 곳은 우리 집이 아니라 우체국이었다. 전화로 남편의 이름을 확인한 우체국 직원은 뭔가가 계속 흘러나와 도저히 배달할 수가 없으니 당장 와서 가져가라고 화를 내며 전화를 끊어버렸다. 부랴부랴 우체국으로 달려간 남편은 직원들의 눈총 속에서 깨진 김치통을 황급히 실어와야만 했다.

이제 김치라면 치가 떨린다며 절대로 먹지 않겠다던 남편은 어느새 시어머니께서 보내주신 김치를 맛있게 먹고 있었다. 우리 부부는 시어머니께서 그토록 어렵게 붙여주신 김치와 오묘한 맛을 내던 나의 김치를 번갈아 먹으며 그럭저럭 십 년을 지냈다.

사실 샌디에이고에서 제대로 된 김치를 먹는다는 건 쉽지 않은 일이었다. 멕시코의 뜨거운 사막에서 초고속으로 키워낸 배추는 한국의 서늘한 지형에서 천천히 자란 배추와는 비교도 되지 않을 정도로 질기고 맛이 없었다. 물론 그런 배추를 이용해 김장까지 담그는 어른들도 계셨지만, 한국에서 누군가가 김치를 가져왔다는 소문이 퍼지기라도 하면 너나할 것 없이 달려가 그 고품격 김치를 맛보며 향수에 젖어들곤 했다.

한국에 와서야 알게 되었다. 한국의 김치가 얼마나 다양한 맛과 형태를 지니는지. 봄동과 얼갈이로 만든 겉절이와 섞박지, 총각김치, 열무김치, 깻잎김치, 갓김치, 오이김치까지 손으로 꼽을 수조차 없을 정도의 다양한 김치가 있다는 것을. 반면 우리가 먹었던 김치는 고작 배추김치와 깍두기가 전부였다는 것도 말이다. 더욱이 한국에 가면 김치 담는 법을 제대로 배우겠다고 결심했지만, 지금까지 나는 한 번도 김치를 담그지 못한 상태다. 시댁과 친정에서 보내주는 김치만으로 냉장고가 터지기 일보직전이기 때문이다. 이제 김치에 맛을 들인 남편과 딸은 넘치도록 보내주시는 김치를 결코 마다하지 않는다. 입 안이 까끌까끌할 때 먹는 담백한 오이지와 갓김치가 얼마나 맛있는지를 이미 수도 없이 경험했기 때문이다.

이제 우리 가족에겐 김치 없는 식사란 상상조차 할 수 없다. 식탁 위에 오른 대여섯 가지의 김치를 보면서도 별로 놀라지 않는다. 딸들마저 다양한 김치의 맛을 음미하며 이번 김치는 유난히 맛있다는 평까지 늘어놓는다. 남들에 비해 김치를 먹은 시간이 길지 않았음에도 그런 일들이 가능했던 이유는 우리 몸 안에 깊숙이 새겨진 '김치 유전자' 때문이라고 생각한다. 그 대단한 유전자 때문에 우리가 김치 없이 한시도 살아갈 수 없는 운명이라는 걸, 이제는 누구보다도 잘 알고 있다.

#8.
내 생애 최고의 시간들

　오랜만에 서울을 찾았다. 퇴근 시간 전철 안은 서 있기조차 힘들었지만, 도시가 주는 설렘에 취해서인지 그 분주함마저 내겐 반가울 뿐이었다. 그런데 멀리서 보니 꽉 찬 전철 안에 텅 빈 공간이 보였다. 혹시나 하는 마음으로 다가가 보니 분홍색 시트에 '내일의 주인공을 위한 자리'라고 적힌 임산부석이었다. 한국에 온 뒤로 나는 그 '핑키한 좌석'을 항상 눈여겨봐왔지만, 누군가 앉아있는 모습은 한 번도 본 적이 없었다. 가끔씩 철면피의 할아버지나 나이 드신 할머니께서 앉아계시긴 했지만, 대부분은 텅 빈 채로 남아 있었다.

　잠시 뒤 젊은 여자 하나가 낑낑대며 사람들을 비집고 다가오더니 내 앞에 있는 임산부석에 턱 하니 앉는 게 아닌가. 나를 비롯한 주위 사람들이 임산부석에 앉은 여자를 눈여겨보았지만, 긴 생머리에 청바지 차림의 여자는 임산부와는 한참 거리가 있어 보였다. 나는 그녀 역시 철면피 중의 한 명이거나, 예전의 나처럼 핑크빛 좌석에 대

　　　　　　　　　　　　　안녕, 샌디에이고

해 전혀 알지 못하는 사람일 거라 짐작했다. 얼마 후 전철은 서울역에 이르렀고, 사람들이 빠져나간 자리는 재빨리 새로운 사람들로 메워져 갔다. 바로 그때, 역 안이 떠나가도록 큰 소리로 통화 중이던 할머니 한 분이 전철에 올랐다. 할머니는 통화를 하고 있는 사람에게는 물론 전철 안 사람들에게 동대문에 가는 전철이 맞는지 끈질기게 물었고, 사람들은 고개를 끄덕여 할머니를 안심시켰다. 그제야 할머니는 전화를 끊고 가방에 넣더니, 이내 매와 같은 눈초리로 앉을자리를 찾기 시작했다. 하지만 이미 만원이었던 전철 안은 앉기는커녕 서있기도 힘든 형편이었다. 그래도 앉을자리를 단념하지 않은 할머니는 인상 찌푸리는 사람들을 헤치고 내 옆까지 이르렀다. 할머니의 시선은 당연히 비어있을 거라 여겼던 임산부석에 꽂혀 있었다.

"색시, 여기 왜 앉아 있어? 여기 임산부석인 거 몰러?"

"네? 알고 있는데요. 사실 제가…."

"원, 얼굴 보니 시집도 안 간 색시 같은디, 여기 앉아 있으면 안 되제. 여기 원래 비어 있는 자링께 내가 좀 앉아야 쓰겄어. 당최 다리가 아파서 살 수가 있으야지. 뭐혀, 얼렁 일어나!"

순간 전철 안 모든 시선이 임산부석에게로 쏠렸다. 그러자 할머니에게 무슨 말을 하려던 여자는 곧 입을 다문 채 자리에서 일어나 버렸다. 그렇게 임산부석을 차지한 할머니는 연신 다리를 주물러대더니 어느새 깊은 잠으로 빠져들었다. 사람들의 시선도 다시 휴대폰으로 되돌아갔다. 한참 후 여자가 내리면서 떨어뜨린 《임신과 출산에 관한 가이드북》을 눈여겨본 사람은 오직 나 하나뿐이었다. 임산부답지 않게 너무 앳되고 날씬한 게 그녀의 죄 아닌 죄였다.

전철 안에서 계단으로 올라가는 여자를 바라보며 나는 얼마 전 통화했던 사촌동생을 떠올렸다. 동생은 아이를 갖기 위해 오랫동안 애를 쓰다가 간신히 인공수정에 성공한 또 한 명의 임산부였다. 미국에서 그런 소식을 들어왔던 나는 동생에게 전화해 축하도 해줄 겸 맛있는 걸 사 줄 테니 나오라고 말하려던 참이었다.

　　"임신했다며? 정말 축하해. 이제 배도 꽤 나왔겠네. 내가 오랜만에 맛있는 거 사 줄 테니깐 얼굴이나 보자. 어디가 편해?"

　　"글쎄, 언니 보고 싶기는 한데 내가 나가기가 좀 그래서….."

　　"왜? 회사도 그만뒀다며? 무슨 일 있어?

　　"회사는 그만둔 게 아니고 잘린 거야. 임신했다고 하니깐 과장이 언제 사표 쓸 거냐고 물어보더라고. 그리고 아무 일도 없어. 그런데 …..."

　　그렇게 말을 이어간 동생의 사연은 이러했다. 임신과 함께 백수가 된 사촌동생은 실직수당을 신청하기 위해 집을 나섰다. 실로 오 년만의 임신이었지만 승진을 앞두고 직장을 그만둬야 했던 동생의 마음은 착잡하기만 했다. 그날따라 승객이 많은 버스를 오르던 동생은 갑자기 어지러움을 느껴 쓰러질 뻔했다. 그나마 아줌마 한 분이 벌떡 일어나 동생을 일으켜준 덕분에 동생은 다행히 자리를 앉게 되었다고 한다. 하지만 "애 가졌으면 집에나 있지, 뭣 하러 싸돌아 다니냐"는 누군가의 핀잔은 동생의 마음에 가시처럼 박히고 말았다. 임신만 하면 모든 게 좋아질 거라 여겼던 동생에게 세상은 그토록 냉담하기만 했다. 친정엄마의 따뜻한 산후조리를 기대했던 동생은 일찌감치 산후조리원을 알아봐야만 했고, 뱃속 아기의 성별을 알아내려는 시어머니 때문에 하루도 편할 날이 없노라고 말했다. 전화를 끊기 전, 언니는 임신기간 동안 어땠냐는 동생의 힘없는 질문에 나는 끝까지 대답하지 못했다. 사실 나는 동생과 달리 임신 기간 내내 최고의 시간을 보냈던 까닭이다. 지금도 그때를 생각하면 가슴이 따뜻해지는 이유는, 내가 받았던 세 가지의 선물과 축복 때문이다.

첫 번째 선물은 사람들의 따뜻한 시선과 관심이었다. 임신 초기까지 한국 식당에서 일했던 나는 사장님과 동료들에게 극진한 대접을 받았다. 사장님께선 아침마다 고기반찬을 내는 것은 물론 조미료 한 방울 넣지 않았다는 진한 사골국물을 집에서 먹으라며 큰 통에 싸주시기까지 했다. 배가 나오기 시작하면서 임부복을 입게 된 나는 무슨 큰 벼슬을 한 것처럼 의기양양한 얼굴로 거리를 휘젓고 다녔다. 벤치에 잠깐만 앉아 있어도 예정일이 언제냐고 묻는 사람들로 귀찮을 정도였고, 내 곁을 지나가는 많은 사람들은 'God bless you and your baby'라며 미소 지었다. 그중에서도 임신 막바지에 떠났던 하와이 여행은 내게 있어 절정의 시간들이었다. 남산만 한 내 배를 본 모든 하와이 사람들은 꽃으로 만든 화관과 목걸이를 걸어주었고, 아기에 대해 묻지 않고 내 곁을 지나가는 사람이 한 명도 없을 정도였다. 화장실은 물론 식당에서조차 우선권을 부여받았던 나는 하나의 생명을 잉태한 고귀한 존재로 떠받들어졌던 것이다.

두 번째는 임신과 출산에 관한 모든 과정과 기쁨들을 함께 나누었던 친구들의 진한 우정이었다. 사실 뱃속 아기의 초음파 사진을 처음 본 사람도 남편이 아닌 미네소타에서 달려온 나의 절친이었다. 그 누구보다도 나의 임신을 축하해주었던 친구는 매일같이 전화해 나와 뱃속 아기의 안부를 물었다. 또한, 출산을 앞두고 미국 각지의 친구들이 모여 마련해준 '베이비 샤워'는 내게 지금까지도 가장 행복했던 기억으로 남아있다. 그때까지도 학생이었던 친구들이 비싼 항공료와 선물 비용을 부담하며 마련해준 그 작은 파티는 나와 뱃속 아기가 받은 최고의 축복이었다. 물론 베이비샤워의 원래 목적인 출산의 경험과 정보를 나눌 수는 없었지만, 친구들은 타국에서 누구의 도움도 없이 홀로 아기를 낳아야만 했던 나에게 크나큰 버팀목이 되어주었다.

내가 받았던 선물 중에는 물질적인 도움도 상당했다. 대부분의 아기용품들은 크레이그리스트를 통해 중고로 구입했지만, 배냇저고리나 기저귀, 물티슈처럼 그럴 수 없는 것들도 많았다. 나의 그런 형편을 눈치챈 친구 한 명은 온라인 출산 용품점의 계좌를 개설한 뒤 나

기저귀로 만든 케이크

안녕, 샌디에이고

에게 필요한 물건들의 리스트를 작성하게 했다. 다른 친구들은 리스트의 각기 다른 물건들을 구입해 집으로 배송되도록 해주었다. 그리고 베이비 샤워Baby shower 때 받은 대형의 '기저귀 케이크'와 '기프트 카드Gift card' 덕분에 나는 한동안 아무런 걱정 없이 아기와 행복한 시간을 보낼 수가 있었다. 또한, 캘리포니아에서 임산부들에게 각종 혜택을 부여하기 위해 만들어진 WICWomen, Infants, and Children 프로그램은 임신과 출산에 대한 남은 근심마저 모두 사라지게 했다.

한국의 백화점에서 임부복 코너가 사라진 지는 꽤 오래되었다. 임부복을 팔던 시장이나 길거리 옷가게들도 대부분 사라져 버렸다. 이제 임부복을 구경할 수 있는 곳은 온라인 매장이 전부인 셈이다. 수많은 인파 속에서도 임산부를 보기 힘든 것처럼, 늘 비어있는 전철의 핑크빛 좌석은 우리 사회에서 누군가가 사라졌음을 알리는 표식만이 되어버렸다.

어느 신문을 보니 우리나라 국민의 87% 이상이 한국의 저출산을 심각한 문제라고 인식하고 있다고 한다. 늘어만 가는 불임과 인공수정에 대한 뉴스는 우리의 앞날을 더욱 그늘지게 만들고 있다. 그럼에도 임신에 성공한 여자들이 듣게 되는 말들이란, 여전히 축복과는 거리가 멀어 보인다. 사실 한국의 임산부가 처음 듣는 말이란, "야근할 사람이 줄었다"는 동료들의 푸념이나 "독하게 마음을 먹든가 아니면 일을 그만두라"는 상사의 협박인 경우가 제일 많다. 그뿐만이 아니다. 그렇지 않아도 호르몬 변화로 심리적 문제를 겪고 있는 임산부들에게 대부분의 어른들은 "예전에는 밭을 갈다가 들어가서 애를 낳았다"는 둥, "애 낳고 다음 날부터 바로 벼를 베었다"는 둥 말도 안 되는 소리들만 늘어놓는다. 결국 우리 사회의 이런 분위기가 임산부석 주인공을 구석으로 몰아넣고 있는 셈이다.

많은 사람들이 저출산의 이유로 경제적 원인을 꼽는다. 하지만 전쟁 속에서도, 허덕이는 가난 속에서도 우리는 끊임없이 생명을 잉태하고 길러왔다. 학생의 부인이었던 나 역시 불안한 상황에서도 두 딸을 낳고 길렀다. 하지만 낡아빠진 유모차를 끌고 친구들이 입다 버린 임부복을 입으면서도 내가 행복할 수 있었던 이유는 경제적 풍요가 아닌, 나와 아기를 향한 따뜻한 관심과 애정 때문이었다. 인간이란 자신을 지켜봐 주는 한 사람만으로도 충분히 행복해지지 않던가. 그렇다면 우리 사회는 임산부에게 과연 얼마만큼의 관심과 호의를 표하고 있을까. 혹시 임산부의 불룩한 배를 거대한 혹쯤으로 여기고 있는 것은 아닐까. 우리를 불편하게 만들고 귀찮게 할 무언가로 말이다.

오랫동안 나의 작은 소망은 내가 받은 축복과 찬사를 누군가에게 되돌려주는 일이었다. 하지만 처음으로 만난 핑크빛 좌석의 주인공을 나는 안타깝게도 놓치고 말았다. 그저 임신을 축하해주고, 건강하게 출산하기 바란다는 말 한마디면 충분했을 텐데 말이다. 그런 작은 한 마디가 얼마나 큰 행복을 만들어내는지 나는 누구보다도 잘 알고 있다. 모든 여자들이 "수많은 축복과 찬사를 받았던 임신이야말로 최고의 순간이었다"는 고백하는 날, 우리들은 더 이상 저출산을 걱정하지 않아도 될 것이다. 그러니 '혹시'나 '설마'란 단어는 제발 머릿속에서 지워버리고, 핑크빛 좌석의 여인들을 축복해 주자. 그 작은 인사야말로 쓸데없이 자리를 차지하고 있는 사람을 쫓아낼 수 있는 방법인 동시에, 새로운 생명을 잉태한 여인들을 향한 우리들의 가장 큰 선물이 될 것이다.

chapter 3

엄마들의 낙원, 아이들의 천국

#9.
내가 여전히 낸시를
그리워하는 이유

    샌디에이고에서 연년생의 두 딸과 아침마다 향했던 곳은 다름 아닌 동네 놀이터였다. 차가 없어서 마땅히 갈 곳도 없었거니와, 집에 있어봤자 어린 두 딸과 복작거릴 게 뻔해 시작한 습관이었다. 하지만 겨우 서너 살이었던 두 딸을 아침마다 준비시켜 나가는 일은 결코 쉽지가 않았다. 아이들을 씻기고 입힌 뒤, 갈아입을 옷과 간식까지 챙기느라 사투를 벌였던 나의 아침은 언제나 부산스럽기만 했다. 그래도 일단 놀이터에 가면 다정한 두 자매의 모습을 오랫동안 볼 수 있는 데다, 입이 짧은 두 딸의 점심 식사까지 쉽게 해결할 수 있었다. 그 때문에 하루도 거르지 않고 놀이터를 찾았던 우리 세 모녀는 오전 시간을 모두 보내고 나서야 집으로 돌아오곤 했다.

    매일 놀이터에 가다 보니 친구들도 많이 사귀게 되었다. 딸들은 어느새 동네 아이들과 스스럼없이 놀게 되었고, 나는 나대로 딸들 친구의 엄마와 친해지기 시작했다. 그중에서도 '에이바Eva'는 나중에 큰딸의 베스트 프렌드가 된 특별한 아이였다. 노란 금발에 초록눈을 가진 에이바는 정말로 천사처럼 생긴 아이였다. 하지만 그런 겉모습과는 달리 에이바의 성격이나 행동들은 무척이나 수더분했다. 처음 딸들의 모래놀이에 끼어들었을 때에도 에이바는 맨발이었는데 온몸에 모래를 뒤집어쓴 채 집으로 돌아갈 때 역시 맨발이었다. 털털하기는 에이바의 엄마, 낸시Nancy도 마찬가지였다. 팔에 안고 있던 에이바 동생이 젖꼭지를 떨어뜨리면 낸시는 바지에 툭툭 털어 다시 물려주었다. 그리고 목이 마르다는 에이바에겐 놀이터 한쪽의 분수대에서 물을 마시게 했다. 그 분수대는 산책 나온 개들이 물 마시는 모습을 목격한 이후로 내가 딸들에게 손도 대지 못하게 했던 곳이었다. 게다가 놀이터에 오면서 물과 간식은 물론 도시락까지 싸들고 나왔던 나와 달리, 낸시는 맨손으로 왔다가 맨손으로 갈 뿐이었다. 그래도 에이바와 낸시의 표정은 언제나 즐겁고 편안해 보였다.

낸시를 통해 미국의 다른 엄마들과도 친해지면서, 나는 그들의 육아법이 한국과는 무척 다르다는 것을 알게 되었다. 십 년 넘게 목격한 다른 엄마들의 방식도 결코 낸시와 크게 다르지 않았다. 미국 엄마들의 육아방식은 한마디로 말해 '쉽게 낳고 쉽게 기른다'는 것이었다.

사실 시작부터가 달랐다. 우선 몸무게가 52kg에 불과했던 나는 3.8kg의 딸을 낳았지만, 70kg를 육박했던 낸시는 2.2kg의 작은 아이를 낳았을 뿐이었다. 그야말로 힘 한번 주고 쉽게 딸을 얻은 낸시는 곧바로 회복실로 돌아와 찬물로 샤워를 하고 커피를 마셨다. 물론 아기는 간호사에게 일찌감치 맡긴 뒤였다. 또한, 산후조리라는 개념 자체가 없는 대부분의 미국 여자들은 병원 문을 나서는 즉시 일상생활로 돌아갔다. 마트에서도 낳은 지 일주일도 되지 않은 아기와 쇼핑을 하고 있는 여자들을 나는 종종 만나곤 했다. 그녀들은 아기가 울면 마트에서 액상분유를 구입해 바로 젖병에 따라주었고, 남은 건 냉장고에 보관했다 다시 먹이곤 했다. 그녀들의 방식은 두 달간 집에서 꼼짝도 안 하며 분유 온도를 40도에 맞춰 먹였던 내게 상상조차 할 수 없는 일이었지만, 낸시를 비롯한 미국 엄마들에겐 전혀 이상한 일이 아니었다.

이유식도 마찬가지였다. 내가 유기농 야채와 고기를 잘게 다져 체에 걸러 이유식을 만들 때에도 그녀들은 하나같이 완제품을 고집했다. 그녀들이 신중을 기했던 일이라곤 단계별, 재료별로 맞춰 나온 이유식을 개월수에 맞게 고르는 일뿐이었다. 가끔씩 과일 정도는 갈아 먹이는 것 같았지만 그마저도 마트에서 파는 깎아놓은 과일을 이용해서였다.

아이들이 성장하면서 나와 미국 여자들의 육아법은 오히려 커져만 갔다. 아침식사로 언제나 따뜻한 밥과 국을 먹었던 나의 딸들과 달리, 에이바의 아침은 각양각색의 시리얼이었다. 점심은 큰 이변이 없는 한 피넛버터 샌드위치와 베이비 당근 몇 개가 전부였고, 그나마도 놀이터에선 마트에서 파는 도시락을 먹곤 했다. 네 개의 칸으로 나뉘어 있는 그 작은 도시락엔 크래커 세 개와 치즈 다섯 조각, 그리고 포도 다섯 알과 베이비 당근 서너 개가 정확하게 담겨 있었다. 운이 좋으면 십 불에 대여섯 개의 도시락을 구입할 수 있을 정도로 저렴했던 그 도시락은 미국 엄마들에게 인기 있는 품목 중의 하나였다.

에이바의 저녁 메뉴는 비록 다양하긴 했지만, 낸시의 남편이 퇴근하며 사들고 오는 피자나 햄버거, 중국 음식들이 대부분이었다. 결국 낸시가 준비하는 거라곤 일주일에 두어 번씩 내는 샐러드가 전부인 셈이었다.

낸시와 나의 육아법은 달라도 너무 달랐다. 하루 종일 딸들에게 눈을 떼지 못하며 종종거렸던 나의 모습은 낸시의 여유 있고 느긋했던 태도와 너무나 대조적이었다. 처음엔 그런 낸시의 모습을 이해할 수도 없었거니와 절대적으로 옳지 않다고 여겼다. 나는 아기의 옷은 당연히 삶아야 하고, 분유는 적당히 따뜻해야 하며 이유식은 반드시 엄마의 정성이 들어가야 한다고만 배워서였다. 사실 새로운 이유식 식단을 위해 골머리를 앓으며, 비싼 아기용 세제로 아기 옷은 물론 인형까지 삶고 있던 한국의 친구들에 비하면 나의 노력은 댈 것도 아니었다. 미국에 있으면서도 여전히 한국의 육아방식을 고수하고 있던 나는 낸시의 게으름과 성의 없는 육아를 남편에게 헐뜯곤 했다. 나중에 낸시가 셋째를 임신하고 있다는 사실을 알게 되었을 때도 나는 "그렇게 키운다면 열도 더 낳겠다"며 큰 소리를 쳐댔다.

에이바를 비롯한 미국 아이들은 시리얼과 샌드위치만으로도 잘도 자랐다. 돌아서면 커져 있는 미국 아이들을 보면서 나는 식사량과 성장은 아무런 관계가 없음을 알게 되었다. 또한 내가 그토록 신경 썼던 간식과 위생이 오히려 아이들을 귀찮게 만들고 있다는 것도 조금씩 깨달아갔다. 사실 따지고 보면 그들이 주로 먹는 시리얼이나 피넛버터 샌드위치, 그리고 마트의 작은 도시락은 영양상으로 아무런 문제가 없었다. 필요한 단백질과 탄수화물, 무기질까지 갖추어진 실로 균형 잡힌 식사였던 것이다. 더군다나 미국 엄마들은 음식 준비에 필요한 시간과 에너지를 전부 산책과 놀이에 쏟아부음으로써 아이들과 더욱 친밀한 관계를 맺는다는 것을 나는 뒤늦게 깨달았던 것이다.

되돌아보면 아이들을 키운 것은 나의 조바심이 섞인 이유식도, 마트에서 파는 싸구려 도시락도 아니었다. 그것은 봄에서 여름, 여름에서 가을로 이어지는 시간이었고, 파란 하늘과 촉촉한 대지 사이에 존재했던 모든 자연이었다. 신은 품고 있던 아이들을 엄마들에게 잠시 맡겼을 뿐, 자신의 직분을 결코 소홀히 한 적이 없었다. '시간이라는 씨줄'과 '자연이라는 날줄'로 이루어지는 아이들의 성장 뒤편엔 언제나 신이 자리하고 있었다. 그 때문에 아이들은 유기농 야채로만 만들어진 볶음밥이나 마트의 싸구려 도시락에 상관없이 성장할 수 있었던 것이다. 사실 미국 엄마들과 나의 차이는 따뜻한 분유를 맞춰 먹이느냐, 냉장고 속 차가운 분유를 먹이느냐가 아니었다. 오히려 아이들 위에 얹어진 신의 손길을 아느냐 모르느냐의 차이였을 뿐이었다.

일찌감치 그런 사실을 알고 있던 미국 엄마들은 신의 영역에서 모두 물러서 있었지만, 자신의 영역이라 착각했던 나는 결코 비켜서지 않으려 했다. 그런 나에게 신의 자리에서 비켜서라고 알려준 사람이 바로 낸시였다. 어느 날 작은딸을 쫓아다니며 김밥을 먹이는 나를 안타까운 눈으로 바라보던 낸시는 다가와 내 팔을 잡았다. 그리고 내 눈을 들여다보며 작은 목소리로 말했다.

"You don't have to be a god, honey. She's gonna be OK."

순간 뒤통수를 얻어맞은 것 같았다. 생전 참견이라곤 몰랐던 낸시의 말이었기에 더욱 그러했다. 결국 도시락을 내려놓은 나는 힘없이

안녕, 샌디에이고

낸시 곁에 앉아있다가 어느 때보다도 더러워진 아이들을 이끌고 집으로 돌아왔다.

그날 저녁 작은딸은 평소 먹던 양의 두 배를 먹고 잠이 들었다. 그리고 그날 이후 나는 신에게 내가 있던 자리를 모두 내주었다. 아이들에게 늘 뭔가를 먹이고 가르치려 했던 노력도 그만두었다. 낸시와 나란히 의자에 앉아 아이들 어깨너머로 바라본 하늘은 무척이나 푸르고 아름다웠다.

신의 손길이 얼마나 대단한지는 커가는 두 딸을 보며 알 수 있었다. 동생 때문에 분유를 먹을 수밖에 없었던 큰딸은 더욱 단단해졌고, 편식이 심해 늘 나를 힘들게 했던 작은딸은 어느 순간 언니의 밥그릇까지 넘보기 시작했다. 신에게 돌아간 딸들은 나날이 아름답고 지혜롭게 성장해 나갔다. 엄마로서 해야 할 일이란, 단지 신의 손길에서 벗어나지 않도록 함께 걷고 지켜보는 일뿐이었다. 늦게나마 그런 사실을 깨달았기에 나는 두 딸과 편한 친구가 될 수 있었다.

이제 낸시는 나의 작은 사진첩에 남아 있을 뿐이다. 하지만 낸시는 하루에도 몇 번씩 다가와 내 손을 잡아끈다. 잔소리는 이제 됐다고, 이젠 앞이 아닌 옆에 서라고 말이다. 그제야 깜박 잊고 있던 신의 옷자락이 보이기 시작한다. 그래서 나는 여전히 낸시를 생각하고, 또 그리워한다. 낸시를 잊는 순간 아이들 위에 놓인 신의 손길도 금방 잊게 되리라는 걸 나 스스로 알기 때문이다.

#10.
같이 키울까요?

　가로수들에 작은 전구들이 반짝일 무렵, 미국으로부터 작은 소포 하나가 도착했다. 딸의 베프였던 '아네트'가 보낸 크리스마스카드와 작은 선물이었다. 같이 기저귀 차고 놀던 시절이 엊그제 같은데, 이제 제법 컸다고 자기들끼리 연락을 주고받았던 모양이다. 국제우편은 처음 받아본다고 흥분하는 딸을 보니 참으로 감개무량했다. 아이들이 언제 저리 컸을까 웃으며 딸의 어깨너머로 훔쳐보니, 손수 만든 카드 위에 깨알같이 적힌 글이 눈에 들어왔다. 뭐가 그리 할 말이 많았는지 카드 뒷장까지 빼곡히 써 내려간 글은 사실 카드라기보단 긴 편지에 가까워 보였다. 하지만 한참을 키득거리며 들여다보던 딸은 갑자기 어두운 표정이 되어 편지를 내려놓았다.

　"왜 그래? 아네트한테 무슨 일 있대?"

　"아니, 그런 게 아니고… 답장을 써야 할 것 같은데, 어떡하지?"

　아뿔싸, 영어가 문제였다. 미국에서 나고 자랐지만 킨더만 간신히 마치고 돌아온 큰딸의 머릿속엔 그야말로 영어가 완전히 '클리어'된 상태였다. 영어를 대충 읽고 듣기는 해도 작문까진 어려운 딸에게 답장은 당연히 부담스러울 수밖에 없었다. 딸은 나의 얼굴을 빤히 쳐다보았지만 나라고 뾰족한 수가 있는 것도 아니었다. 간단한 메일 정도는 써도 십 대들의 수다에 답할 정도는 아니었던 나 역시 답답하기는 마찬가지였다. 그렇다고 차마 답장을 포기할 수 없었기에, 나와 영어가 서툰 미국인 딸은 '파파고'와 '네이버'의 도움으로 간신히 답장을 지어냈다. 마지막엔 영어에 대한 푸념도 잊지 않았다.

답장을 쓰면서 딸과 이런저런 이야기를 나누다 보니 옛 생각이 새록새록 떠올랐다. 딸이 세 살이 되기도 전 나는 놀이터의 멤버들과 '플레이 데이트Playdate' 그룹을 조직했다. 결코 거창한 모임은 아니었지만, 다른 엄마들의 모임과는 달리 우리는 나름의 '비전과 목표'를 가지고 있었다. '같이 키우자'라는 모토 아래 모인 엄마들은 각자 맡은 역할을 통해 '육아와 교육의 최대 효과'를 이루겠다는 의지를 투합해 결성한 모임이었다. 이처럼 거창한 목적을 두고 있었지만, 실상 우리들이 하는 일은 매일 비슷했다. 하루는 이쪽 놀이터에서 놀고, 다음엔 바닷가 근처에서 놀고, 그다음엔 도서관 근처에서 노는 게 우리 일의 전부였으니 말이다. 그러나 자세히 들여다보면 아이들의 놀이와 장난 뒤엔 엄마들의 진지한 눈빛과 노력의 땀방울이 여기저기 배어 있었다.

비슷한 연배의 엄마들과 또래의 아이들이 만난 건 사실 우연이 아니었다. 주변에 친구는 많았지만 끝까지 함께할 친구를 찾았던 나는

아이들은 서로에게 친구인 동시에 선생님이란 사실을
어른들이 깨닫고 경쟁이 아닌 어울림을 가르친다면,
아이들도 심심한 일상에서 벗어날 수 있을 것이라 생각한다.

가장 친한 친구 세 명을 통해 가지치기(?)를 했다. 먼저 세 명의 친구들은 주변의 친구들을 면밀히 관찰한 뒤 우리와 함께 할 의사가 있는지를 타진했다. 그리고 나와 세 명의 의견을 다시 물은 뒤 입회를 결정했다. 이처럼 독립투사를 구하는 일보다 더 어렵고 비밀스러운 과정을 통해 우리는 최종적으로 일곱 명의 멤버를 구하게 되었다.

만들고 보니 참으로 다양한 엄마와 아이들이 모여 있었다. 전직 아나운서, 미술학원 강사, 체육 교사들과 대형마트에서 일하고 있던 약사 등이 모두 엄마라는 이름으로 함께했다. 우리는 우선 일주일에 두 번, 화요일과 금요일에 만나기로 결정한 뒤 프로그램을 구성했다. 그리고 엄마들의 적성과 재능에 따라 미술, 체육, 영어, 한글, 요리를 맡아 아이들을 위한 놀이와 게임에 접목시켰다. 미술을 전공한 엄마는 아이들의 그림 그리기를 도맡았고, 체육교사였던 엄마는 아이들을 위한 신체단련 프로그램을 구성해 실행하였다. 한국말을 잘하지 못했던 약사 엄마는 아이들에게 영어책을 읽어주기로 했고, 전직 아나운서였던 엄마는 아이들에게 한글책을 읽어주도록 했다. 마지막으로 아무런 재능이 없던 나와 몇 명은 아이들의 요리교실을 담당함으로써 꽉 찬 프로그램을 완성하게 되었다.

언제나처럼 우리는 놀이터에서 만났다. 잠시 재회의 시간을 가지며 엄마와 아이들이 모두 모이면, 그날의 선생님을 맡은 엄마가 나와 프로그램을 진행했다. 때로는 물감을 잔뜩 칠한 손으로 무늬를 만들기도 했고, 때로는 철인 3종 경기를 능가하는 아이들의 체육대회를 열기도 했다. 어느 날은 원어민이 들려주는 영어책을 함께 읽거나, 전직 아나운서의 또박또박한 목소리로 전래 동화를 읽기도 했다. 요리를 맡은 나는 누구보다도 많은 준비가 필요했다. 어느 때는 샌드위치를 위한 식빵과 야채가 필요했고, 어느 때는 꼬마김밥을 위한 가느다란 햄과 단무지가 필요하기도 했다. 아이들은 고사리 같은 손으로 샌드위치와 김밥을 만드느라 힘들어 했지만, 요리 수업은 아이들이 가장 좋아하는 시간이었다.

엄마들이 준비한 대부분의 프로그램은 삼십 분을 넘지 않았다. 수업을 끝내기가 무섭게 아이들이 놀이터로 향하면 엄마들은 뒷정리에 들어갔다. 정신없이 노는 아이들 뒤로 엄마들의 본격적인 수다가 펼쳐졌다. 그렇게 신나게 뛰어논 아이들의 손을 씻긴 후 간식을 먹이는 일조차 프로그램의 하나였기에, 서로의 간식을 펼쳐 아이들을 맘껏 먹인 뒤에야 우리는 프로그램을 끝냈다. 당연히 즐겁게 배우고 뛰논 아이들은 활짝 핀 얼굴로 각각 집으로 돌아갔다.

어떻게 보면 쉽지 않았던 우리의 모임은 삼 년이 넘도록 계속되었다. 그만큼 아이들이 같이 하는 시간을 좋아하기도 했고, 교육적으로도 많은 효과가 있어서였다. 자기에게 다가오기만 해도 팔을 휘둘렀던 아이는 점점 타인에 대한 두려움을 누그러뜨렸고, 부끄러움이 많아 늘 엄마 뒤로 숨기만 했던 아이는 어느 순간 놀이에 제일 먼저 앞장서기도 했다. 모래가 신발에 묻는 것조차도 싫어하던 나의 큰딸은 어느새 친구들과 온몸에 모래를 뒤집어쓰며 놀고 있었다.

엄마들의 프로그램은 일주일에 두 차례뿐이었지만, 주말을 제외한 모든 요일에 모여 놀았다. 좋은 놀이터를 발견했다고 급작스레 모이기도 했고, 때가 되면 몰려드는 돌고래를 보기 위해 비치로 향하기도 했다. 얼굴은 까맣게 타고 옷은 지저분해지기 일쑤였어도 그만큼 서로를 향한 마음도 깊어져 갔다. 서로를 이해하고 함께한다는 것은 어려운 일이었지만, 그만한 가치가 있음을 알았기에 가능한 일이었다.

내년이면 중학생이 되는 딸보다 더 눈여겨보는 아이는 바로 여섯 살짜리 조카 녀석이다. 친가와 외가를 통틀어 아이가 혼자인 덕에 많은 사랑과 관심을 받고 있지만, 막무가내인 데다 까칠하기가 이루 말할 수가 없다. 게다가 백설공주도 울고 갈 만큼 뽀얗고 예쁘게 생겼음에도 옷은 늘 슈퍼맨 복장을 하고 있는 이상한 녀석이다. 옷은 개성의 표현이니 넘어간다 해도 냉랭하기가 하늘을 찌르는 조카는 이모인 내게조차 절대로 곁을 내주는 법이 없다. 그런데도 나의 눈엔 까칠한 조카가 무척이나 안 돼 보인다. 한참 친구들과 뛰고 뒹굴어야 할 나이건만, 형제도 친구도 없는 조카는 심심하다는 말을 입에 달고 살아간다.

그런 조카를 볼 때마다 나는 어릴 적 딸들의 플레이 데이트 모임을 떠올린다. 아파트 외동아이들을 모은다면 조카도 심심해할 겨를이 없을 텐데 말이다. 물론 공동육아에 대한 관심이 늘고 지원도 점점 커지고 있지만, 대부분의 아이들은 조카처럼 심심한 하루를 보내고만 있다. 하지만 친구를 만나기 위해 학원에 갈 수밖에 없는 아이들이나 유치원에서 긴 하루를 보내고 돌아오는 아이들의 눈빛에도 활력이라곤 보이지 않는다. 사실 아이들이 가장 좋아하는 것은 게임이나 화려한 놀이공원이 아니라, 그저 친구들과 함께 뛰어노는 것이다. 그런데도 아이들의 그 작은 소망조차 들어주지 못하는 어른들은 대체 어떤 세상을 꿈꾸고 있는 것일까.

"더불어 사는 법을 배우고 이기주의를 버리며 자연과 함께 살아가는 생활문화를 만들겠다"는 거창한 공동육아의 목표가 아니더라도, 아이들이 함께해야 하는 이유는 셀 수 없을 정도로 많다. 아이들은 서로에게 친구인 동시에 선생님이란 사실을 깨달은 어른들이 경쟁이 아닌 어울림을 가르친다면, 아이들도 심심한 일상에서 벗어나게 될 것이다.

그나저나 오늘은 혼자 있는 조카 녀석이나 보러 가야겠다. 물론 이모는 싫으니 가버리라고 무시를 당하겠지만, 달래서 동네 놀이터라도 데리고 가볼 작정이다. 조카처럼 심심한 아이들을 찾아 함께 놀리려면 이모로서 그 정도 수고는 감당해야지 싶다. 그래도 누가 알겠는가. 까칠한 녀석이나마 같이 놀겠다는 친구가 생기게 될지. 그런 천사 같은 친구가 생긴다면 모난 돌멩이 같은 조카 녀석도 조금은 부드러워지지 않을까 싶다.

#11.
킨더 공화국

　태어나서 처음 한국을 찾았던 두 딸이 주위 사람들에게 가장 많이 들었던 질문은 왜 그렇게 얼굴이 까맣냐는 것이었다. 사실 한국에 오기 직전까지 수영장에 살다시피 했던 딸들의 피부는 진한 흙빛에 가까웠다. 샌디에이고에서는 한 번도 신경 쓰지 않았던 딸들의 피부 빛은 한국의 모든 아주머니와 아저씨들에게 중요한 관심사였다. 길에서나 전철 안에서 유심히 딸들을 바라보던 어른들은 끝내 호기심을 누르지 못한 채 다가와 "혹시 아빠가 외국인인지", "피서를 일찍 다녀온 것인지"를 캐물었다. 그때까지도 한국말이 어눌했던 딸들이 모기만 한 목소리로 미국에서 살다왔다고 하면, 그제야 어른들의 얼굴엔 이해의 눈빛이 떠올랐다. 하지만 그것도 잠시, 딸들에겐 두 번째 질문이 이어진다. 미국 어디에서 살았는지, 거기에서 태어난 것인지, 심지어 무슨 일로 갔었는지 꼬치꼬치 캐물었던 질문은 한결같이 "미국이 좋은지, 한국이 좋은지"를 묻는 것으로 끝나곤 했다.

다양하고 폭넓은 질문들에 비해 딸들의 대답은 언제나 똑같았다. 미국에 살다 와서 얼굴이 까맣다는 것, 미국이 더 좋다는 것. 하지만 딸들의 대답엔 몇 가지 수상한 점들이 있었다. 미국에 살다 온 사람들의 피부가 모두 까맣지는 않다는 점, 그리고 두 딸 모두 한국의 먹거리와 놀이를 한없이 사랑했다는 점에서 딸들의 답변은 수상하기만 했다.

처음엔 미국 친구들과 수영장이 그리워서라고만 생각했다. 하지만 시간이 지나서도 변함없는 딸들의 대답에 나는 뭔가 문제가 있음을 느끼기 시작했다.

"루니야, 미국이 좋아, 한국이 좋아?"

"미국."

"왜? 한국은 음식도 훨씬 맛있고 볼거리도 많아서 좋다며?"

"응, 맞아."

"그런데 왜 미국이 좋다고 그래?"

"학교 친구들이 이상해. 막 밀고 치고 다녀. 그러고 나서 쏘리도 안 해."

그랬다. 친구를 밀치거나 때리는 일은 미국에서 나고 자란 큰딸에게 생각할 수도 없는 일이었다. 하기사 백화점 문을 열면 자연스럽게 나보다 먼저 들어가는 아줌마들과, 길에서 사정없이 어깨를 밀치고 가는 아저씨들 때문에 나 역시 어이없어했던 적이 한두 번이 아니었다. 그러니 미국에서 엄한 공교육을 받았던 딸은 오죽했으랴.

사실 미국의 공교육은 생각보다 엄격했다. '킨더'라는 이름으로 시작되는 미국의 공교육이 7살의 아이들에게 요구했던 건 딱 두 가지였다. 바로 예절 지키기와 학교 규칙 엄수하기. 하루 종일 배우는 거라곤 1부터 10까지의 숫자와 알파벳 몇 개가 전부였지만, 학교의 엄격한 분위기는 아이들을 늘 긴장하게 만들었다. 수업시간 전까지 줄을 서서 선생님을 기다리다가, 오늘도 수긍하겠다는 암묵적인 약속을 마친 후에야 선생님과 함께 교실로 들어섰던 아이들은 언제나 순서와 규칙에 따라 움직였다. 덕분에 아이들은 선생님의 나긋나긋한 목소리에도 침묵했고, 제일 즐거운 간식시간조차도 입을 닫은 채 한 줄로 서서 지정된 야외테이블로 향했다. 간식시간이 끝나면 놀이터에서 뛰어놀 수 있는 짧지 않은 시간이 주어졌지만, 그 안에서 뛰거나 새치기를 하는 아이들은 보이지 않았다. 학교에서 자원봉사자로 보조교사 역할을 했던 나는 그네나 미끄럼틀 앞에서 수를 세고 있는 아이들의 모습을 매일같이 지켜보았다. 그네에서 머무를 수 있는 시간은 고작 스물이었다. 그것은 뒤에 기다리는 아이가 스물을 세고 나면 반드시 그네에서 일어서야 함을 의미했다. 자전거는 육십, 미끄럼틀에서는 단 한 번이라는 수가 주어졌기에 놀이터에서 무언가를 독점하는 것은 아이들에게 생각도 할 수 없는 일이었다. 또한, 그러한 규칙은 학교 수업이 끝나고 교문을 닫기 전까지 계속되었다.

그처럼 엄격한 규칙 뒤에는 체계화된 규제와 제제가 숨어 있었다. 줄을 서지 않으면 경고를, 경고를 어기면 놀이터에 가지 못하고 혼자 교실에 남아 있어야 함을 아이들은 서로의 모습을 통해 배워나갔다. 더 큰 문제가 생기면 부모가 올 때까지 오피스에서 기다려야만 하고, 이후엔 학생과 학부모, 담임선생님과 교장선생님으로 구성되는 심각한 회의가 열린다는 사실을 아이들은 소문과 경험을 통해 알아나갔던 것이다.

학교에서 보조교사로서 일하던 어느 날, 나는 선생님 책상에 놓여 있던 빨갛고 커다란 버튼을 발견했다. 수업 중 한 아이가 부산스럽게 굴자 선생님은 그 빨간 버튼을 여지없이 눌러버렸다. 그 즉시 도착한 오피스 직원은 수업에 방해가 되지 않도록 조용히 들어와 아이와 아이의 가방을 챙겨 조용히 교실을 나갔다. 물론 아이는 야단을 맞거나 잔소리를 듣지는 않는다. 그저 자상한 교장선생님께 상담을 받는 게 전부였지만, 엄마가 도착할 때까지는 사무실에서 꼼짝없이 혼자 기다려야 한다는 것은 학교 내의 사람들이 모두 알고 있는 사실이었다. 그런 학교의 엄격한 풍경이 내게는 무척이나 낯설었지만, 그들에겐 지극히 평범한 일상이었다. 수업하는 시간보다 반성문 쓰는 시간이 훨씬 긴 아이들의 모습, 수업이 끝난 후 선생님의 부름에 "it again?" 하는 신음과 함께 교문 앞으로 다가가는 엄마들의 모습, 친구의 등을 밀쳤다는 이유로 혼자 교실에 남아 책상을 닦고 있는 아이들의 모습 들은 아이들은 싸우면서 크기 마련이라는 분위기 속에서 자란 나에게 충격일 수밖에 없었다. 더욱 놀라웠던 건 문제를 저지른 아이들을 바라보는 부모들의 태도였다.

교사로부터 작은 지적만 들어도 자존심 상해하는 한국 부모들에 비해, 미국 부모들은 전혀 심각하게 여기지 않았다. 교사의 지적에도 단지 알았다고만, 집에서 주의를 주겠다는 응답을 했을 뿐 부모들은 변함없는 사랑의 눈빛으로 아이들을 데리고 갔다. 그러나 아이들을 향한 교사와 부모들의 미소 속엔 무언의 메시지가 담겨 있었다. '네가 그렇게 행동하는 것을 막지는 않겠다. 그러나 거기에 상응하는 대가는 치러야만 할 것이다'라고 말이다.

　이런 암묵적인 경고는 한창 뛰어놀 개구쟁이 아이들은 물론 사춘기에 접어든 혈기왕성한 아이들조차 비껴가지 않았다. 학생들을 야단치거나 소리 지르는 일은 감히 상상조차 할 수 없었음에도 학교는 늘 조용했고, 아이들은 언제 어디서나 선생님을 따랐으며, 친구들 간의 존중은 당연한 듯 보였다. 그처럼 엄격한 규율을 통해 형성된 아이들의 습관은 중학교나 고등학교까지 계속해서 이어졌다.

　한 번은 딸의 선생님이 나를 불렀다. 다른 엄마들 앞에서 선생님에게 지적을 당하리라곤 꿈에도 생각하지 못했던 나는 크게 당황했다. 딸아이의 행동이 반듯하고 늘 아이들의 모범이 되고 있으며 지적으로 타고난 유전자를 지녔다는 말을 선생님으로부터 끊임없이 들어왔던 터라 더욱 그러했다. 선생님의 미소는 여전했지만 메시지만은 확실했다. 딸아이가 다시 한 번 남자아이 손을 꼬집는다면 자신은 교장에게 전할 수밖에 없다고 말이다. 사실 그 남자아이로 말할 것 같으면 딸아이를 끝없이 때리고 괴롭혔던 아이였다. 심지어 다른 아이의 눈을 연필로 찔러 퇴학 직전에 갔다가 결국 학교를 옮겨야만 했던 아이였다. 그러나 나를 괴롭힌 누군가를 꼬집는 일이 또 다른 가해라는 사실을 선생님은 딸과 나에게 확실히 인지시켰다. 그 일은 나에게 왠지 모를 배신감과 수치심을 안겨주었던 순간이기도 했지만, 한편으로 미국이 추구하는 교육에 대해 어렴풋하게나마 알게 된 사건이었다.

　한국의 부모들은 아이들의 장난질이나 싸움에 대해 무척이나 관대한 편이다. 밀어서 뼈가 부러져도, 싸우다가 입원을 해도 아이들은 원래 싸우면서 크는 법이라고 말한다. 하지만 미국에서는 그런 마음으로 학교생활을 했다간 큰코다친다. 한국에선 귀엽게 봐주는 아이들의 장난질 – 초인종을 누르고 도망간다든가 담벼락에 낙서를 한다든가 – 때문에 정학이나 퇴학당하는 학생들을 수없이 봐왔기 때문이다.

한국에 온 지 몇 년이 지났지만 큰딸은 여전히 학교생활에 어려움을 겪고 있다. 욕을 밥먹듯이 하고, 장난처럼 몸을 밀치고 때리며, 선생님 말씀조차 두려워하지 않는 친구들을 이해하기 어려워서다. 그런 친구들을 이해하려면 딸에겐 길고 긴 시간이 필요할지도 모르겠다. 그래도 딸아이만큼은 부디 그런 모습들을 닮지 않았으면 좋겠다. 물론 딸의 친구들 역시 일일이 줄을 서고 학교 규칙을 엄수하는 모습이 낯설고 불편할 수도 있다. 하지만 친구에 대한 예의와 규칙을 지킬수록 학교생활이 더욱 즐겁고 편안해진다는 것을 아이들도 결국 알게 될 것이다. 그때까지 부디 딸이 버텨주기를 엄마로서 간절히 바랄 뿐이다.

안녕, 샌디에이고

#12.

펜슬 데이 Pencil day

남편과 내가 미국에 처음 발을 들였던 곳은 LA 근처의 어바인 Irvine이라는 작은 도시였다. LA와 샌디에이고의 중간 정도에 위치한 그곳은 태평양 전쟁 후 일본 포로들이 모여 살던 곳으로, 다른 곳에 비해 일본인 이민자의 비율이 대단히 높은 지역이었다. 결혼 후 신혼 여행 겸 어학연수를 떠났던 나와 남편은 UC Irvine 대학의 아파트형 기숙사에서 때늦은 영어공부를 시작했다. 하지만 서른이 넘어 시작한 영어 공부는 결코 쉽지 않았다. 아침식사는커녕 늘 산발한 채 회사를 오갔던 내가 새벽같이 일어나 아침상을 차리고 도시락까지 준비해야만 했기 때문이다. 게다가 숙제는 왜 그리 많은지, 학교에서 돌아오자마자 시작한 숙제는 밤이 깊도록 끝날 줄을 몰랐다. 지겨웠던 회사 생활을 그만두고 미국에서 슬슬 쇼핑이나 다녀볼 요량이었던 나는 엄마가 해주던 밥을 그리워하며 고3 때보다 더 혹독한 나날을 보내고 있었다.

그중에서 가장 인상 깊었던 건 신문의 사설을 읽고 단 세 줄로 요약하는 과제였다. 결과적으로 제일 효과가 높았던 과제였긴 했지만, 그만큼 많은 시간과 노력을 요구했던 일이었다. 과제를 위해 매일같이 신문을 뒤적이던 어느 날, 나는 작은 광고 하나를 발견했다. 지금은 기억나지 않지만, 무슨 '데이'에 필요한 물건들을 싸게 판다는 광고였던 것 같다. 하지만 그 '데이'는 미국에서 처음 보는 기념일이었다. 인터넷과 사전을 뒤졌지만 아무런 실마리도 찾을 수 없었던 나는 결국 선생님께 물어보기로 하고 신문을 가방에 챙겨 넣었다. 다음날 신문을 펼쳐 든 선생님의 표정은 나와 별로 다르지 않았다. 자신도 처음 들어본 기념일이라며 고개를 갸웃거렸던 선생님은 미국엔 아마도 '연필 데이'나 '지우개 데이' 같은 기념일도 있을 거라며 웃어넘기고 말았다.

정말로 미국엔 수많은 '데이'가 존재했다. 봄을 알리는 그라운드 호그 데이Groundhog Day부터 시작해, 밸런타인데이Valentine's Day, 마더스 데이Mother's Day, 파더스 데이Father's Day, 마틴 루서 킹 데이Martine Luther King's Day, 콜럼버스 데이Columbus Day, 베테랑스 데이Vetrans Day 등 공식적인 기념일만 해도 수십 가지였다. 물론 한국의 달력에도 별로 신경 쓰지 않는 기념일이 수두룩하지만 미국에서는 그 수많은 데이들을 하나도 빠뜨리지 않고 챙긴다는 점에서 분명한 차이가 있었다.

그 많고 많은 기념일들을 쉽게 알아차릴 수 있는 방법은 두 가지였다. 하나는 대형매장에 들어서는 순간 앞에 진열된 상품들을 통해서였고, 다른 하나는 집으로 날아오는 각종 광고지와 세일 전단지를 통해서였다. 나는 샌디에이고에 와서도 기념일에 대해 전혀 관심을 두지 않았지만, 딸들이 학교에 입학하면서부터는 사정이 급격히 달라졌다. 그토록 무신경하고 게을렀던 내가 한 달에도 몇 차례씩 찾아오는 기념일에 곤두세웠던 이유는 다름 아닌 아이들의 숙제와 준비물 때문이었다.

우선, 봄을 알리는 '그라운드호그 데이'엔 동물 백과사전이 필요했다. 학교에서 온종일 두더지 그림을 그리려면 어떻게 생겼는지 정도는 알고 가야 했기 때문이다. 만약 필요한 준비물이 없다 해도 아이의 가방 속 가득한 두더지 그림을 보노라면 알고 싶지 않아도 저절로 알게 된다. 며칠 뒤엔 '밸런타인데이'가 찾아온다. 정말이지 그날은 난리가 난다. 상점은 상점대로 꽃과 초콜릿 잔치가 열리고, 학교는 학교대로 아이들에게 사탕과 초콜릿을 나눠주며 큰 파티를 열었다. 게다가 여자아이나 남자아이 할 것 없이 큰 하트 모양의 종이옷을 입고 다니는 모습을 보노라면, 아무리 무신경한 나로서도 모르는 척하기가 쉽지 않았다. '마틴 루서 킹 데이'에는 도서관에서 마틴 루서 킹과 흑인 역사에 관한 책들을 진작부터 빌려 두어야 했다. 늦게 가면 그림책 하나 남아있지 않기 때문이다. 반면에 마틴 루서 킹 데이는 아이들과 책을 읽으면서 원하지 않아도 미국의 역사와 미국 사회의 문제점을 되짚어보게 되는 날이기도 했다. '마더스 데이'에는 하기 싫어도 침대에서 꼼짝하지 않고, 아이들이 가져다주는 빵과 주스를 받아먹어야 했다. 울퉁불퉁한 글씨로 만든 카드를 눈물을 흘리며 읽어야 하고, 다 태운 달걀 프라이도 남기지 말고 먹어야만 했지만 나름 감격스러운 면도 없지 않았다. 아빠들의 항의로 만들어졌다는 '파더스 데이'에는 아이들과 함께 남편을 위한 카드를 만들어야 함은 물론, 모든 아빠들이 좋아한다고 믿고 있는 공구나 스포츠용품을 선물해야만 했다.

어떤 사람들은 그 같은 기념일이나 국경일이 뭐가 대수냐고 물을 것이다. 사실 학교 달력에는 보통 달력보다 훨씬 더 많은 기념일들이 표시되어 있었다. 거기엔 국경일에 속하지 않는 '파자마 데이Pajama Day'를 비롯한 '스포츠 데이Favorite Sports Day', '백워드 데이Backward Day', '크레이지 헤어 데이Crazy Hair Day' 등의 학교 행사가 함께 적혀 있기 때문이었다.

'스포츠 데이'엔 아이들은 좋아하는 야구나, 농구, 심지어 발레 복장을 하고 학교로 갔다. '백워드 데이'엔 잠바나 셔츠, 하다못해 신발이라도 거꾸로 신어야 학교로 갈 수 있었는데, 가끔씩 바지를 거꾸로 입고 등교하는 남자아이들도 눈에 띄곤 했다. '크레이지 헤어 데이'는 그야말로 미친 사람(?)처럼 머리를 하고 가는 날이었다. 이날 학교에서 조금이라도 눈에 띄고 싶다면 적어도 무지갯빛 색깔로 스프레이를 뿌린 후 무스로 잔뜩 머리에 힘을 주거나, 집에 있는 핀을 모두 머리에 꽂고 갈 수 있어야만 했다. 즐겁고 우스운 날이기도 했지만, 저녁 시간 샤워만큼은 남다른 각오가 필요한 날이기도 했다.

'파자마 데이Pazama Day'는 학교에서 수시로 치러졌던 행사였다. 그날 교장을 비롯한 모든 선생님들은 잠옷 차림을 하고도 대수롭지 않은 표정으로 교정을 오갔다. 또한, 핑크색 잠옷 차림의 선생님들이

크레이지 헤어 데이

파자마 데이 등교길

학부모들을 일일이 안아줄 때는 특별히 표정관리에 신경 써야 하는 날이었지만, 두 딸이 제일 신난 얼굴로 학교로 향했던 날이기도 했다. 아침에 일어나 옷을 갈아입을 필요도 없이 곰인형을 안고 학교로 향한 아이들은 따뜻한 담요를 두른 채 핫초코를 마시고 선생님이 들려주는 동화를 읽으며 하루를 보냈다.

그뿐만이 아니었다. 개학한 지 100일이 되었다는 메시지부터 시작해, '세인트 패트릭스 데이St Patrick's Day'의 소식과 함께 엄마들에겐 초록 모자를 준비하라는 문자가 날아온다. 그리고 '캐릭터 데이 Favorite Character Day'에 입힐 옷을 뒤적거리는 사이, '하와이안 데이 Hawaiian Day'가 멀지 않았음을 알려오면, 엄마들의 머리는 그야말로 터져나가기 일보직전이었다. 옷장을 뒤지다가 없으면 지인에게 연락해 빌려야 하고, 안 되면 마트라도 얼른 뛰어가 사 와야 하는 사태가 연일 벌어지기 때문이었다. 이때쯤이면 대부분 엄마들의 소원은 단 하나, 이제 제발 방학하게 해달라는 간절한 바람만 남게 된다.

　지쳐가는 엄마들의 한숨소리에도 아랑곳없이, 아이들은 계속되는 행사와 기념일들을 사랑했다. 사실 잠옷바람으로 곰인형을 들고 가거나, 바지와 신발을 뒤집은 채 학교로 가는 발걸음이 얼마나 신나겠는가. 학교에 도착하자마자 서로의 우스운 꼴을 확인하며 재잘대는 아이들의 얼굴에선 절대로 공부 걱정이나 지루함 따위는 찾아볼 수 없었다. 하트 모양의 종이옷을 입고 사탕과 초콜릿을 받는 아이들, 쌀쌀한 날씨에 코코아 잔을 들고 산타클로스 이야기를 듣는 아이들에게 학교는 그저 신나고 즐거운 '축제의 장'일 뿐이었다. 하루하루를 축복으로 여기며 기쁘게 살아가는 딸들을 보고 있자면, 나 역시 별 볼 일 없는 하루를 즐겁게 보낼 수 있었다. 사실은 내심 그 아이들이 부러웠다. 콩나물시루 같은 교실에서 딱딱한 수업이 계속되었던 어린 시절, 하루라도 그런 시간을 보낼 수 있었다면 나머지 354일의 지루함쯤은 쉽게 견뎌낼 수 있었을 테니 말이다.
　자신이 좋아하는 공주 드레스를 입고, 집에 있는 머리핀을 모두 꽂은 채 학교로 나서는 딸들의 환한 얼굴을 보며 나는 일상의 행복이 무엇인지, 또 그것들이 삶에서 얼마나 중요한지를 깨닫게 되었다. 또한 곰인형 하나와 코코아 한 잔으로도 삶이 충만해질 수 있다는 것을 나는 학교와 아이들로부터 조금씩 배워 나갔다.
　학교 준비물 때문에 시작한 나의 메모 습관은 점점 다른 형태로 변해갔다. 기념일과 행사들만을 적어놓았던 예전의 메모 형태가 뭔가 즐거운 날을 만들어내고 새로움을 더하기 위한 것으로 바뀐 것이다. 지금 나의 연둣빛 다이어리엔 즐겁고 재미있는 일들만 큼지막하게 적혀 있다. 물론 하고 싶지 않거나 어쩔 수 없이 해야 하는 일들도 있긴 하지만, 그런 것들은 구석에 작은 글씨로 씌어 있다. 별것 아닌 일들이지만 이런 일들이야말로 무료한 일상을 변화시키는 마법의 힘을 가지고 있다. 그래도 신나는 일이 없다면, 내 맘대로 만들면 그만이다. 오늘은 아이들과 아이스크림을 먹는 날, 내일은 온 식구 산책하는 날, 그다음 날은 친구와 만나 우아하게 커피 한 잔 하는 날처럼 말이다.

아이들 역시 마찬가지다. 월요일엔 아이들이 좋아하는 핑크색으로 옷과 신발을 신게 한다든지, 목요일엔 막대사탕을 한 움큼 들고 가 친구들과 나눠먹게 하면, 그야말로 아이들이 침대에서 일어나는 속도가 달라진다. 옷과 양말을 매칭 하느라 신이 난 아이들과 가방 속에 사탕을 불룩하게 채워 넣은 채 학교로 향하는 아이들의 하루가 얼마나 즐거울지는 나는 오랜 경험을 통해 알고 있다. 그처럼 자신이 좋아하는 것들로 다이어리를 채울 수 있다면, 굳이 버킷리스트를 따로 만들지 않아도 될 것이다. 사실 우리가 원하는 것들은 돈이 많이 드는 세계일주나 값비싼 명품만은 아니기 때문이다.

오늘도 내 다이어리엔 재미있는 일이 하나 적혀 있다. '온전히 나만을 위한 두 시간'이라고 적힌 금요일 하루, 나는 좋아하는 카페에 앉아 다디단 마끼아또를 홀짝이며 책을 읽을 예정이다. 그 두 시간만큼은 저녁 찬거리나 아이들 숙제 따위는 떠올리지 않기로 했다. 또한 늘어나는 뱃살이나 마끼아또의 엄청난 칼로리 걱정도 사양할 계획이다. 오늘은 화요일이다. 하지만 금요일 오후의 꿈과 같은 시간을 생각하면 나의 한 주는 눈 깜짝할 사이 흘러갈 것이다.

　많은 사람들이 하루를 그럭저럭 보낸다. 당신의 다이어리엔 무엇이 적혀 있는지 묻고 싶다. 오늘 하루, 이번 한 주일을 기쁘게 보낼 그 무엇이 존재하는지 말이다. 만약 없다면 내일은 오렌지색 티셔츠와 가방을 매칭 하는 '오렌지 데이Orange Day'로 정해 보면 어떨까. 아니면 '노 다이어트 데이No diet Day'라도 만들어보자. 어차피 수많은 기념일들은 사람들이 만들어낸 것이기에, 우리라고 만들어내지 못할 이유가 전혀 없다. 하지만 그런 작은 기념일이야말로 일상의 커다란 활력소가 된다는 것을 깨닫는 순간, 당신의 삶은 투명한 구슬을 모아 놓은 병처럼 반짝이게 될 것이다.

#13.
어느 사커맘의 하루

    지식백과의 '사커맘'의 정의는 다음과 같다. '미니밴으로 아이를 축구 연습장에 데리고 가고, 아이가 축구 연습을 하는 모습을 지켜보는 엄마. 특히 어릴 때 축구를 접하려면 어느 정도의 경제력은 물론, 아이 뒷바라지의 헌신적인 엄마의 손길이 필수적이다. 그래서 사커맘이란 용어는 도시 교외에 사는 중산층 미국 여성으로, 학교에 다니는 아이의 방과 후 체육활동이나 다른 활동에 많은 시간을 투여하는 열성 엄마들을 지칭하는 말로 사용되고 있다.'

    정확한 설명이다. 미국 드라마나 영화 속에서 볼 수 있는 장면들 – 아이들의 경기에서 고래고래 소리를 지르고, 때로는 흥분해서 싸움을 벌이기도 하는 엄마와 아빠들의 모습 – 은 사실 아이들이 있는 가정이라면 미국 어디서나 볼 수 있는 모습이다. 개인용 매트나 접이식 의자에 느긋하게 아이들의 축구경기를 관람하는 엄마, 식당에서나 쓸 법한 대형 바비큐 그릴을 가져와 햄버거와 소시지를 구워가며 연신 소리를 질러대는 아빠들의 모습은 미국 드라마의 단골 장면이기도 하다. 하지만 여기엔 우리가 알지 못하는 비밀이 있다. 드라마에서 보여주는 장면들은 사커맘의 하루 중 가운데만을 잘라낸 파편에 불과하다는 것. 아이들의 그 보잘것없는 경기를 위해 부모들이 얼마만큼의 시간과 돈을 들여야 하며, 경기가 끝나도 부모들의 할 일은 끝난 게 아니라는 사실을 보여주는 드라마나 영화는 거의 없다는 뜻이다.

운 좋게도 나는 미국의 친구 덕에 커트된 나머지 장면들을 모두 볼 수 있었다. 친구의 막내아들 유빈이와 나의 큰딸은 같은 반 친구였다. 학교 전체를 통틀어 한국인이라고는 두 명 밖에 없었지만, 유빈이는 한국어를 거의 이해하지 못했다. 그럼에도 큰딸을 편하게 생각하는 유빈이 때문에 그의 엄마와 나는 급속도로 친해지게 되었다. 중학교 때 가족 모두가 이민을 왔다는 친구는 나와는 한국어로, 가족들과는 영어로, 일하는 아줌마들과는 스페인어로 이야기를 나눌 만큼 활달하고 에너지가 넘치는 사람이었다. 고등학생이었던 큰딸과 중학생이었던 둘째아들, 그리고 이제 갓 초등학교에 들어간 막내아들 유빈이는 그녀에게 있어 끊임없이 활력을 제공하는 에너지원이기도 했지만, 동시에 그 모든 에너지를 고갈시키는 근원이기도 했다.

친구의 큰딸은 커뮤니티 축구팀의 미드필더였다. 친구의 차 뒤에 큼지막하게 'I'm a soccer mom!'이라고 쓰인 스티커는 '나 무지하게 바쁘니, 건드리지 말라!'는 의미와 일맥상통했다. 그도 그럴 것이 토요일마다 커뮤니티 파크에서 치러지는 경기를 위해 친구는 새벽같이 일어나 모든 준비를 마쳤다. 차 트렁크에 항상 준비되어 있는 매트나 접이식 의자 말고도, 친구는 유니폼과 수건, 커다란 얼음 물통은 물론 각양각색의 간식까지 준비해야만 했다. 모든 경기 규칙과 아이들의 일정을 꿰차고 있던 친구는 일찌감치 경기장에 자리 잡은 뒤 큼직한 전문가용 카메라로 찍고 또 찍었다. 하지만 경기가 끝날 때까지 남아있던 적은 거의 없었다. 부지런히 장비들을 챙겨 둘째아들의 농구장으로 향해야 했기 때문이다.

그때쯤이면 친구의 둘째아들은 학교 농구팀 경기에서 맹활약을 펼치고 있을 터였다. 농구장에 들어서자마자 고래고래 소리를 지르며 열심히 셔터를 눌러댄 친구는 마지막으로 막내를 데리고 집 근처파크의 '프리사커팀'에 합류했다. 사커팀이라고 해봤자 타는 듯한 태양 아래서 기껏해야 공 몇 번 찬 뒤 빨간 깃발을 돌아오는 게 전부였다. 하지만 연습에 임하는 아이들의 태도는 프로선수들 못지않다는게 친구의 말이었다. 그 삼십 분의 연습을 위해 고속도로에서 한 시간 이상을 달려야 했던 친구는 오후가 되면 여기저기 흩어져있던 아이들을 픽업하기 시작했다. 제일 먼저 막내 유민이를 밴에 태운 친구는 얼마 후 경기를 마친 큰딸과 둘째아들을 태웠고, 더러워진 운동복과 수건들을 가득 싣고 돌아와 정신없이 저녁을 지어 먹곤 했다. 가끔씩 애프터 파티, 즉 뒤풀이라도 있는 날에는 이슥한 밤이 되어서야 간신히 집으로 돌아왔다.

그나마도 시즌 중에는 좀 나은 편이었지만, 토너먼트 경기가 시작되면 친구의 가족은 그야말로 난리를 겪었다. 토너먼트 경기는 카운티나 주를 벗어난 곳에서 치러질 때도 많아, 호텔에 머무르거나 비행기를 타고 가야 하는 경우도 허다했다. 물론 원정경기를 빌미 삼아 즐겁게 놀다 올 때도 있었지만, 경기 시간이 겹칠 때가 많아 그것마저도 쉽지 않았다. 그럴 때마다 친구의 가족들은 단호하게 갈라섰다. 딸은 엄마와 함께, 아들들은 아빠와 함께. 그렇게 찢어진 가족은 전화로 서로의 안부와 경기 상황을 전하다가, 집에 돌아오자마자 서로의 이야기를 봇물처럼 쏟아내었다. 모든 토너먼트 경기가 끝나고 나서야 더 늙고 지친 얼굴로 나타났던 친구는 운동에 관심이라곤 전혀 없는 나를 붙잡고 그간의 있었던 경기들을 침까지 튀겨가며 설명했다. 그때마다 친구는 이번이 마지막이라고 못을 박았지만, 여름방학이 끝나면 어김없이 경기장으로 달려가곤 했다.

친구가 하도 조르는 바람에 어쩔 수없이 여고생들의 축구경기를 관람했던 나는 깊은 충격에 빠졌다. 파란 하늘 아래, 하얀 양말을 무릎까지 올려 신은 소녀들의 주근깨투성이 얼굴은 더없이 순수하고 아름다워 보였다. 하지만 경기가 시작되자마자 파워풀한 슈팅으로 잔디밭을 가로지르는 여고생들의 눈빛엔 진지함과 열정이 피어올랐다. 더욱이 경기를 마친 후, 진 팀과 다친 친구를 위로하는 소녀들의 모습은 어른이었던 나도 부러울 만큼 매력적이었다. 그런 소녀들을 보며 처음으로 스포츠의 진가를 알게 된 나는 딸들이 크면 꼭 축구를 시키겠노라 굳게 마음먹었다.

사실 축구는 미국에서 '빅4 스포츠'로 일컬어지는 미식축구, 야구, 농구, 아이스하키에 포함되지 않는다. 게다가 축구의 불모지에 가까운 미국의 프로축구팀엔 선수들 태반이 히스패닉으로 구성되어 있다. 그럼에도 사커맘으로 통하는 중산층 백인 여성들이 축구를 선택한 이유는 무엇일까?

일부에서는 축구가 미국 백인들이 동경하는 전형적인 영국의 스포츠이기 때문이라고 말하기도 한다. 하지만 대부분의 엄마들이 믿고 있는 축구의 장점이란, 협동심과 사교성을 길러주고, 미식축구처럼 위험하지도 않으며 여자아이들도 충분히 즐길 수 있는 스포츠라는 점이다. 그러한 사커맘의 믿음 덕분에 미국은 3백 만의 유소년 축구인구와 세계 최대의 축구인구를 가진 나라가 될 수 있었다.

미국에 사커맘이 있다면 한국엔 '학원맘'이 있다. 차에 온갖 학원 교재와 간식들을 챙겨 유명 학원을 돌아다니는 엄마. 심지어 미국에 살고 있으면서도 자신들의 스타일을 바꾸지 않는 학원 맘들은 유명 대학교 학생을 붙여 과외를 시키고, 방학과 동시에 한국으로 들어와 아이들에게 강남의 유명 SAT학원 특강을 듣게 한다. 물론 미국에도 아이들의 교육에 극성을 부리는 알파맘, 슈퍼맘 등이 존재한다. 그러나 예체능에 중점을 두는 미국의 사커맘들은 국·영·수에만 매달리는 한국의 학원맘들과 사실 뿌리부터가 다르다.

놀라운 사실은 그런 학원 맘들의 작전이 미국에서도 먹힌다는 것이다. 학군이 좋은 곳이라면 비싼 집세를 감수하면서 이사를 감행하고, 어마어마한 학원비를 들여서라도 아이들을 명문대에 집어넣고야 마는 학원맘들. 그들의 작전이 통하지 않는 아이비리그는 이 세상 어디에도 없다. 하지만 그때부터가 시작이라는 것을 아는 학원맘은 아쉽게도 별로 없는 듯하다. 오랜 기간 축구와 농구 등으로 단련된 체력은 물론, 주어진 프로젝트를 위해 서로 어떻게 협력해야 하는지를 터득한 미국 학생들을 학원맘의 자녀들은 절대로 따라잡지 못한다.

사커맘이 되겠다던 나의 꿈은 결국 무산되고 말았다. 한국에 와서 여기저기 알아보았지만, 프로가 아닌 아마추어 청소년 여자 축구팀은 어디에도 보이지 않았다. 차 뒤에 커다란 스티커를 턱 붙인 채 경기장을 휘젓고 다니고 싶었는데 말이다. 검게 그을린 얼굴에 흐르는 땀을 닦아주며 원더우먼도 울고 갈 여전사로 키우리라 마음먹었던 나는 이제 배드민턴 채 몇 개를 들고 공원에 나갈 뿐이다. 그것도 눈비 없는 주말에만.

반면에 친구의 SNS에는 여전히 사커맘의 일상으로 가득하다. 얼마 전엔 막내아들 유민이가 벌써 커뮤니티 사커팀에 들어갔다고 그야말로 난리가 났었다. 이제 밴에 싣고 다녀야 할 아이가 하나뿐인 친구는 끝까지 경기를 지켜볼 수 있게 되었다고 자랑질을 해댄다. 고등학교를 졸업한 유민이의 형은 대학에서도 계속 농구와 공부를 병행하고 있지만, 한국에서 영어 선생님을 하고 있는 유민이의 큰 누나만 축구를 하지 못해 안타까워하고 있다.

미국 생활에서 스포츠는 중요한 삶의 한 부분이다. 대부분의 주말을 경기장에서 보내는 아이들과 부모들 중에 그런 시간들을 아깝다거나 낭비라고 생각하는 사람은 거의 없다. 미국인들에게 운동은 삶의 필수이며, 뛰고 환호하는 것 그 자체가 인생의 큰 축복이라 여기는 것이다. 반면에 한국의 경기장은 동네 축구 동호회가 아니면 언제나 썰렁하기 그지없다. 그 많은 경기장 어디에도 스포츠를 즐기는 아이들이나 학생들의 모습은 보이지 않는다. 그저 축 처진 어깨로 학원을 오가는 모습만 볼 수 있을 뿐이다. 그런 아이들의 피부는 검게 그을기는커녕 항상 물러 터진 두부처럼 생기라곤 없다.

많은 엄마들이 자녀들의 외국 유학과 아이비리그 행을 꿈꾼다. 유학원을 알아보고 SAT특별반을 찾는 엄마들에게 내가 당부하고 싶은 것은, 우수한 두뇌를 가진 한국 학생들이 미국 대학에 입학하긴 쉬워도 졸업하기는 어렵다는 사실이다. 그렇다면 방법은 무엇일까? 축구를 시켜야 한다. 그리고 엄마는 사커맘이 되어야 한다. 덩치가 산만한 아이들과 부대끼고 살아남아야만 아이비리그에도 도전할 수 있다. 거기에서 얻는 체력과 소통의 기술이야말로 아이비리그를 졸업할 수 있는 유일한 열쇠이기 때문이다. 그러니 학원맘일랑 일찌감치 접어두고 사커맘이 되어보는 건 어떨지. 이처럼 사커맘이 되고 싶다는 나의 꿈은 언제까지나 유효하다.

#14.

Trick or Treat!

오늘은 시월의 마지막 날, 미국으로 치면 '할로윈 데이'에 해당되는 날이다. 요즘은 한국에서도 할로윈을 즐기는 사람들이 많아졌다. 놀이공원에서는 한 달 전부터 할로윈을 테마로 꾸며 아이들을 불러들이고, 젊은이들이 많이 모이는 홍대나 이태원 거리에도 할로윈 파티를 연다는 광고지들이 심심치 않게 보인다. 오늘 아침에는 영어 유치원에 다니는지, 마녀 복장과 슈퍼맨 차림으로 아파트를 나서는 아이들도 꽤 눈에 띄었다. 주위에서 들으니 어린이집이나 유치원에서도 아이들에게 코스튬을 입히고 사탕을 나눠주는 행사를 많이 연다고 한다. 물론 나라 전체가 떠들썩한 미국과는 비교조차 되지 않겠지만 말이다.

모르긴 해도 미국에서는 아침 일찍부터 여기저기서 비명과 웃음이 터져 나오고 있을 게다. 여기저기에 시뻘건 피가 묻어 있는 하얀 드레스를 입고 출근하는 여자와 프랑켄슈타인 차림의 커피 매장 직원은 물론, 피 묻은 손목을 승용차 트렁크에 매단 유령들이 거리를 활보하고 있을 테니 말이다. 또한, 저녁에 입을 코스튬을 만지작거리다 집을 나온 아이들은 교문에 들어서자마자 슈렉의 직원들과 마주치게 될 테고, 거대한 핫도그로 변신한 교장선생님과 인사를 나누게 될지도 모른다. 그러나 하루 종일 할로윈의 유래와 역사를 배우며 끝없이 박쥐와 거미를 그려대는 아이들의 마음은 온통 할로윈 파티로 채워져 있을 게 분명하다. 이처럼 미국 아이들에게 최고의 날로 손꼽히는 할로윈은 나날이 성대해지고 화려해지고 있다. 하지만 따져보면 할로윈은 사실 미국과 별로 상관없는 날이다.

할로윈은 유럽에 거주하던 '고대 켈트인들의 축제'에서 비롯되었다고 한다. 켈트인들에게 10월 31일은 한 해의 마지막이자 새해가 시작되는 날로 죽은 영혼들을 위한 제사를 지냈다. 그런데 이때 나쁜 악령들이 접근해 해코지할까 두려워한 사람들이 자신의 모습을 악령과 비슷하게 꾸미는 풍속이 생겨났고, 이것이 현재의 할로윈 축제로 이어진 것이다. 이후 기독교 문화가 전파되면서 11월 1일을 '모든 성인의 날All Hallow's Day'로 삼게 되었고, 그 전날을 All Hallows' Eve가 되면서 지금의 Halloween이라는 용어로 자리 잡게 되었다. 할로윈이 미국의 대표적인 축제가 된 것은 1930년대 이후부터다. 그전까지만 해도 이민자들의 작은 지역 축제에 지나지 않았던 할로윈은 아일랜드 이민자들이 한꺼번에 몰려들면서 미국 전체로 퍼지게 되었다. 이처럼 미국 고유의 문화도 아닌, 더군다나 미국의 기독교와도 충돌할 여지가 많은 할로윈 문화가 미국에서 갈수록 확대되고 있는 것은 사실 지극히도 상업적인 이유 때문이다.

안녕, 샌디에이고

늘 곁에 머물 것만 같던 여름이 종적을 감추고 아침저녁으로 얇은 카디건이 필요할 무렵, 샌디에이고는 새로운 기쁨으로 차오르기 시작했다. 창고에 처박혀 있던 허수아비 인형들이 모습을 드러내고, 먼지를 털어낸 가을 소품들이 집안 곳곳에 자리할 때쯤이면 가을은 이미 깊어져 있었다. 샌디에이고의 가을은 펌킨에서 시작돼 펌킨으로 끝난다고 해도 과언이 아니었다. 마트 앞에 진열된 펌킨들은 주먹만 한 크기부터 사람 몸통만 한 것까지 크기도 다양하고 모양도 각양각색이었다. 게다가 펌킨들을 구입하는 사람들의 목적도 제각각이었다. 노랗고 주홍빛의 펌킨들을 그저 식탁에 놓아두고 가을을 만끽하려는 젊은이들부터 펌킨 파이나 수프를 만들려는 할머니들은 물론, 펌킨의 속을 파낸 뒤 조각칼로 새겨 잭 오 랜턴Jack-O-Lantern을 아이들과 만들기 위해 커다란 펌킨을 구입하는 부모들도 적지 않았다. 미국 사람들에게 펌킨은 곧 가을을 의미했고, 다가오는 할로윈의 그림자와도 같았다. 또한, 그 모든 것들은 연말까지 이어지는 축제의 시작을 알리는 우렁찬 종소리와도 같았다. 그 종소리를 들은 모든 사람들은 마치 기다리고 있었다는 듯, 두툼한 지갑과 함께 마트로 향했다. 물론 바캉스 용품들을 일찌감치 걷어낸 매대에는 가을의 정취가 물씬 풍기는 소품들과 할로윈 용품들이 이미 넘치도록 쌓여 있었다.

어느 신문에서 보니, 미국인들이 할로윈을 위해 소비하는 금액은 80억 달러, 우리 돈으로 8조 원에 이른다고 한다. 그중 3조 원 이상을 코스튬을 구입하는 데 사용하고, 사탕과 과자를 구입하는 데만 2조 원을 넘게 쓴다는 것이다. 그 사탕과 과자의 양을 계산하면 타이타닉 배 무게의 6배와 맞먹는다고 하니 정말 놀라지 않을 수가 없다.

사실 십여 년 전만 해도 아이들의 코스튬은 조잡하기 이를 데 없는데다 엄마들이 집에서 만들어 입히는 경우가 대부분이었다. 처음 할로윈이라는 문화가 낯설기만 했던 나는 떼 지어 몰려다니며 사탕을 요구하는 아이들의 모습을 의아한 눈으로 바라보기만 했다. 하지만 한 해 두 해 지나며 할로윈에 익숙해진 남편과 나는 문 앞에 사탕 바구니를 놓아두기 시작했다. 사실 사탕 한 봉지만 해도 쌀 한 포대와 맞먹는 가격이었지만, 뭔가 재미있는 구석이 없지 않았기 때문이다. 그러다 할로윈에 빠져들기 시작한 건 두 딸이 태어난 이후부터였다.

연년생의 두 딸은 두 돌을 넘기자마자 사탕 바구니를 들고 동네를 돌아다녔다. 처음 입어보는 공주 드레스가 까칠까칠하고 불편했을 텐데도 어린 두 딸은 끝까지 드레스를 입은 채 거리를 활보했다. 꼬마 여자아이들은 하나같이 디즈니 공주 옷을 입고 다니는 반면, 남자아이들은 배트맨이나 슈퍼맨이 주를 이루었다. 하지만 아이들이 성장하면서 코스튬도 달라지기 시작한다. 즉, 남학생들이 영웅에서 괴물로 변해가는 사이, 여학생들은 공주에서 악녀로 변신하는 것이다. 그러다 틴에이저가 되면 보기만 해도 끔찍한 모습을 의상과 화장으로 연출하다가, 나이가 들어갈수록 익살스러운 캐릭터를 연출하는 게 일반적이다.

할로윈을 문화적으로나 종교적으로 바라보는 미국인들은 거의 없었다. 그들에게 할로윈은 그저 하나의 축제일 뿐이었다. 자신이 원하는 복장을 하고, 거리를 활보하며 사탕을 구걸하고, 밤새도록 먹고 마시는 공식적인 파티인 셈이다. 그 하루를 위해 한 달 반 전부터 집안에 거미줄을 만들어 박쥐와 거미를 매달고, 집 앞을 공동묘지로 꾸미는 노력을 그들은 결코 마다하지 않았다. 또한 같은 코스튬을 절대로 다시 입지 않는 아이들을 위해 '할로윈의 메카'라고 불리는 파티시티Party City를 수도 없이 들락거리면서도 사람들의 표정은 오히려 즐거워 보이기만 했다.

집안 전체를 귀곡산장으로 만들고, 뜰에는 걸어 다니는 좀비를 세워둔 채, 벨을 누르기만 하면 드라큘라가 나타나도록 꾸미는 이웃집들과 비교도 되지 않았지만, 나 역시 할로윈을 위해 적지 않은 공을 들였다. 마녀 복장으로 친구들과 마을을 누비며 'Trick or Treat!'을 외치는 딸들을 쫓아다니려면 하다못해 머리에 뿔이라도 하나 달아야 했기 때문이다. 더욱이 문 앞에는 해골과 박쥐들을 주렁주렁 매달아야만 했고, 사탕이 있다는 표시로 '잭 오 랜턴'을 켜둔 채 바구니에 사탕을 수북이 쌓아두어야만 했다. 실망해서 돌아가는 아이들이 절대로 있어서는 안 되었기 때문이다.

돌이켜보면 할로윈은 아이들이나 젊은이들만의 축제는 아니었다. 맥주캔을 주렁주렁 매단 원숭이 복장을 하고 학교로 향했던 남편은, 원더우먼 복장을 하고 나타난 남자 교수를 한참만에야 알아보았다고 한다. 서로의 우스운 꼴을 확인하며 웃고, 잠시나마 동심으로 돌아갈 수 있는 시간이 바로 미국의 할로윈인 셈이다. 그처럼 할로윈에 대한 기억과 향수가 남아있는 어른들은 아이들에게도 똑같은 추억을 남겨주기 위해 그토록 많은 비용과 수고를 아끼지 않았던 것이다.

미국에 대한 기억이 가물가물해진 두 딸도 할로윈만큼은 또렷이

기억하고 있다. 할로윈이라고 작아진 코스튬을 간신히 껴입고 있는 두 딸에게 나는 오늘만큼은 초콜릿과 사탕을 맘껏 먹도록 허락하기로 했다. 작년에 쓰던 박쥐 장식들도 걸어놓고 해골들도 세워놓으면 그나마라도 할로윈 분위기가 난다고 좋아할지도 모른다. 섭섭해하는 두 딸을 위해 난생처음 할로윈 영화도 준비해 두었다. 영화 속에서 갑자기 튀어나오는 유령들을 보며 고래고래 소리를 질러댈 수도 있지만, 그 또한 추억으로 남지 않겠는가. 삶을 회고하는 데 있어 추억만큼 좋은 것을, 나는 아직까지 찾지 못했다.

chapter 4

즐거운 인생, 신나는 교실

#15.
크리시피Crispy한 연주법

막 설거지를 끝내려는데 옆에서 전화벨이 울렸다. 그럼, 그렇지. 옆집 언니였다.

"여보세요? 자기야, 뭐해?"

"뭐하긴, 언니 전화 기다리고 있었지."

"히히, 얼렁 와. 준비 다 해놨어."

통화가 끝나기 무섭게 위층으로 향한 나는 남편과 아이들을 준비시켜 어둑해진 거리로 나왔다. 언니네 집은 걸어서 5분 거리였다. 슈퍼만 가려해도 운전대를 잡아야 하는 미국에서, 걸어갈 수 있는 친구 집이 있다는 건 사실 기적에 가까운 일이었다. 언니는 한국인 성당에서 알게 된 나의 절친이었고, 언니의 남편과 나의 남편은 서로 죽고 못 사는 술친구였다. 유학생이었던 남편과 공무원이었던 언니 내외는 금요일마다 모여 술잔을 기울였지만, 술이 약했던 나는 옆에서 안주만 축내곤 했다. 우리들의 수다는 늘 늦은 밤까지 이어졌다.

그리고 마지막엔 언제나 아이들이 등장했다. 아들만 둘이었던 언니는 술자리가 파할 쯤이면 윤우와 윤수 형제를 불러 트럼펫과 색소폰을 불게 했다. 적당히 취한 엄마의 부름에도 마다하지 않고 악기를 꺼내 연주하는 두 아들을 볼 때면 언니의 얼굴엔 행복한 미소가 피어올랐다.

사실 아이들의 연주는 형편없었다. 얼마 전에 색소폰을 구입해 배우기 시작한 윤수는 말할 것도 없고, 2년째 트럼펫 개인 레슨을 받고 있던 윤우조차 실수 없이 한 소절 이상을 연주하지 못했다. 하지만 땀을 뻘뻘 흘리며 연주한 아이들을 위해 우리가 기립박수를 보내면 아이들은 시키지도 않은 앙코르 송을 연주하곤 했다. 아이들이 주섬주섬 악기를 챙겨 방으로 돌아가면 언니는 두 아들의 레슨비 때문에 죽겠다는 둥, 어제도 레슨 때문에 월차를 냈다는 둥의 끝도 없는 푸념을 늘어놓았다.

그도 그럴 것이 사교육의 불모지나 다름없는 미국에서 악기를 배운다는 것은 남다른 각오가 필요한 일이었다. 레슨을 시작하기도 전에 악기를 구입해야 함은 물론 1분당 1달러에 달하는 비싼 레슨비와 선생님의 교통비까지 부담해야 하기 때문이었다. 중고를 산다 해도 대부분의 악기 가격은 천 달러 이상이었고, 선생님에 따라 한 회당 60~100달러의 레슨비를 준비해야만 했다. 그 때문에 일주일에 고작 한 번뿐인 두 아들의 악기 레슨을 위해 언니는 매달 1500달러 이상을 쓰고 있었다. 할부로 구입한 악기 비용을 제외하고도 말이다.

그뿐만이 아니었다. 각각 다른 선생님에게 레슨을 받는 두 아들을 데리고 갔다가 데려오는 일은 비싼 레슨비를 감당하는 것보다 훨씬 힘든 일이었다. 윤우와 윤수의 악기 레슨이 있는 화, 수, 목요일마다 언니는 퇴근을 서둘렀지만, 그러지 못한 날에는 아이들을 데려다 줄 사람을 구하기 위해 갖은 애를 썼다. 물론 그 라이드의 중심엔 항상 내가 있었지만, 언니를 아는 사람 중에선 레슨 선생님의 집을 모르는 사람이 거의 없을 정도였다. 그처럼 아이들의 악기 레슨은 두 내외에 게 가장 고된 일이었건만 어찌 된 일인지 그만두겠다는 소리는 한 번 도 내뱉지 않았다. 한 번은 레슨을 마치고 돌아왔다는 언니에게 물은 적이 있었다.

"언니는 애들 레슨 받는 동안 뭐해?"

"스도쿠, 벌써 2권째야. 이제 스도쿠 박사 해도 될 것 같아."

씩 웃는 언니를 보니 왠지 짠한 마음이 들었다. 퇴근하자마자 물 한 모금 마실 새도 없이 레슨 선생님에게 달려가, 차 안에서 스도쿠 를 하며 기다리는 언니의 모습이 훤하게 그려졌다. 그나마 실력이라 도 좀 늘면 나으련만, 아이들의 연주는 좀처럼 나아지는 기미가 보이 지 않았다. 그런데도 레슨을 그만두지 않는 언니를 보면서 정말 저렇 게까지 해야 하나 싶었던 적이 한두 번이 아니었다.

어느 날 언니의 다급한 부탁을 받은 나는 윤우를 데리고 어느 커 뮤니티센터로 향했다. 그동안 윤우는 실력이 좀 늘었는지 지역 오케 스트라에 들어가게 되었고, 얼마 남지 않은 연주회를 위해 연습이 필 요했던 것이다. 시간이 애매해 연습이 끝날 때까지 기다리기로 한 나 는 홀의 끄트머리에 앉아 아이들의 연습을 지켜보았다. 늘 그랬던 것 처럼 아이들의 연주는 별로였지만, 아이들의 얼굴은 기쁨과 자부심 으로 반짝이고 있었다. 곁에서 열정적인 지휘로 아이들을 독려하던

안녕, 샌디에이고

선생님은 유독 바이올린을 지적하고 나섰는데, 그 내용인즉 음정이나 박자가 아닌 감정을 살리라는 요구였다. 헨델의 곡을 연주하던 아이에게 선생님은, '여름날의 쨍쨍한 태양, 크리시피한 하늘을 상상하라'고 설명했다. 대체 크리시피한 하늘이란 어떤 것일까 내가 궁금해하는 사이, 잠시 생각에 잠겼던 아이는 다시 바이올린을 켜기 시작했다. 신기하게도 아이의 연주가 달라졌다. 느슨했던 공기가 바짝 조여진 것 같은, 뭔지 모를 긴장감이 느껴졌다. 그제야 만족스러운 표정으로 돌아온 선생님은 더욱 맹렬한 지휘로 아이들을 몰아나갔다.

며칠 뒤 나는 언니와 함께 윤우의 연주회장으로 향했다. 연말에 이루어지는 그 리사이틀은 그동안 연습한 아이들의 연주 실력을 부모들과 지인들에게 공개하는 작은 행사였다. 어른들이 모두 자리를 잡자, 악기를 손에 든 아이들이 홀로 들어섰다. 까만 바지에 하얀 셔츠를 받쳐 입고, 넥타이까지 맨 아이들의 얼굴엔 긴장한 기색이 역력했다. 이윽고 시작된 오케스트라의 연주는 서서히 홀 안을 가득 메우며 서늘했던 밤공기마저 후끈 달아오르게 했다. 그저 오합지졸에 불과하다고 여겼던 아이들의 연주가 그토록 감동적일 수 있다는 게 믿기지 않았다. 고작 일주일에 한두 번 모여 연습한 결과 치고는 완벽한 연주였다. 연주를 마친 아이들은 깍듯한 인사로 홀을 빠져나갔고, 벅차오르는 감정을 숨기지 못한 언니와 몇몇 부모들만이 연신 눈물을 훔쳐내고 있었다.

미국의 학생들이 오케스트라나 밴드를 통해 배우는 것은 완벽한 연주나 기교가 아니었다. 일차적으로 사회성과 협동심을 배운 아이들은 배려심과 인내심을 터득했고, 박자감과 음감은 제일 마지막이었다. 그런 음악교육의 목적을 알고 있는 아이들과 부모는 절대로 서두르지 않았다. 개인 레슨을 받아서 완벽에 가까운 연주를 보이는 아이들도 있었지만, 하모니를 중시하는 분위기에선 그다지 영향력을 발휘하지 못했다. 그들에게 악기를 연주한다는 것은 음악에 대한 기쁨과 열정이었고, 무대에 설 수 있는 기회와 긍지였을 뿐이었다. 거기엔 아이들을 강제할 이유가 전혀 없었다.

안타깝게도 한국의 아이들은 음악의 즐거움과 기쁨을 경험할 수 있는 기회가 별로 없는 듯하다. 시간과 돈을 들여 악기를 배우는 것은 비슷하지만, 뭔가 빠져 있는 듯한 느낌이다. 아마도 그것은 아이들이나 부모들이 음악이 왜 필요한지, 왜 배워야 하는지 잘 알지 못해서가 아닐까. 음악의 가치와 즐거움을 외면한 채 기교와 기술만을 연마하는 아이들에게 아름다운 연주를 기대하기는 어렵다. 게다가 입시와 시험에 허덕이는 아이들에겐 아름답게 표현할 그 무엇조차도 갖고 있지 않을 테니 말이다.

공자는 예술을 학문의 최고 경지로 꼽았다. 하지만 음악은 무엇보다도 즐거워야만 한다. 공자 자신도 음악의 일종인 소韶를 듣고는 세 달 동안 음식 맛도 느끼지 못했다고 하지 않던가. 아울러 "아는 자는 좋아하는 자만 못하고, 좋아하는 자는 즐기는 자만 못하다"고 말한 사람 역시 공자였다.

언젠가 도올 선생님의 피아노 연주를 본 적이 있다. 인문학과 재즈를 강연하시던 선생님은 갑자기 피아노에 앉아 〈문리버Moon river〉를 연주하기 시작하셨다. 까만 피아노 위에 하얀 한복을 입고 앉으신 선생님의 연주는 사실 민망할 정도로 엉망이었다. 하지만 환갑이 넘어서 배우기 시작하셨다는 선생님의 그 서툰 연주는 이상하리만큼 나의 가슴을 파고들었다. 갑작스레 심장이 아리고, 설명할 수 없는 눈물이 흘러내렸다. 도올 선생님의 연주는 라흐마니노프나 차이코프스키의 연주가 아니더라도, 마음을 움직일 수 있다면 그걸로 충분하다는 사실을 내게 가르쳐 주었다.

　며칠 전 언니의 전화를 받은 나는 뜻밖의 소식을 전해 들었다. 오케스트라에서 계속 활동했던 윤우가 트럼펫으로 대학에 입학했다는 것이다. 흥분을 감추지 못하는 언니에게 윤우를 훌륭한 연주자로 만든 일등공신은 다름 아닌 나라고 계속해서 우겨댔다. 마지못한 언니는 나중에 있을 연주회의 VIP석을 나에게 양보하겠노라며 전화를 끊었다. 아직은 앳된 얼굴로 트럼펫을 연주할 윤우를 상상하는 것만으로도 가슴이 벅차오른다. 트럼펫을 보는 순간 가슴이 뛰었다는 아이, 그 순수함과 열정이 묻어날 윤우의 연주를 상상하는 것만으로도 나는 이미 충분히 행복하다

#16.
미국에서 천재 되는 법

불을 끄고 막 누우려는데 남편의 전화벨이 울렸다.

"아, 선밴데. 어떡하지? 그냥 받지 말까?"

"그래도 받아봐, 무슨 일이라도 있으면 어떡해."

마지못해 선배의 전화를 받았던 남편은 통화가 끝나자마자 주섬 주섬 옷을 입기 시작했다. 밖에서 맥주나 한 잔 같이하자는 말을 뿌리치지 못한 것이다. 터덜터덜 내려가는 남편의 뒷모습이 짠하긴 했지만, 연년생의 아이들에게 온종일 시달렸던 나는 금세 잠에 빠져들고 말았다. 그런데 또다시 전화벨이 울리기 시작했다. 이번엔 남편이었다. 선배가 하도 조르는 바람에 함께 집으로 가고 있으니 한 번만 이해해 달라는 전화였다. 어이가 없었다. 밤 9시가 넘으면 전화도 하지 않는 미국에서, 무슨 심산으로 밤 12시가 넘어 남의 집에 오겠다는 것인지. 그래도 남편 얼굴을 생각해 나는 대충 옷을 꿰어 입고는 아래층에 내려가 간단한 안주들을 준비하기 시작했다. 이미 술이 거

안녕, 샌디에이고

나해진 선배가 남편의 어깨에 기대어 집안으로 들어선 것은 그로부터 십 분도 채 되지 않아서였다.

"아이고, 제수씨! 이거 밤늦게 죄송합니다. 후배 녀석이랑 한 잔 더 하고 싶어서 왔는데 괜찮을까요?"

2층에서 자고 있는 아이들이 깰까 조바심 내던 나는 황급히 남편의 선배를 부엌 식탁으로 안내했다. 그로부터 시작된 선배의 한탄은 밤이 새도록 이어졌다. 같은 얘기를 듣고 또 들으며 새벽을 맞이한 우리 부부는 온종일 몽롱한 정신으로 지내야만 했다.

우연히 한인 커뮤니티를 통해 알게 된 그는 남편과 아무런 선후배 사이도 아니었다. 하지만 먼저 유학생활을 마치고 미국 대학의 교수가 되었다는 이유만으로 선배를 자칭했던 그는 끄떡하면 술이나 한 잔 하자며 남편을 밖으로 불러냈다. 사실 한국에서라면 한자리 차지하고도 남았을 그 양반이 남편을 불러댔던 처음 이유는 선배로서의 자신의 경험과 정보를 나눠주겠다는 것이었다. 하지만 유학시절 내내 성적 우수자로 이름을 날렸던 호시절에 대한 이야기는 교수로서 별 볼 일 없는 자신의 처지와 푸대접을 토로하는 것으로 늘 끝나곤 했다.

그가 교수로 재직 중이던 샌디에이고의 어느 대학교 학생들에게 품었던 불만은 이러했다. 학생들이 학자로서의 능력이 아닌 외모와 영어 발음으로만 자신을 평가한다는 것이다. 금발의 늘씬한 여학생들은 늘 멀찌감치 서서 자신의 영어 발음은 물론 옷 입는 스타일마저 비아냥댄다고 툴툴대던 선배는, 아닌 게 아니라 일찌감치 찾아온 대머리에 늘 하와이안 셔츠 차림을 하고 있었다. 그의 또 다른 불만은 한국의 최고 명문대를 나와 엄청난 시간과 돈을 들여 공부한 대가치고는 그의 월급이 형편없다는 것이었다. 말이 나와서 하는 얘기지만, 미국의 교사들과 교수들은 방학 기간 동안엔 수업료를 전혀 받지 못한다. 방학과 동시에 실업자로 돌변하는 선생님과 교수 중엔 투잡을 뛰거나 방학 때마다 알바를 찾아 나서는 사람들도 적지 않은 데다 한국과는 달리 사회적 지위도 높지 않은 편이었다. 그런 이유로 늘 침울함에 빠져있던 선배를 보면서 나는 슬슬 남편이 걱정되기 시작했다.

"여보, 당신은 학교에서 무시당한 적 없어?"

"없어, 한 번도."

"왜? 내가 보기엔 선배나 당신이나 비슷비슷한데…."

"초기에 확 눌러버렸지, 히히."

"눌러버렸다고, 어떻게?"

학교에서의 사소한 이야기들을 거의 입 밖에 내지 않았던 남편은 처음으로 내게 이런저런 이야기를 늘어놓았다. 박사과정 학생 중 유일한 동양인이었던 남편의 영어 발음은 결코 대단한 수준이 아니었다. 그럼에도 학교에서 천재로 추앙받을 수 있었던 것은 초등학교 때 배운 주산과 암산 덕분이었다. 대학원 수업을 받으며 조교로서 학부생들을 가르쳤던 남편은 실험 데이터에 나온 일곱 자리 숫자 몇 개를 암산으로 해 보였다. 그 놀라운 광경에 입을 다물지 못했던 학생들은 여기저기서 남편의 이름을 거론하기 시작했고, 신이 난 남편은 복잡한 계산과 암산을 머릿속 주판으로 대신해 보였다. 그토록 빠르고 정확한 계산이 평범한 사람의 뇌에서 가능할 리 없다고 여긴 학생들은 그 뒤로 남편을 천재로 떠받들기 시작했다는 것이다.

미국인의 수학 실력이 별로라는 건 많이 알려져 있다. 계산보다 원리를 중시하고, 초등학교 때부터 계산기를 써 버릇하는 미국인들의 수학 실력은 한국인에 비해 떨어지는 게 사실이다. 한국에서는 열등생이었던 아이들이 미국에서는 수학 우등생으로 둔갑하는 모습도 이런 사실을 뒷받침해준다. 한국의 수학교육이 좁은 영역을 깊게 파고드는 반면, 미국에서는 폭넓은 영역을 쉽게 받아들이도록 되어 있다. 또한 절대로 어려운 계산을 강요하거나 깊이 있는 문제들을 다루지 않는 미국의 수학 진도는 한국에 비해 일 년 반가량 늦는 편이다. 물론 수학의 기초부터 탄탄히 쌓음으로써 수학에 많은 흥미를 보이는 일부 학생들도 있지만, 대부분의 미국 학생들은 기초적인 계산도 제대로 하지 못하는 경우가 허다했다.

그럼에도 미국이 수학 올림피아드나 각종 수학경시대회에서 두각을 드러내는 이유는 백 퍼센트 동양인으로 구성된 선수단 때문이다. 수학에 관한 한 둘째가라면 서러워할 유태인과 인도인, 중국인, 한국인 등의 이민족으로 구성된 선수단은 물려받은 계산력과 기본에 충실한 미국의 수학 교육을 더해 그 같은 기적을 만들어내는 것이다.

남편은 그런 자신의 경험을 들려주며 선배도 본때를 보여주라고 말하곤 했다. 하지만 선배는 주산을 배운 적도 없을뿐더러, 자신이 강의하는 경제학에선 계산할 일이 별로 없노라고 계속 낙담하곤 했다. 그런데 얼마 뒤에 선배가 또다시 전화를 걸어왔다.

"후배님, 집에 계신가? 지금 잠깐 들릴까 하는데, 괜찮지?"

"그럼요, 그런데 무슨 좋은 일이라도 있어요, 선배?"

"있지, 있지. 내 가서 말해줄게. 뭐 맛있는 거라도 사갈까?"

우리 집에 수 십 번을 왔어도 늘 빈손이었던 선배가 맥주와 치킨, 아이스크림까지 양손에 가득 쥔 채 집으로 들어섰다. 해가 떠 있는 시각에, 그것도 술에 취하지 않은 선배의 얼굴을 본 것은 그때가 처음이었다. 사 온 음식들을 기분 좋게 식탁에 풀어놓은 선배는 그간의 있었던 일을 설명하기 시작했다.

경제학에서 무역과 환율에 대해 강의하던 선배는 환율은커녕 비율의 기초적인 계산도 하지 못하는 학생들을 만나게 되었단다. 한국의 초등학교 4~5학년 정도면 거뜬히 해내는 계산을 미국의 대학생들은 감히 손도 대지 못하더라는 것이다. 답답해진 선배가 비율부터 시작해 분수와 소수 계산까지 차례로 설명하자 학생들은 고개를 끄덕이기 시작했고, 여기저기서 탄성이 쏟아져 나왔다. 마치 그런 계산법은 처음 본다는 얼굴을 하고 있던 학생들은 점차 존경의 눈빛을 보내기 시작했고, 결국 선배에게 천재라는 칭호를 내려주었다는 것이다. 자신을 바라보는 금발의 여학생들과 거만한 미국 교수들의 눈길이 어떻게 달라졌는지 굳이 말하고 싶지 않다는 선배는 그동안 자신의 신세한탄을 들어주어서 고맙다는 인사와 함께 멀쩡한 정신으로 돌아갔다.

미국의 학교에서 두각을 드러내는 방법은 딱 두 가지이다. 하나는 스타플레이어가 되는 것이고, 나머지 하나는 천재가 되는 것이다. 타고난 신체적 조건 때문에 결코 스타플레이어가 될 수 없었던 수많은 동양인들은 당연히 천재가 되기 위해 노력해왔다. 하지만 그들의 적수는 결코 미국인들이 아니다. 어릴 때부터 두 자릿수의 구구단을 외고 다니는 인도 사람들과 탈무드를 통해 수학과 철학적 사고를 다져온 유대인들은 물론, 유일하게 학교 앞에 봉고차를 대고 기다리며 똘똘 뭉치는 중국인들과 맞서야 하기 때문이다.

한국의 학생들은 수학이라면 넌더리를 낸다. 학교에선 고학년이 되기도 전에 수학을 어려워하고 포기하는 '수포자'들이 넘쳐난다. 하지만 한국의 학생들이여, 복 받을지어다. 그대들은 한국에 태어난 순간 수학의 경지에 올라섰음을, 수학이라면 어딜 가든 목에 힘을 줄 수 있다는 것을 알아야만 한다. 그리고 미국에 가게 되면 여러분의 계산능력을 꼭 한번 보여주기 바란다. 이름하여 '기적의 계산법'으로 완성된 마법의 수학을 말이다.

#17.
그래서 주제가 뭐라고?

  얼마 전 인터넷에서 '제사'에 관한 에세이 한 편을 읽은 적이 있다. 집안의 며느리로서 감당해야 하는 제사에 대한 두려움과 원망이 섞인 글이었는데, 신세대적이고 감각적인 문장 덕분에 꽤 인기가 높았다. 하지만 높은 조회수만큼이나 악플도 만만치 않았다. "작가도 아니니 집어치우라"는 둥, "소중한 전통을 마구 취급하는 사람"이라는 둥의 험악한 댓글들이 넘쳐났던 그곳은, 일일이 대꾸하던 작가는 종적을 감춘 채 선플과 악플 간의 피비린내 나는 전쟁이 계속되고 있었다. 물론 글의 흥미를 높이기 위해 자극적인 단어와 말들이 다소 있었던 것은 사실이다. 하지만 글의 요지는 제사를 전적으로 홀로 부담해야 하는 며느리의 고단함이었고, 작가의 의도 역시 가족의 이해와 도움을 청하고자 했을 뿐이었다. 알 만한 사람들이 왜 그리 주제 파악이 안 되는지 알다가도 모를 일이었다. 아마도 그건 한국 사람의 35% 이상이 일 년 간 한 권의 책도 읽지 않는다는 사실과 관련 있는

안녕, 샌디에이고

지도 모른다. 물론 다른 나라 사람들이라고 해서 우리보다 월등하게 책을 많이 읽는 것은 아니다. 하지만 내가 미국의 체계적인 독서교육을 지켜보며 늘 부러움을 느꼈던 것만은 틀림없는 사실이었다.

미국의 교육은 독서에서 시작돼 독서로 끝난다고 해도 과언이 아니었다. 도서관이나 서점에서 일주일에 몇 번씩 이루어지는 '스토리타임'은 독서 교육의 바로 그 시작점이었다. 평소에는 비교적 한가하기만 했던 도서관도 스토리타임이 시작될 쯤이면 아이들과 부모들로 북새통을 이루었다. 기껏해야 그림책 두세 권을 읽어주고 그림 몇 개 색칠하는 게 전부였지만, 아이들과 부모들의 발걸음은 계속해서 이어졌다. 그렇게 스토리타임을 끝낸 부모와 아이들은 도서관에 남아 책을 읽거나, 수십 권의 책을 품에 안은 채 도서관을 나서곤 했다.

초등학교에 입학하면 아이들은 자신도 모르는 사이 선생님에게 독서량과 독서 수준을 관찰당하게 된다. 교실에는 단어량과 어휘 수준에 따라 정리된 수십 권의 책들이 배치되어 있어, 아이들은 선생님의 관리 아래 자신에게 맞는 책을 골라 읽도록 되어 있었다. 그 때문에 교실에는 이제 막 알파벳을 떼고 A등급의 책을 읽는 아이부터 I 단계를 끝내고 챕터북chapter book을 읽는 아이들이 뒤섞여 있었지만, 아무 걱정 없이 책을 읽어나갈 뿐이었다.

어느 정도 책 읽기가 수월해지면 아이들은 새로운 단계의 독서에 진입하게 된다. 이름하여 '메인 토픽main topic 찾기', 즉 책을 읽고 주제를 찾는 단계로 학습의 강도가 꽤 센 편이었다. 초등학교 2학년이었던 친구의 딸, 한나는 매일같이 주어지는 메인 토픽 찾기 숙제 때문에 꽤 골머리를 앓았다. 그놈의 메인 토픽 때문에 머리가 지끈거

릴 정도라고 말하던 한나는 이제는 자다가도 메인 토픽을 외칠 정
도라며 고개를 저어 대곤 했다. 아닌 게 아니라 한나가 보고 있던 과
제물에는 긴 문장들과 함께 메인 토픽을 찾으라는 문제들로 가득 차
있었다.

메인 토픽 찾기가 끝나면 학생들은 좀 더 고차원적인 독서교육 단
계로 접어든다. 이 단계에는 주로 책을 읽고 요약 정리하는 훈련이
이루어지게 되는데, 이 또한 쉽지가 않았다. 본격적인 글쓰기 수업이
진행되는 것도 이때부터이며, 골치 아픈 숙제들이 등장하는 것도 바
로 이 시기다. 남편 대부님의 딸 역시 바로 이 단계에 있었다.

어느 날 남편의 대부님으로부터 소집명령이 떨어졌다. 예수님이
열두 제자를 불러 모으듯 자신의 일곱 대자를 불러 모은 대부님은 맥
주잔이 아닌 커피잔을 돌리며 엄숙한 목소리로 물었다.

"이중에 마키아벨리의 《군주론》 읽은 사람?"

대자들은 서로를 바라볼 뿐 아무도 대답하지 못했다. 몇 명의 박
사와 대기업 임직원이 모인 자리였지만 《군주론》을 제대로 읽은 사
람, 더군다나 영어로 읽은 사람은 한 명도 없었던 것이다.

"정말 없어? 야, 나 미치겠다. 숙제해야 되는데… 대충이라도 읽
은 사람 있으면 나 좀 도와줘."

울먹이는 대부님의 사연인즉 이러했다. 막 7학년에 올라간 대부
님의 딸이 학교에서 숙제를 받아왔는데, 다름 아닌 《군주론》을 읽으
라는 것이었다. 어른들도 잘 보지 않는 《군주론》을 읽으라는 것까지
는 좋았으나, 문제는 그게 다가 아니었다. 책을 읽은 뒤 내용을 간추
려 아빠에게 전달하고, 그 내용을 토대로 아빠가 독서록을 쓰는 게

안녕, 샌디에이고

숙제였던 것이다. 딸이 전하는 《군주론》의 내용은 어설프기 짝이 없는 데다, 영어는커녕 한국어로도 《군주론》을 읽어본 적 없는 대부님은 결국 똑똑한 대자들까지 동원했던 것이다. 그제야 대부님의 사연을 알게 된 대자들은 머리를 맞대고 대강의 줄거리와 서평들을 간신히 모은 뒤, 초췌해진 대부님께 전달했다. 그나마라도 감사하게 여긴 대부님께선 그날 밤을 꼬박 새우며 독서록을 작성했고, 다음날 회사에는 월차를 내셨다고 한다.

미국의 이런 독서교육이 얼마나 효과를 거두고 있는지는 알려져 있지 않다. 하지만 '주제 찾기'와 '작가의 의도 파악'에 대한 교육은 우리에게도 반드시 필요하다고 생각한다. 그런다고 해서 악성 댓글들이 사라지는 것은 아니겠지만, 적어도 무엇을 반박해야 하는지 정도는 알 수 있을 테니 말이다.

비단 어른들뿐만이 아니다. 도서관에서 나의 책 읽기 수업을 받는 아이들조차 책을 읽고 엉뚱한 주제를 말하는 경우가 허다하다. 지난 수업 시간에 나는 생쥐와 고래 간의 진한 우정을 그린 책 《아모스와 보리스》를 아이들에게 읽어주었다.

"자, 이 책의 주제가 뭘까?"

"…."

"이 책을 읽고 떠오른 단어나, 생각들 없어?"

"음, 생쥐랑 고래는 만나기 어렵다는 얘기 아닌가요?"

"맞아, 그러니깐 어울리는 친구를 찾아야 한다는 이야기인 것 같아요."

"흐음, 한 번 더 읽어보고 생각해보는 게 좋겠다."

이처럼 일주일에 열 권도 넘는 책을 읽어대지만, 정작 주제가 무엇인지, 작가가 하고 싶은 이야기가 무엇인지 대답할 수 있는 아이들은 거의 없다. 그 때문에 나는 도서관의 독서프로그램을 대폭 수정해 단 한 가지의 목표만을 세우기로 했다. 아마도 그것 때문에 아이들은 꽤 골머리를 앓을지도 모르겠다. 사회와 인체, 생명과 죽음을 넘나드는 책을 읽은 후엔 하나같이 주제가 무엇인지 찾아야 할 테니 말이다.

　'요 녀석들, 한 사람의 인생과 가치관을 담아 심혈을 기울여 만든 책을 대충대충 읽었겠다. 내 분명히 말하건대, 주제를 찾지 않고서는 책 한 권도 넘어가지 않을 것이다. 너희들은 자다가도 메인 토픽을 외치게 될 것이다. 그래야 커서 주제 파악이 되는 어른이 될 게 아니더냐!'

　더욱이 과제 내용을 듣고 나면 아이들의 입에선 신음소리마저 터져 나올 것이다. 매주 책 한 권을 읽고 단 세 줄로 주제를 요약해야 될 테니 말이다. 그래도 아이들 독서교육에 조금이라도 보탬이 된다면 이 한 몸 불살라 욕을 먹어보리라. 아이들의 입에서 도대체 주제가 뭐냐는 말이 터져 나올 때까지 말이다.

안녕, 샌디에이고

#18.

교실 밖 천사들

구월의 샌디에이고는 정말로 아름다웠다. 작열하는 태양과 성급한 바람이 마주했던 대지엔 여름과 가을이 뒤엉켜 있었다. 한낮의 열기 때문에 아직 여름인가 하면, 변해가는 나뭇잎들과 선선한 바람이 가을이라고 우겨댔다. 그럼에도 가을이 왔음을 직접 알게 되는 건 쇼핑몰에 진열된 장식품들이었다. 바캉스 용품들로 가득했던 매대에는 어느새 가을빛 인테리어 소품들로 바뀌어 있었다. 그중에서도 주황색의 펌킨들과 파티용 접시들은 다가온 추수감사절Thanksgiving Day을 알리는 확실한 증거들이었다.

그때쯤이면 미국의 도시들은 새 학기로 술렁대기 시작한다. 새 학년, 새로운 선생님에 대한 기대로 한껏 부푼 아이들은 노동절을 끝으로 길고 길었던 방학을 모두 보낸 뒤 학교로 향했다. 대부분의 미국 학교에선 학급을 아라비아 숫자가 아닌, Ms.Offord, Ms.Ivy와 같은 선생님의 이름으로 구분했다. 그 때문에 개학 첫날 아이들이 향하는 곳은 교실이 아닌 학교 담벼락에 붙은 커다란 종이였고, 그곳에서 자신의 담임선생님을 확인한 후에야 교실을 찾아갈 수 있었다. 아이들이 새 담임선생님과 사진을 찍어 벽에 붙이고 여름 동안의 일들을 나누느라 여념 없는 사이, 가을은 소리 없이 깊어만 갔다.

아이들이 모두 사라진 공간에 평화가 깃든다. 어질러진 방과 거실을 정리한 엄마들이 연하게 내려진 커피 한 잔과 가을을 만끽할 시간이다. 하지만 쏟아지는 광고지와 우편물, 계속되는 전화벨 소리에 엄마들의 평화는 결국 깨지고야 만다. 그 금쪽같은 시간 속에서도 엄마들이 팸플릿 더미와 스팸전화들을 뒤적일 수밖에 없는 이유는 학교에서 보내온 기부금 관련 서류와 행정실의 기부금 독촉 전화 때문이었다.

미국에는 일반적인 공립학교는 물론, 우리나라의 대안학교와 비슷한 차터스쿨Charter school, 사립학교 등이 있다. 하지만 횟수와 금액의 차이만 있을 뿐, 기부금 마련을 위해 수많은 행사를 벌인다는 것은 모두가 비슷했다. 엄청난 수업료가 요구되는 사립학교에서도 기부금 예측을 위한 부모들의 직업 표기가 필수였고, 차터스쿨에서는 일 년 내내 펀드라이징 행사를 벌이기도 했다. 그나마 정부의 지원금을 받는 공립학교에서는 덜한 편이었지만, 잊을 만하면 나타나는 각종 모금행사 때문에 부모들은 그야말로 마음 편할 날이 없었다. 두 딸이 다녔던 초등학교에서는 기부금 독촉장을 돌리고 난 후 학부모들에게 일일이 전화를 걸어 기부금을 약속받았다. 그리고 학교 정문 앞에 대문짝만 종이로 반별 기부금 상황판을 만들어 오가는 사람들이 모두 볼 수 있게 했다. 매일처럼 변하는 상황판을 들여다보며

안녕, 샌디에이고

아이들과 선생님은 마냥 즐거워했지만, 뒤에서 지켜보는 부모들의 마음은 착잡할 뿐이었다. 대부분의 학부모들은 일 년에 30~40만 원을 학교에 기부금으로 내놓았다. 하지만 우연히 길에서 만난 친구처럼 매일같이 걸려오는 행정실 전화 때문에 결국 200만 원 가량의 기부금을 약속하는 사람들도 있었다. 회사 사정이 좋지 않다고 하자 카드와 분할도 가능하다는 직원의 말에 두 손을 들고 말았다는 것이다. 나 역시 남편이 학생이라는 말에도 끄떡하지 않는 행정실 직원에게 적지 않은 기부금을 약속할 수밖에 없었다.

학교의 기부금 마련 활동은 그때부터가 시작이었다. 학기 초 학부모들에게 기부금을 직접 받아낸 학교는, 자잘한 행사와 기념일을 빙자해 간접적인 모금활동을 시작했다. 참으로 다양한 종류와 방법이 동원되었던 기부금 마련 행사로 학부모들의 지갑은 점점 얇아져만 갔다.

모든 학교들이 시행했던 방법 중의 하나는 '달리기 대회'였다. 학기 초부터 체력단련이라는 이름 아래 이루어졌던 학생들의 달리기는 기부금을 모을 수 있는 최고의 수단이었다. 자녀들의 건강을 바라는 학부모들은 우선 운동장 한 바퀴를 돌 때마다 얼마씩의 기부금을 낼 건지 정한다. 얼마 후 달리기 대회가 열리면 학부모들은 물과 간식, 과일까지 싸들고 학교로 모여들었다. 이윽고 학부모들이 지켜보는 가운데 시작된 달리기에선 아이들은 예상했던 것보다 훨씬 많은 횟수로 운동장을 돌았다. 이에 기분 좋아진 부모들이 지갑을 열면, 학교는 두툼한 봉투를 챙길 수가 있었다. 그 학부모들 중엔 기껏해야 세 바퀴나 뛸지 모르겠던 딸이 열세 바퀴를 뛰는 바람에 엄청난 기부금을 내야만 했던 나도 끼어 있었다.

그밖에도 기부금 마련을 위한 수많은 행사와 모금활동이 진행됐다. 계속되는 모금 행사에 학부모들의 반응이 시큰둥해질 무렵, 학교는 새로운 작전에 돌입했다. 이름하여 '팔아치우기 모금활동'. 학교는 팔 수 있는 건 모두 팔았다. 보이스카웃과 걸스카웃은 쿠키와 레모네이드를 팔았고, 도서관 행사에서는 책을 팔았다. 심지어 '학교 주차장'을 팔기도 했다. 등하교 때마다 난리 북새통을 겪어야만 하는 학부모들에게 학교 주차장에 자신의 이름이 새겨진 공간을 갖는다는 건 너무나 매력적인 일이었다. 하지만 그 치명적인 매력만큼이나 가격도 만만치 않았는데, 한 학기 동안 느긋하게 주차할 수 있는 대가로 부모들은 300~500만 원의 기부금을 내놓아야만 했다.

더 이상 팔게 없어진 학교는 궁리 끝에 선생님까지 내놓기 시작했다. 금요일 저녁, '아빠와의 댄스Dance with Daddy' 행사로 재미를 본 학교는 한 가지를 더 추가해, '선생님과의 저녁식사'를 경매에 부쳤다. 50달러부터 시작된 경매는 결국 루이뷔통 백팩을 메고 다니던 딸의 친구에게 400달러로 낙찰되었다. 모르긴 몰라도 루이뷔통 가족은 선생님과의 우아한 식사를 위해 경매가의 두 배 이상을 들여야만 했을 것이다.

이렇게 모아들인 돈으로 학교는 책과 종이를 사고, 연필과 지우개를 구입했다. 교육재정이 좋지 않은 캘리포니아에서는 미술과 음악 수업조차 없는 학교들도 많아 학부모 자원봉사자를 모집해 교육시킨 뒤 학생들을 가르치게 했을 정도였다. 이처럼 일 년에 수십 번의 기부금을 내면서도 자원봉사자를 지원하는 교실 밖 천사들 덕분에 학교는 부족함 없이 운영될 수 있었다.

반면, 기부금은커녕 학교에 코빼기도 비추지 않는 부모들도 많았다. 바빠서일 수도 있고, 학교에 관심이 없어서일 수도 있었을 것이다. 그렇다 해도 학부모들이 염려할 필요는 없었다. 학교가 기부금에 상관없이 아이들을 대한다는 건 세상 모두가 아는 사실이었다. 실제로 매년 500만 원 이상을 학교에 기부했던 루이뷔통 아이는 볼 때마다 경고를 받거나 반성문을 쓰고 있었다. 담임선생님은 루이뷔통 아빠에게 기부금에 대한 감사의 말을 전하면서도 그의 딸이 친구를 괴롭혔다는 말을 절대로 빠뜨리지 않았다. 그처럼 기부는 그저 기부일 뿐이란 사실을 학교 안의 누구도 잊지 않았을뿐더러 당연히 해야 할 일로 받아들였다.

기부금 마련 행사가 벌어지는 곳은 비단 학교뿐만이 아니었다. 병원이나 은행, 마트, 심지어 길거리에서도 모금활동이 활발히 진행되었다. 사실 미국은 기부금으로 사회 전체가 운영되고 있다 해도 과언이 아니다. 정부가 세금을 올리지 않아도 될 만큼 저소득층과 연구기관에 대한 기부활동이 진행되고 있고, 정부는 세금 감면 혜택 등을 통해 계속 이를 독려해왔다.

2018년 더기빙 USAThe Giving USA의 보고에 따르면 지난해 미국의 각종 기부금 규모가 4,100억 달러(약484조) 달러를 기록했다고 전한다. 이 규모는 2015년에 비해 오히려 3% 증가한 금액으로 이스라엘과 아일랜드의 국내총생산보다 5.2% 더 많은 액수다.

이와 같은 미국의 기부 문화는 다름 아닌 학교에서 비롯되었다.

학교를 위해 기꺼운 마음으로 기부금을 내놓고, 자원봉사자로 노동력과 시간을 또다시 기부하는 부모들의 모습을 통해 아이들은 아무런 설명 없이도 많은 것을 보고 배우게 된다. 쿠키와 레모네이드를 팔기 위해 남의 집 문을 어떻게 두드려야 하는지, 무엇을 설명해야 하는지를 자연스럽게 익힌 아이들은 자신의 행위가 사회에 어떤 영향을 미치는지도 명확하게 이해하고 있었다.

물론 수많은 기부금으로 아침마다 곤욕을 치르기도 한다. 현금 대신 수표를 선호하는 미국에서 나는 매일 아침마다 수표책을 들고 문 앞에 서있다가 적게는 5달러, 많게는 50달러를 적어 사인한 뒤 딸들에게 쥐어주어야만 했다. 하지만 한 번도 아깝다거나 속상하게 느낀 적은 없었다. 비록 적은 돈일지라도 누군가에게 도움이 되고, 또 아이들을 위해 좋은 사회가 이루어질 거라는 작은 믿음 때문이었다.

나이가 들수록 입은 닫고, 지갑은 열라고 했던가. 오늘은 두 딸과 함께 지갑을 들고 나서기로 했다. 이제껏 지나치기만 했던 '국제난민기금 마련' 스탠드에 들러 지갑을 열기로 딸들과 미리 합의를 봐 두었다. 그리고 얼마 전 SNS 올라온 '레모네이드를 팔고 있는 딸의 친구 사진'을 보며, 기부에 대한 많은 이야기를 함께 나눠 볼 생각이다. 우리에게 기부란 남을 위한다는 거창한 것이 아닌, 더 나은 사회를 향한 작은 소망일 뿐이다.

#19.

장미꽃 한 송이

몇 해 전, 나보다 두 살 아래의 시누이는 20년 넘게 몸담아온 교직을 그만두고 홀연히 서울을 떠났다. 귀농해서 산과 들에 둘러싸여 살고 싶다던 시누이의 얼굴엔 피곤함이 가득해 보였다. 말이 교사지, 시누이는 학교에서 아이들을 가르치는 시간보다 교장, 교감과 싸우거나 학부모들을 달래는 시간이 더 길었노라고 했다. 버릇없이 구는 아이에게 혼찌검을 낸 일 때문에 학부모에게 시달린 후, 못되게 구는 아이들을 보면서도 그냥 지나치는 자신이 견딜 수 없다고도 했다. 그처럼 좋은 선생님이 되겠다는 자신의 오랜 꿈을 포기하고 말았던 시누이는 기어이 짐을 싸서 서울을 떠났다.

이삿짐 트럭을 따라가는 시누이를 배웅하며 느꼈던 허전함은 얼마 전 신문에서 보았던 기사 때문에 더욱 짙어졌다. 기사에 따르면 스승의 날을 아예 없애달라는 청원이 만 명을 넘어섰다고 한다. 김영란법에 따라 학생 대표에게만 꽃을 받을 수 있고, 학부모들에게 매번

'부정청탁 금지법 안내서'를 보내야 하는 교사들은 자신들을 '잠재적 범죄자'로 취급하는 것 같아 오히려 마음이 불편하다는 것이다.

반면, 교육부에서 전한 2013부터 2017년까지의 교권침해 현황 자료들을 보면 폭언과 욕설, 수업 방해와 성희롱 등의 사건이 18만 211건이 넘는다고 한다. 감사는커녕 온갖 모욕을 당하는 교사들 앞에서 스승의 날을 운운한다는 것 자체가 모순이다. 더군다나 담임선생님을 '우리 반 꼰대', '담탱이'라고 부르며 우습게 여기는 요즘 아이들에게 과연 스승의 날이 무슨 의미가 있는지 궁금할 뿐이다. 사실 스승의 날은 우리나라에만 있는 게 아니다. 가까운 중국에서는 '교사절'이라 하여 매년 9월 10일에 스승의 날 기념식을 한다. 중국 정부는 교사들이 자부심과 책임감을 가질 수 있도록 매해 모범 교사들에게 표창장을 수여하며, 학부모와 학생은 직접 쓴 손편지를 선물하기도 한다. 일본은 매년 5월 17일에 스승의 날을 기념하며 조촐한 행사를 벌인다. 또한, 선생님에 대한 존경심이 유별난 베트남에서는 매월 11월 20일인 스승의 날을 법정공휴일로 지정해, 전국적으로 성대한 행사들을 펼치기도 한다. 사회 특성상 국무위원장 외에 누구도 숭배할 수 없는 북한을 제외하면, 멕시코, 폴란드 등 많은 국가에서 스승의 날이 치러지고 있는 셈이다.

기념일과 축제가 많은 미국 역시 스승의 날을 절대로 지나치지 않았다. 덩치 큰 나라답게 하루가 아닌, 월요일부터 금요일까지 '감사 주간Appreciation Week'으로 정하고 일주일 내내 떠들썩한 행사를 벌인다는 점에서 한국과 달랐다. 게다가 선물은커녕 꽃 한 송이 들고 오

안녕, 샌디에이고

지 못하게 하는 한국의 학교들과는 달리, 미국의 학교들은 스승의 날 행사가 일주일 동안 있을 예정이니 요일별로 선물을 준비하라는 안내문까지 나눠주었다. 마지막으로 스승의 날 행사가 치러지는 5월은 한국에서는 학년 초에 해당하지만, 미국에서는 학년이 마무리되는 시기라는 점에서도 차이가 있었다.

이때처럼 룸 맘Room Mom의 역할이 무거운 때도 없었다. 교사와 학부모들 사이를 이어주는 '룸 맘'은 한 반에 보통 2~3명으로 구성되지만, 학년에 따라 대여섯 명인 경우도 적지 않았다. 학교의 수많은 행사 준비는 물론 보조교사나 자원봉사자 역할까지 도맡았던 룸 맘들은 감사주간 동안에는 거의 학교로 출근하다시피 했다. 룸 맘들은 몇 주 전부터 학부모들에게 단톡을 돌려 필요한 경비를 마련한 뒤, 다른 자원봉사자들과 함께 교실을 꾸미기에 돌입했다. 교실 앞에는 'Thank you' 배너를 만들어 걸고, 비슷한 문구나 그림들을 벽 여기저기 붙여 놓음으로써 감사주간의 시작을 알렸다.

행사가 시작하는 월요일 아침, 교실 앞은 스승의 날을 기념하기 위해 모인 학생들과 학부모들로 북적였다. 이윽고 도착한 선생님에게 룸 맘이 커다란 꽃다발과 감사편지를 전하면, 학생들은 가져온 작은 꽃다발과 함께 선생님 품으로 안겼다. 끝으로 터져 나오는 박수 속에서 꽃다발을 수북이 안은 선생님은 학부모들에게 키스를 날리며 교실 안으로 사라졌다.

화요일은 사실 선생님보다 아이들이 더 좋아했던 날이었다. 예쁜 통에 사탕을 가득 담아 선물하는 이 날에는 일 년간 아이들에게 '미끼'로 쓰일 사탕들이 선생님 책상에 가득 모여들었다. 선생님 책상

서랍에 예쁘고 맛있게 생긴 사탕들이 얼마나 많은지 알게 된 아이들은 선생님을 늘 동경의 눈빛으로 바라보곤 했다.

수요일에는 엄마들로부터 커피나 차가 운반되거나, 선생님이 좋아한다고 알려진 브랜드의 기프트 카드Gift card들이 여기저기서 날아들었다. 출근 전 선생님에게 들러 스타벅스나 요거트, 아이스크림 기프트 카드를 쥐여주고 가는 학부모들을 볼 때마다, 나는 미국의 교사야말로 세상에서 가장 달달한 직업이라는 생각을 하곤 했다.

목요일은 감사 주간의 하이라이트였다. 다른 때는 모습을 비추지 않던 학부모들도 이때만은 선생님을 찾아와 코스트코Costo Wholsale나 오피스 디포Office Depot 등의 기프트 카드를 너나없이 선물했다. 아이들이 색지와 크레용, 스티커 등을 교실에서 맘껏 쓸 수 있는 것도 바로 이날 선생님이 받은 기프트 카드 덕분이었다.

마지막 날인 금요일에는 선생님 개인을 위한 선물들이 주어졌다. 목욕용품이나 로션, 립스틱, 향초 등이 주를 이루었지만, 비싼 향수나 백을 선물하는 사람들도 더러 있었다.

미국에서 법적으로 교사가 받을 수 있는 선물은 절대로 50달러를 넘지 못한다. 사실 학생들이나 학부모들이 가져오는 선물들도 대략 5달러에서 10달러 사이의 가벼운 물건들이었다. 하지만 일주일 내내 감사의 말과 선물을 전해 받은 교사의 책임감과 만족감은 절대 가볍지 않았으리라 생각한다. 그 때문인지 아침마다 얼굴을 보며 인사를 나눴던 교사와 학부모들은 문제가 생겨도 별 충돌 없이 문제를 해결해 나갔다.

그렇다고 해서 미국의 교사들이 엄청난 존경심과 사회적 지위를

안녕, 샌디에이고

갖는 것은 아니었다. 방학만 되면 생활비를 위해 중고차 매장이나 맥도널드에서 파트타임으로 일해야 하는 선생님들에게 교사직은 생계를 위한 하나의 수단일 뿐이었다. 학부모들 역시 아이들의 인격 형성을 돕고 올바르게 자라도록 도와주는 사람에 대한 고마움을 느낄 뿐, 존경의 눈빛을 보내거나 우러러보지는 않았다. 하지만 너무 무겁거나 과하지 않은 책임감 속에서 아이들을 지도하는 미국의 교사들이 한국의 교사들보다는 훨씬 행복해 보였던 건 사실이다.

스승의 그림자도 밟지 않았던 사제 간의 풍경은 한국에서 사라진 지 오래다. 존경은 둘째치고 선생님에게 손찌검까지 하는 학생들이 생겨나는 마당에 스승이란 단어가 대체 무슨 의미가 있을까 싶다. 오히려 학교와 학부모 사이의 무너진 신뢰 때문에 교사라는 위치마저 흔들리고 있지 않은가. 물론 모든 교사와 학생 사이가 악화일로에 놓여 있다고는 볼 수 없지만, 문제가 있는 것만은 사실인 것 같다.

그렇다며 도대체 무엇이 문제일까. 애초부터 교사들에게 너무 많은 기대와 책임감을 짊어지게 한 것은 아닐까. 현재 한국의 교사들은 학생들의 인격형성은 물론 학업성적과 입시, 진로선택에 관한 모든 것들을 책임지고 있다. 그중에서 하나만이라도 학생과 학부모들을 만족시키지 못할 경우, 교사들은 모든 질타와 쓴소리를 견뎌야만 한다. 그나마도 학교로부터 문책을 당하는 게, 학생들의 비아냥거림이나 학부모들로부터 민원을 넣겠다는 협박을 듣는 일보다 훨씬 낫다고 교사들은 말한다.

세상의 모든 인간관계는 적당한 거리가 필요하다. 너무 가깝거나 멀지 않은 거리라야 서로의 모습과 위치를 제대로 볼 수 있다. 교사와 학부모 역시 마찬가지다. 적당한 거리에서, 적당한 책임감과 감사가 부여되어야만 비로소 모든 일이 원만하게 이루어진다는 얘기다. 그런 면에서 미국의 교사와 학부모들의 관계는 참으로 바람직해 보였다. 정해진 틀 안에서만 무언가를 기대하고 고마워하는 그들의 모습이야말로 가볍고 편안해 보여서다.

시골에서 마음을 다독인 시누이는 얼마 전 복직을 신청해 시골의 작은 학교에서 아이들을 가르치기 시작했다. 전교생이 스무 명도 되지 않는 학교 아이들은 시누이에게 말을 건네기는커녕 부끄러워 숨어버리기 일쑤라고 한다. 스승의 날에 들꽃으로 만든 꽃다발과 장아찌를 선물로 받았다는 시누이의 목소리는 전보다 훨씬 편안해져 있었다. 시누이는 그 소박한 선물들이 김영란법에 저촉되는지 알아봐야겠다고 하면서도, 나에게 그곳 아이들과 학부모들의 자랑을 밤새도록 늘어놓았다.

반면, 김영란법이 뭔지 몰랐던 엄마 때문에 우리 집 딸들은 학교에 카네이션을 사 들고 갔다가 도로 집으로 가져왔다. 가슴에 꽃을 꽂아드리며 꼭 안아드리고 싶었다고 말하는 두 딸의 얼굴엔 서운함이 가득해 보였다. 하지만 두 딸은 포기하지 않았다. 며칠간 고민한 끝에 딸들은 도서관에서 종이접기 책을 빌리더니 색색의 종이꽃을 접기 시작했다. 열심히 종이접기를 연습해 내년 스승의 날에는 종이 꽃다발을 만들어 드리겠다는 야심 찬(?) 계획 때문에 버려진 색종이만도 꽃다발 열 개는 사고도 남는다. 차라리 장미꽃 한 송이였다면

안녕, 샌디에이고

쉬웠을 스승의 날 선물 때문에 우리 모녀는 이와 같은 어려움을 겪게 된 것이다. 하지만 정작 내가 두려워하는 건 버려지는 색종이가 아니다. 만약 이번에도 실패한다면, 딸들은 분명 카네이션이나 장미꽃을 기르자고 할 것이기 때문이다. 스승의 날 하루에 쓰일 꽃 한 송이를 위해 어쩌면 우리 가족은 결국 마당 있는 집으로 이사해야 할지도 모른다는 얘기다. 그러니 제발 우리 사회가 바뀌어, 꽃 한 송이로 마음을 전할 수 있는 스승의 날이 오기만을 간절히 바랄 뿐이다.

chapter 5

굿바이, 샌디에이고

#20.
신데렐라의 오십 번째 생일

서울 변두리 어느 마을에 못생긴 신데렐라가 살고 있었다. 신데렐라의 생일은 음력 6월 4일, 한창 더울 때라 생일날에도 뜨거운 미역국을 한 번도 먹어보지 못했다. 게다가 여름방학 중이라 친구들과의 생일파티는 꿈도 꾸지 못한 채 어린 시절을 보내야만 했다. 하지만 겨울에 태어난 신데렐라의 동생들은 언제나 즐거운 생일을 보냈다. 뜨거운 미역국은 물론 친구들을 초대해 멋진 선물을 받는 동생들을 지켜보며 신데렐라는 자신이 태어난 생일을 원망하곤 했다.

사실 신데렐라는 음력 8월 말, 가을에 태어나기로 예정되어 있었다. 그런데 신데렐라 엄마를 다른 사람으로 착각한 산부인과 의사가 유도분만을 해버리는 바람에 신데렐라는 8개월 만에 세상 밖으로 나왔던 것이다. 그 때문에 생사의 갈림길에 놓였던 신데렐라는 두 달 가까이 인큐베이터 신세를 지게 되었다. 그 당시 인큐베이터 시설이 되어 있는 병원은 얼마 되지 않은 데다 비용도 엄청났다. 신데렐라의 이모들은 별것도 아닌 딸한테 비싼 병원비를 들일 필요 없다며 뒤집어 놓으라고 성화였지만, 엄마가 몰래 마련해 두었던 비자금 덕분에 어린 신데렐라는 간신히 살아남을 수 있었다. 나중에 성인이 된 신데렐라는 그 같은 사연을 들은 후 이모들을 집에 발도 들이지 못하게 했다. 그리고 그 빌어먹을 산부인과 의사를 찾아 요절내리라 마음먹었다. 하지만 이를 눈치챈 산부인과 의사는 병원문을 닫은 채 종적을 감추고 말았다.

그렇게 변변한 생일파티 한번 치르지 못한 신데렐라는 나이가 들어 더 못생긴 왕자와 결혼하게 되었다. 왕자는 반짝거리는 푸른색 드레스를 입고 있던 신데렐라에게 다가와 말했다.

"신데렐라, 나와 결혼해 미국에 가면 세상에서 제일 멋진 생일 파티를 열어주리다!"

왕자의 말에 넘어간 신데렐라는 당장 결혼해 미국으로 떠났다. 하지만 미국에 도착한 신데렐라는 왕자의 말이 거짓이라는 것을 알게 되었다.

왕자는 술과 친구를 좋아하는 사람이었다. 게다가 왕자의 생일은 미국의 추수감사절과 맞물려 있어 신데렐라는 허리가 휘도록 음식을 장만해야만 했다. 그뿐만이 아니었다. 신데렐라가 연이어 나은 딸들을 위해선 더 많은 파티 준비가 필요했다. 한국에 있었다면 멋진 식당을 골라 예약하면 끝이었을 큰딸의 돌잔치를 위해 신데렐라는 만삭의 몸으로 집을 꾸미고, 돌 고임을 만들고, 음식들까지 손수 장만해야만 했던 것이다. 신데렐라의 푸른 드레스는 점점 바래지고, 얇았던 허리와 손가락은 점점 굵어져만 갔다. 그럼에도 왕자와 딸들의 생일은 어김없이 돌아왔고, 그때마다 신데렐라는 집에서, 또는 수영장에서, 아니면 집 근처의 파크를 찾아 성대한 파티를 열어주었다.

사실 신데렐라를 가장 비참하게 만들었던 건 남편의 친구들이었다. 신데렐라의 음식 솜씨가 꽤 괜찮다는 것을 눈치챈 남편 친구들이 자기 부인의 생일파티에 와달라고 부탁했던 것이다. 하는 수 없이 신데렐라는 친구 부인을 위해 집안을 장식하고 음식을 장만한 뒤, 주인공이 나타날 때까지 집 안에 숨어있다가 나타나는 '서프라이즈' 생일파티를 준비야만 했다. 기쁨의 눈물을 흘리는 친구 부인을 부러운 눈으로 바라봐야 했던 신데렐라는 자신이 만든 샌드위치와 푸딩을 먹고 집으로 돌아오곤 했다.

어느덧 신데렐라는 미국의 생일파티가 한국과는 많이 다르다는 것을 알게 되었다. 한국에서 중요하게 생각하는 돌잔치는 별로 신경 쓰지 않는 반면, 아이들의 7살 생일파티엔 어마어마한 돈을 들여가며 화려한 파티를 열어주었다. '키즈카페'와 같은 실내놀이터를 통째로 빌려 반 아이들의 형제 부모까지 초대하는 대형 파티를 위해, 미국의 부모들은 대략 70~100만 원가량의 비용을 기꺼이 지불했다. 때때로 집이 큰 아이들은 종종 마술사나 과학자, 조류학자 등을 불러 친구들에게 재미있는 쇼나 구경거리를 제공하기도 했고, 심지어 요리사를 불러 아이들과 함께 음식을 만들어 먹기도 했다. 하지만 그역시 많은 돈이 필요하다는 것을 신데렐라는 알고 있었다.

다행히도 아이들이 매년 그런 파티를 여는 것은 아니었다. 초등학교에 갓 입학해 엄청난 생일파티를 여는 7살이 지나면 잠시 소강상

안녕, 샌디에이고

눈부시게 하얀 드레스를 입은 신데렐라와 그녀의 친구들은
저물어가는 그녀의 삶을 함께 바라보며 멋진 축배를 들 것이다.
생에 단 한 번뿐인 신데렐라의 멋진 생일을 축하하기 위해서 말이다.

태에 접어든다. 그러다가 10살이 되면 부모들은 십 대가 된 기념으로 여자 친구들끼리 영화와 쇼핑을 즐기게 한다든가, 공원에서 남자들만의 스포츠 게임을 할 수 있도록 작은 파티를 열어주곤 했다.

정작 골치 아픈 건 16살 파티였다. 일명 '스위트 식스틴sweet six-teen'라고 일컬어지는 그 대단한 파티를 위해 신데렐라는 친하게 지내던 언니 집으로 또다시 불려 가게 되었다. 신데렐라가 그처럼 성대한 파티를 본 건 그때가 처음이었다. 평범한 소녀였던 제시카는 그날 세상에 하나뿐인 공주로 변신했다. 반짝이는 푸른 드레스를 맞춰 입은 제시카와 친구들은 몇 달 전 예약해둔 최고급 리무진에 올라 시내를 한 바퀴 돈 뒤, 사진관에 도착해 평생에 남길 사진들을 잔뜩 찍은 후 집으로 돌아왔다. 그 시간 신데렐라는 집안 곳곳에 꽃을 장식하고, 테이블을 세팅하느라 구슬땀을 흘려야만 했다. 그나마 다행이었던 건 음식들과 음료는 주문해 놓았기에 따로 준비할 필요가 없다는 점이었다. 드디어 완벽해진 파티장에 들어선 제시카와 친구들은 갓 시작된 청춘을 불사르며 밤새도록 춤을 추었다. 신데렐라는 제시카의 얼굴이 박혀 있는 셔츠 한 장을 손에 든 채 지친 얼굴로 집으로 돌아왔다. 그리고 자신이 미국에서 태어나지 않은 걸 한스럽게 여기며 잠이 들었다.

얼마 뒤 신데렐라는 언니의 남편으로부터 전화 한 통을 받았다.

"신데렐라, 다음 주에 언니 생일인 거 알지? 그래서 이번 주 토요일에 생일파티하려고. 음식이랑 데코는 걱정 안 해도 돼. 이번엔 정말 몸만 오면 돼. 내가 애들이랑 같이 알아서 할게. 그 대신 오는 사람 모두 검은색 옷으로 입고 와야 해. 그럼 그때 봐."

생일 파티에 검은 옷이라니. 전화를 받은 신데렐라는 왠지 께름칙했지만 자신은 물론 왕자와 두 딸 모두에게 검은 옷을 입힌 후 준비한 선물과 함께 파티장으로 들어섰다.

파티장에 들어선 신데렐라는 깜짝 놀랐다. 파티에 참석한 사람들은 물론 집안의 데코 모두가 검은색이었던 것이다. 얼마 뒤 그 연유를 알게 된 신데렐라는 쓴웃음을 짓게 되었다. 미국에서는 마흔 살을 'over the hill'이라 해서 젊음을 넘어선 나이라고 여겼다. 즉, 죽음에 가까워지는 나이라는 뜻으로 마흔 살 생일을 '블랙 포티Black Forty'라고 부른다는 것이다. 그런 이유로 파티에 초대받은 사람들은 모두 검은색으로 맞춰 입고 주인공의 생일을 추모(?)한다는 설명을 들은 신데렐라는 왠지 서글픈 마음을 가눌 수 없었다. 주말에도 근무를 해야만 했던 언니는 축 처진 어깨로 돌아와 차고 문을 열었다. 바로 그때 신데렐라와 친구들이 어둠 속에서 나타났다. 노래를 부르며 케이크를 들고 나타난 사람들을 본 언니는 눈물을 글썽이더니 이내 케이크 위에 촛불을 훅 꺼버렸다. 그때부터 파티가 시작되었다. 그날 밤 기분 좋게 취한 언니는 슬프고도 즐거운 자신의 마흔 번째 생일을 영원히 잊을 수 없을 것 같다며 신데렐라 어깨에 머리를 기댔다.

집에 돌아온 신데렐라는 이년 후에 있을 자신의 마흔 번째 생일을 고민하기 시작했다. 이제 아이들도 제법 컸겠다, 왕자님의 뒤늦은 공부도 끝났겠다, 자신도 언니처럼 멋진 생일파티를 열 수도 있을 거란 생각이 들었다. 더군다나 블랙이라면 시크한 자신에게 제일 어울리는 색이 아닌가. 그날이 오면 신데렐라는 낡아빠진 푸른색 드레스를 벗어던지고 몸에 착 달라붙는 검은색 빌로드 드레스를 선보이리라 다짐했다. 신데렐라는 슬슬 배가 나오기 시작한 왕자를 졸라 그녀의 마흔 번째 생일엔 샌디에이고에서는 별로 어렵지 않은 선상파티를 열어주겠노라는 다짐을 받아냈다. 하지만 운명은 신데렐라에게 그런 호사를 절대 허락하지 않았다. 갑작스레 왕자가 한국으로 발령을 받게 된 것이다. 가족과 함께 한국에 돌아온 신데렐라는 미역국은커녕 시리얼과 사발면으로 아침 점심을 때우고는, 딸들이 좋아하는 식당에서 저녁을 먹는 것으로 마흔 번째 생일을 흘려보내야만 했다.

이제 신데렐라는 더 이상 생일파티에 불려 나가지 않게 되었다. 다 큰 딸들은 피자집에서 생일파티를 한 뒤 노래방에 가는 것을 더 좋아하는 데다, 배불뚝이 왕자는 하루 종일 친구들과 소주파티를 여는 것으로 생일파티를 대신하기 때문이다. 하지만 신데렐라는 여전히 멋진 생일파티에 목을 맨 채 우울해하고 있었다. 이번 생일 역시 미역국은커녕 그 흔한 케이크와 생일 축하 노래도 없이 하루가 지나가 버렸던 것이다. 그런데 우울하기만 하던 신데렐라에게 문득 멋진 생각이 떠올랐다.

'왜 블랙 포티Black Forty일까? 요즘은 결혼도 십 년 이상 늦게 하고 출산도 그만큼 늦으니 오히려 '블랙 핍프티Black Fifty'가 더 어울리지 않을까?'

그랬다. 예전 같으면 마흔은 성숙한 나이, 불혹의 나이가 틀림없었다. 하지만 요즘의 마흔은 새로운 것에 도전한다 해도 결코 늦지 않은, 젊음에 속한 나이였다. 칠십이 넘어도 노인정에 가면 막내 취급을 당하며 라면을 끓여야 하는 요즘 같은 시대엔, 오십 정도는 되

안녕, 샌디에이고

어야 나이가 좀 들었다고 여긴다. 신데렐라는 '오십, 쉰'이라는 나이에 주목하기 시작했다. 그쯤이면 딸들은 공부를 마쳤을 테고, 배불뚝이 왕자도 음주가무를 좀 줄일 듯싶었다. 무엇보다도 쉰이란 나이는 생일파티나 각종 행사에 불려 나가 허드렛일을 하지 않아도 되는 나이였다.

마침내 신데렐라는 새로운 꿈을 꾸기 시작했다. 뭘 좀 아는 나이, 모든 것이 편안해지는 오십 세가 되면 성대한 생일파티를 열겠다는 꿈을 말이다. 꼭 크루즈가 아니라도 좋을 것이다. 바다가 보이는 작은 식당에서 그동안 신데렐라가 생일파티를 열어준 가족들과 친구들을 모아 엄숙한 생일파티를 열 계획이었다. 하지만 드레스는 검은색이 아닌 흰색으로 하기로 했다. 그녀에게 오십이란, 힘들었던 시간을 애도하는 동시에 새로운 시작을 의미하는 '흰색'과 통한다고 생각해서였다. 눈부시게 하얀 드레스를 입은 신데렐라와 그녀의 친구들은 저물어가는 그녀의 삶을 함께 바라보며 멋진 축배를 들 것이다. 생에 단 한 번뿐인 신데렐라의 멋진 생일을 축하하기 위해서 말이다.

아침에 눈을 뜬 신데렐라는 부지런히 아침을 준비한 후 아이들을 깨워 학교에 보냈다. 집 안 구석구석을 청소하고 빨래를 해서 넌은 뒤 오늘 있을 도서관 수업 준비까지 완벽하게 마쳤다. 열심히 살아야만 했다. 'White Fifty'가 될 자신의 오십 세 생일을 위해, 그날 느낄 인생의 기쁨과 행복을 위해, 신데렐라는 하루하루를 소중히 여기며 열심히 살아가는 중이다.

#21.

도대체 바벨탑은 왜?

　사람들이 내게 흔히 품는 오해 중의 하나는 미국에서 오래 살았으니 영어를 잘할 거라는 생각이다. 물론 마트 계산대에서 '플라스틱 오어 페이퍼Plastic or paper?'라는 물음에 답하지 못해 한국으로 되돌아갔다는 어느 영문과 교수보다 능숙하게 굴 수도 있다(참고로 위의 문장은, 구입한 물품들을 플라스틱이라고 부르는 비닐봉지에 담아 갈 것인지, 종이봉투에 담아 갈 것인지를 묻는 내용이다). 하지만 나의 영어는 살아남기 위한 처절한 몸짓이었을 뿐, 영어실력이라고 하기엔 좀 민망한 구석이 있었다.

　그렇다고 해서 내가 영어실력 향상을 위해 노력을 하지 않았던 건 아니다. 미국에 도착하자마자 UC.Irvine에서 두 학기 동안 ESL 과정을 수료한 나는, 한국의 평생학습관과 비슷한 '어덜트 스쿨Adult School'의 ESL 과정을 수차례나 밟았다.

　오랜 노력에도 나의 영어실력은 좀처럼 늘지 않았다. 미국 친구들과 우아하게 얘기하고픈 마음에 어덜트 스쿨을 문턱이 닳도록 오 갔지만, 그들 앞에만 서면 왜 그리 작아지는지 도대체 알다가도 모를 일이었다. 그나마도 나는 좀 나은 편이었다. 중학교에서 수학을 가르치다 왔다는 친구는 어덜트 스쿨을 오 년도 넘게 다니고 있었다. 하지만 박사과정도 너끈히 끝냈을 법한 시간과 노력에도 불구하고, 친구의 영어 수준은 절대로 기초를 벗어나지 못했다.

어느 더운 여름날, 어덜트 스쿨 구석에서 힘없이 도시락을 까먹고 있던 친구와 나는 늘지 않는 우리의 영어를 한탄하기 시작했다. 학교도 열심히 다니고, 안 되는 뉴스까지 계속 보는데도 영어실력이 늘지 않는 이유를 알아내야만 했다. 따져보니 우리는 둘 다 수학을 전공한 데다 사람들과 얘기하는 것도 좋아하지 않았으며, 한국말도 잘 이해하지 못한다는 것을 알아냈다. 다시 말해 친구와 나는 언어 습득에 있어 선천적인 문제가 있었던 것이다. 그런 사실을 알게 된 친구와 나는 도시락을 비운 뒤 느긋하게 커피 한 잔을 마시고 집으로 돌아왔다. 그리고 다시는 어덜트 스쿨에 발도 들이지 않았다.

영어실력 대신 뻔뻔함을 장착한 친구와 나는 마트에서나 식당에서 별문제 없이 그럭저럭 살아갔다. 사실 아는 영어라고는 '땡큐'와 '쏘리'밖에 모르는 어른들도 장사도 잘하고 친구들도 잘 사귀었다. 정말 고마운 마음을 전할 요량으로 '빅 땡큐'라는 말도 안 되는 영어를 지어내기도 했지만, 상대방 역시 알아들을 뿐만 아니라 별로 개의치 않았다. 답답함과 부끄러움은 온전히 듣는 사람들의 몫이므로.

토플시험에서 만점에 가까운 점수를 받으며, 미국 학생들에게 GRE를 가르칠 정도로 한(?) 영어 했던 남편 역시 어려움을 느끼기는 마찬가지였다. 읽고 쓰기에선 미국 대학생들조차 부러워할 정도였지만, 점심 샌드위치의 넣고 빼는 재료들을 설명하는 남편의 영어에선 모든 문법과 단어들이 해체되기 일쑤였다. 게다가 언젠가 집에 놀러 왔던 남편 선배의 경험담은 영어를 포기해버린 나에게 정말 크나큰 위안을 안겨주기까지 했다.

어느 날 버스를 타고 집으로 돌아가던 선배는 갑작스러운 좌회전으로 손에 들고 있던 양파를 놓쳐 버렸다. 이리저리 굴러다니는 양파를 차마 주워 담지 못하고 있는데, 앞에서 버스 운전기사가 소리치기 시작했다.

"Whose onion 누구 양파예요?"

고함이 계속되자 자신에게 묻는 것이라 착각한 선배는 버스기사에게 조용히 다가가 사건에 대한 자신의 의견을 피력하기 시작했다. 버스기사가 말한 'onion 양파'를 선배는 'opinion 의견'으로 잘못 이해했던 것이다. 황당해하는 버스기사의 얼굴을 보면서도 이야기를 멈추지 않았던 선배는 결국 일주일 후 마트의 야채 코너에서 자신의 실수를 깨달았다고 한다.

배꼽이 빠져라 웃는 남편과 나를 보면서 선배는 자기 친구가 겪은 일에 비하면 그건 아무것도 아니라고 얘기했다. 미국에서 어렵게 운전면허를 취득한 선배 친구는 중고로 구입한 낡은 차를 타고 마트로 향했다. 그러나 갑자기 시동이 꺼지면서 도로 한복판에 서게 된 그 선배는 뒤따라오던 차에 치여 사고를 당하고 말았다. 마침 근처에 있던 경찰이 그를 급하게 차 밖으로 끄집어내었고, 간신히 눈을 뜬 선배에게 묻기 시작했다.

안녕, 샌디에이고

"Hey, how are you?"

오락가락하는 정신에도 중학교 때 배운 문장을 잊지 않았던 그는 젖 먹을 힘을 다해 경찰에게 대답했다.

"I'm fine. Thank you, and you?"

그 말을 들은 경찰과 주변의 사람들은 놀랄 수밖에 없었다. 그처럼 위급한 상황에서도 상대방의 안부를 챙기는 선배의 말에 모두 다 감동했던 것이다. 결국 선배에게 감명을 받았던 경찰관은 남은 문제들을 모두 해결한 뒤 친절하게 그를 병원까지 데려다주었다고 한다. 언어의 장벽이 얼마나 높은지 알게 해 준, 참으로 웃지 못할 이야기였다.

미국 대사관의 담벼락보다 높았던 언어 장벽은 미국에서 나고 자란 두 딸마저 넘어서지 못했다. 입학식 전날, 화장실에 가고 싶다는 말만 간신히 배우고 간 두 딸은 볼 것도 없이 ESL 과정에 편입되었다. 그나마도 다행인 건 딸의 친구들 역시 어렸기에 서로의 다름을 인식하지 못한다는 것뿐이었다. 하지만 두 딸이 학교에 적응할 무렵 나에겐 또 다른 걱정거리가 생겼다. 영어에 익숙해진 두 딸이 어느새 빛의 속도로 한국어를 잊어갔던 것이다. 어느 순간 영어로만 이야기하는 두 딸에게 나는 집에서는 한국어만 쓸 것을 명했지만, 그마저도 딸들은 '오우케이, 마미'라고 대답할 뿐이었다.

아이들이 쓰는 말에 그처럼 유별나게 굴었던 것은 내 나름의 이유가 있어서였다. 아이들이 커갈수록 괴상해지는(?) 부모 자식 간의 대화를 나는 그동안 수도 없이 봐왔던 터였다. 친구 집에 놀러 갔다가 엿들은 모녀의 대화는 다음과 같았다.

"Mom, you know my friend, Jimmy? 친구들이랑 잠깐 drop by 해서 놀다 가면 안 돼요?"

"No, 헬렌. Yesterday, 너 homework 다 안 했다며? 오늘 finish 해야 하는 거 아니었어?"

"Don't worry mom, 나 어제 homework 다 했다요."

(미국에서 성장한 한국 아이들은 '~했다+요'로 높임말을 대신하곤 했다.)

"No, 헬렌. Last time, 친구 집에 잠깐 온다고 해놓고 열 시 다 되어서 왔잖아. right?"

이처럼 해괴망측한 모녀의 대화는 영어도 한국어도 아닌, 제3세계의 언어에 가까웠다. 그런 현상이 벌어지는 이유는 갈수록 한국어 실력이 줄어드는 아이들과 영어를 완벽하게 구사하지 못하는 엄마들 때문이었지만, 시간이 흐를수록 상황은 오히려 심각해져만 갔다. 그러다가 급기야는 서로의 말을 간신히 이해할 뿐, 부모는 한국말로 자녀는 영어로 대화를 이어가는 참담한 상황이 벌어진다는 것을 나는 많은 경험을 통해 알고 있었다.

미국에서 그토록 한국말을 쉽게 잊었던 두 딸은, 마찬가지로 한국에서는 영어를 순식간에 잊어버렸다. 알파벳까지 까먹는 데는 고작 육 개월도 걸리지 않았지만, 한국어를 정확히 읽고 쓰는데 오랜 시간이 걸렸기에 두 딸은 참으로 많은 어려움을 겪어야만 했다. 자신이 다른 곳에서 왔다는 것만 알았지, 어디에서 왔는지 몰랐던 작은딸은 친구들에게 북한에서 왔다고 대답했다가 맞았다. 다음날은 '산'이란

안녕, 샌디에이고

단어를 읽고 쓸 줄만 알았지 정확한 뜻을 알지 못해 또 맞았다. 결국 작은딸은 '연변에서 온 바보'로 결론지어졌다.

두 딸의 시련은 거기서 끝나지 않았다. 미국에서 태어났다고만 하면 영어를 해보라고 졸라대는 어른들. 딸이 미국에서 자랐다는 사실을 까먹은 채 '고구려를 세운 사람은 백제'라고 답하는 딸에게 잔소리를 퍼붓는 엄마까지, 딸들이 겪는 어려움은 끝이 없다. 어디 그것뿐이랴. 언젠가는 다시 돌아가야 할 두 딸은 그 지겨운 ESL과정을 다시 듣게 될 테니 말이다. 툭하면 '왜 미국에서 태어나가지고 이렇게 힘든지 모르겠다'는 작은딸의 푸념이 그저 엄살만은 아닌 듯싶다.

성경에 따르면, 하느님은 바벨탑을 세워 하늘에 오르려 했던 인간들을 벌하기 위해 수십 가지의 언어를 만드셨다고 한다. 그러게 인간은 뭣 하러 바벨탑 같은 건 만들어가지고 그분의 노여움을 샀으며, 그렇다고 그 많은 언어를 지어낼 건까지 없지 않았느냐고 하느님께 묻고 싶다. 점점 하나가 되어가는 지구에서 제발 하나의 언어로 말하고 듣게 해 달라고, 성난 그분의 발밑에서 나는 빌고 또 빌어본다.

#22.
스투핏, 아메리카!

얼마 전 켜놓은 TV에서 '스투핏!' 하고 외치는 소리가 들려왔다. 깜짝 놀라 들여다보니 사람들의 소비와 지출을 분석하는 프로그램에서 나오는 소리였다. 출연자들은 마침 지름신이 내린 어느 아줌마의 카드 내역서를 보며 잘잘못을 가리는 중이었다. 계속해서 스투핏을 외치는 바람에 나의 머릿속에서는 갑작스레 오랜 기억 하나가 삐죽 고개를 내밀었다. 사실 그 기억은 TV 프로그램과는 전혀 상관없는 내용이었다. 하지만 그 덕분에 나는 '스투핏'이란 단어가 나의 뇌 안에서는 '미국의 환불과 교환제도'와 연결되어 있다는 사실을 알게 되었다.

사람들이 입이 마르도록 칭찬하는 미국의 환불제도에 대해 내가 '스투핏'이란 단어를 떠올리는 건 나름의 이유가 있어서였다. 사실 미국의 환불에 대한 너그러움은 가히 타의 추종을 불허할 정도였다. 우선 넉넉한 환불 기간이 그러했다. 보통의 제품들은 환불 기간이 30

일에서 60일까지였지만, 컴퓨터나 노트북처럼 고가의 제품들은 환불 기간이 90일도 넘는 것들도 많았다. 두 번째는 교환이나 환불에 대해 어떠한 이유도 묻지 않는 미국 상점들의 태도였다. 아무리 변질되고 오래된 제품이라도 환불 기간이라면 묻지도 않고, 따지지도 않고 돈을 내주는 그들의 묵묵한 모습은 나를 비롯한 사람들에게 경이감마저 불러일으키곤 했다.

물론 그러한 미국의 환불제도를 악용하는 사람들도 있었다. 파티나 결혼식을 위해 드레스부터 구두, 액세서리까지 마구 구입했다가, 다음날 몽땅 환불하는 아가씨들은 차라리 애교에 가까웠다. 많은 여자들이 괜찮다 싶은 옷들을 수십 벌씩 사서 입고 다니다가 환불 마지막 날에 돌아와 더러워진 옷들을 모두 환불해 버리곤 했다. 여자들뿐만이 아니었다. 건축에 필요한 자재나 기구들을 파는 '홈디포The Home Depot'에서는 집 두세 채는 너끈히 지을 만한 각종 장비와 도구들을 카트에 싣고 돌아와 환불하는 아저씨들도 적지 않았다. 구입한 지 두 달도 넘었다는 장비 위에 쌓인 흙과 먼지를 바라보던 사람들이 '이제 집을 다 지었나 보다'라고 킥킥댔지만, 정작 상점 직원은 아무런 표정 없이 영수증을 들여다보며 카드 구매를 취소해주는 것이었다. 언젠가 코스트코에서 절반이나 먹은 바나나가 맛이 없다며 환불하는 할머니를 보기도 했다. 물론 직원은 아무 말도 없이 구매 기록을 뒤져 환불해주었고, 바나나는 폐기물 통에 던져 넣었다.

너 나 할 것 없이 많은 사람들이 환불 제도를 악용하고 있었지만, 그중에서도 동양인은 교활하기로 가장 유명했다. 최고로 비싼 컴퓨터만을 골라 쓰다가 결국 환불하고 귀국하는 유학생들도 많았고, 하루가 다르게 크는 아기들의 옷과 장난감을 두세 달 쓰다가 다른 제품으로 교환하는 여자들도 있었다. 이러다가 동양인들 전체가 블랙리스트에 오르는 건 아닌지 걱정될 정도였지만, 미국 상점들은 옆에서 보기 미련스러울 정도로 환불제도를 고수했다.

나 역시 미국의 환불 제도 덕을 톡톡히 본 사람이었다. 김치가 없어 남편과 내가 밥을 굶는 줄로만 아시던 시어머니께선 그 비싼 항공료에도 불구하고 철철이 김치를 해서 보내주셨다. 어느 날 집에 있는 냉장고가 작아 김치를 보관할 수 없게 되자, 시어머니께선 당장 돈을 부쳐줄 테니 김치냉장고를 구입하라고 명령하셨다. 남편과 나는 그 즉시 LA에 있는 상점들에게 연락해 김치냉장고를 알아보았지만, 가격도 터무니없이 비싼 데다 배송도 직접 해야만 했다. 귀찮아진 우리는 늘 하던 대로 크레이그리스트Craigslist를 뒤져 출고한 지 일 년도 안 된 삼성 냉장고를 오백 달러에 구입하게 되었다. 저렴한 가격에 새것이나 다를 바 없는 냉장고를 구입한 나는 재빨리 시어머니께 고한 뒤, 한국에서 날아온 김치들을 차곡차곡 정리하기 시작했다.

냉장고에 문제가 생긴 건 일주일도 되지 않아서였다. 멀쩡히 생긴 냉장고 안에 자꾸 얼음이 생기더니 나중엔 안에서 물이 새기 시작했다. 다행히 A/S 기간이 남아있어 서비스센터에 전화했더니 직원을 곧 보내주겠다고 했다. 하지만 각종 장비를 들고 온 미국 직원은 냉장고를 분리하고 부품까지 새것으로 교체했는데도 문제를 해결하지 못했다. 한 달을 오가며 비지땀을 흘려대던 서비스 직원이 결국 두 손을 들고 떠나버리자, 서비스센터에서는 알아서 책임질 테니 걱정하지 말라며 제품번호를 알아갔다.

　며칠 후 서비스센터로부터 전화를 받은 우리는 냉장고 코드를 잘라 보낸다는 조건으로 천 달러짜리 수표를 받게 되었다. 서비스센터의 설명에 의하면, 그 냉장고는 코스트코에서 천 달러에 판매됐던 것이므로, 냉장고를 쓰지 못한다는 표시로 코드 끝을 잘라 보내면 천 달러를 보내주겠다는 얘기였다. 서비스센터의 말을 들은 남편과 나는 터져 나오는 웃음을 참을 수가 없었다. 오백 달러에 구매한 냉장고를 천 달러에 환불해주겠다는 것도 황당했지만, 코드만 잘라 보내라는 서비스센터의 요구는 더욱 우습기만 했다. 어쨌거나 우리는 냉장고 코드를 잘라 택배로 보냈고, 우리 계좌에는 천 달러짜리 수표가 고스란히 입금되었다.

　우리들의 행운은 거기서 끝나지 않았다. 집에 놀러 왔던 남편 친구가 냉장고 이야기를 듣더니, 그때까지도 버젓이 남아있던 냉장고의 뒤를 살펴보기 시작했다. 그리고 전선만 하나 사서 연결하면 될 것 같다고 중얼거리던 남편 친구는 진짜로 밖에 나가 전선 하나를 사 왔고, 선 끝을 벗겨내 연결한 뒤 콘센트에 꽂았다. 정말 거짓말처럼 냉장고가 돌아가기 시작했다. 혹시나 하는 마음으로 오랫동안 지켜봤지만, 냉장고는 문제없이 작동되었고 문제였던 얼음이나 물도 전혀 생기지 않았다. 남편과 나는 다시 한번 웃고는 사려던 냉장고를 취소해 버렸다.

　그 뒤로도 냉장고는 아무런 문제없이 작동되다가 한국에 돌아오기 직전에서야 오백 달러에 팔려나갔다. 결국 우리는 친절한 환불제도 덕에 냉장고도 얻고 천 달러까지 벌 수 있었던 것이다. 바로 이게

'스투핏'이란 단어를 들을 때마다 내 머릿속에서 미국의 환불제도를 떠올랐던 이유이다. 그처럼 미국의 상점들이 어수룩했던 반면, 소비자들은 언제나 기고만장했다.

그 둘 사이에 뭔가 석연치 않은 구석이 있었다는 걸 나는 한국에 돌아온 후에야 깨달았다. 마치 그것은 깊은 함정과도 같았다. 우선은 누워서 떡 먹기보다도 쉽다는 환불을 받기 위해선 누구나 먼저 상품을 구매해야 한다는 것, 그리고 장난처럼 열 벌 이상의 드레스를 샀다가 환불하는 여자들 중엔 한두 벌은 구입하는 경우가 많다는 것이다.

미국의 상점들이 늘 문전성시를 이루고, 세계적인 불황 속에서도 오직 미국인들만이 지갑을 닫지 않는 이유도 그처럼 쉬운 환불제도에 있었던 것이다. 그러나 이런 사실은 별로 알려져 있지 않다. 한국 역시 미국의 환불제도 덕분에 15% 이상의 매출이 증가했다는 사실을 뉴스에서만 잠깐 보도했을 뿐이었다.

'소탐대실小貪大失', 어쩌면 미국의 환불제도는 그들의 철저한 계획에 따라 세워진 대단한 전략인지도 모른다. 새까맣게 손때가 묻은 인형이나 빨기 직전의 옷들을 가져오는 사람들에게 묵묵히 돈을 내어주지만, 결국 자신들에게 되돌아와 더 많은 돈을 쓰게 만드는 '고도의 영업' 전략인 것이다. 게다가 돈에 관해서라면 인정사정 보지 않는 미국인들이 그토록 미련스럽게 환불제도를 고수하고 있다는 점도 수상하기 짝이 없다. 어쩌면 우리는 중요한 뭔가를 놓쳐왔는지도 모른다. 즉, 사람들의 지갑을 열게 하려면 정말로 큰 인내심이 필요하다는 것, 그 인내심을 바로 보상받지 못하더라도 지켜내야 한다는 것을 말이다.

　우리나라의 상점 주인들은 교환과 환불에 대해 절대로 너그럽지 못하다. 상점에 들어서면 녹아내릴 듯한 표정을 짓다가도, 교환이나 환불 때문에 왔다고 하면 금세 일그러져 버린다. 더군다나 심각한 문제가 아니라면 환불을 해주지도 않는다. 그런 한국의 상점 주인들은 소비자들의 심리를 얼마나 알고 있는 것일까.

　경제에 관해 일자무식인 나도 찡그리고 화내는 주인으로부터 교환과 환불을 경험한 소비자의 심리를 쉽게 예측할 수 있다. 앞으로는 쉽게 지갑을 열지도 않을뿐더러, 불친절한 상점 주인에게 다시는 돌아가지 않을 것이라는 사실을 말이다. 이런 단순한 진리를 미국은 알고, 한국은 모른다는 것이 내겐 무척 유감스럽기만 하다. 물론 교환과 환불을 잘해준다고 해서 한국의 경기가 금방 살아나는 것은 아니겠지만, 꽁꽁 얼어붙은 소비자들의 마음을 조금은 열어주지 않겠는가. 한국의 상점 주인들이 속내가 어떨지언정 겉으로나마 소비자들에게 우직하고 친절하게 보이길 바라며, 나는 TV 속 '스투핏'을 함께 외쳐보았다.

#23.

병원에 한 맺힌 여자

TV를 켰다가 우연히 안재욱 씨가 미국에서 겪은 이야기를 듣게 되었다. 일 때문에 잠시 미국에 체류했던 그는 갑자기 쓰러지는 바람에 병원으로 실려가 수술을 받게 되었다고 한다. 그런데 일어나 보니 자그마치 수술비가 오억 원이 나왔던 것이다. 그가 진단받은 '지주막하 출혈'은 뇌출혈의 일종으로 한국에서였다면 수술비가 채 오백만 원도 되지 않았을 테지만, 미국 의료보험에 가입하지 않았던 그는 의료비 폭탄을 맞은 셈이었다. 그런 안재욱 씨의 이야기를 듣고도 나는 전혀 놀라지 않았다. 미국에 지내는 동안 팔에 깁스하는 데만 팔십만 원의 치료비를 들였던 남편 후배들도 있었고, 수술비가 최소 천만 원이상일 거란 의사의 말에 터진 맹장을 움켜쥔 채 한국으로 돌아가는 친구들도 보았기 때문이었다.

미국의 비싼 의료보험과 의료비는 전 세계에 알려져 있을 정도로 악명이 높다. 직장에서 의료보험 지원을 해준다고 해도 매달 백만 원

이상의 보험료를 내야 하는 미국 현실을 고려할 때, 남편과 내가 아무런 보험에 가입하지 않았다는 사실은 전혀 놀라운 일이 아니었다. 병원에 간다는 건 상상조차 할 수 없었던 우리 부부는 어지간한 병은 참고, 심하면 코스트코에서 산 진통제를 삼키며 십 년 이상을 버텼다. 사실 딱 한 번 보험에 가입한 적이 있긴 했다. 신청한 지 서너 달도 되지 않아 취소해버리긴 했지만 말이다.

결혼 전부터 위염이 심했던 나는 친구가 해준 스테이크를 먹고 배탈이 났다. 늘 그랬던 것처럼 잔탁 몇 알을 먹고 나아지기를 기다렸지만, 이상하게도 증상은 심해져만 갔다. 일주일이 넘도록 호전되는 기미가 없자 겁이 난 남편은 이번 기회에 보험이란 걸 한 번 들어서 정확한 진단을 받아보자고 했다. 그 무렵 위암 판정을 받았던 남편 친구의 증상이 나와 너무도 비슷해서였다.

우리가 선택할 수 있는 보험의 종류는 사실 그다지 많지 않았다. 지역에서 가입할 수 있는 보험의 수가 한정되어 있는 데다가, 보험이 커버하는 한도 역시 종류별로 명확하게 구분되어 있어서였다. 미국의 모든 의료보험은 HMOHealth Maintenance Organization와 PPOPreferred Povider Organization로 나뉘는데, 그중 HMO는 보험회사와 계약한 의사들 중에 주치의를 선택해 지정된 병원에만 갈 수 있는 보험이다. 전문의에게 보이고 싶어도 반드시 자신의 주치의를 찾아 추천서를 받아야 하는 불편함이 있지만, 상대적으로 가격이 저렴한 편이었다. 반면 PPO는 자신이 원하는 병원 아무 곳에서나 원하는 의사를 찾아 예약할 수 있는 장점이 있지만 그만큼 가격이 비싼 게 흠이었다. 그렇게 두 보험 간의 혜택과 가격 차이가 확실하기 때문에, 심각한 병을 앓고 있지 않은 대부분 사람들은 HMO 보험에 가입해 정해진 의사를 만났다.

당연히 우리가 선택한 보험 역시 HMO였다. 하지만 보험에 가입하는 일은 생각보다 어려웠다. 복잡한 서류들을 작성해서 보내고 보험회사의 승인을 받은 뒤, 병원에 예약해 의사를 만나기까지 10주 이상의 시간이 걸렸다. 그사이 내 위염은 더욱 심해져 잠을 이루지 못할 정도까지 되었다가, 죽만 먹으면서 한국의 온갖 민간요법을 다해본 끝에 완만한 하강기에 접어들고 있었다. 한참을 기다려 병원에 갔을 쯤에는 매일처럼 찾아오는 복통에 많이 익숙해진 상태였다.

어쨌거나 어렵게 보험 카드를 쥐게 된 나는 남편이 예약해둔 병원으로 향했다. 막 지은 듯한 깨끗한 병원 오피스에 들어선 나는 친절한 간호사의 안내에 따라 소변검사와 피검사, 체지방 분석기를 거쳐 파란 눈의 잘 생긴 의사와 마주 앉게 되었다. 다정한 눈빛으로 바라보는 의사에게 나는 그간에 있었던 위염의 증상들을 비롯해 두통과 요통으로 번진 고통을 호소했다. 그런 나에게 이것저것을 물으며 증상들을 적어나간 의사는 다음과 같은 결론을 내렸다. 우선 약해진 위를 위해 소화 기능을 향상해줄 식물성 소화 효소제를 처방하겠다는 것, 나머지 두통과 요통을 위해선 좋은 진통제와 특수한 파스를 처방한 뒤 계속해서 지켜보겠다는 것이 의사의 계획이었다. 뭔가 석연치 않은 점이 있었지만, 일단 의사의 처방대로 할 수밖에 없었던 나는 생각보다 많이 나온 본인부담금copayment을 내고 병원을 나왔다. 잠시 뒤 약국에서 처방전을 내고 약을 받아 든 나는 어안이 벙벙해졌

안녕, 샌디에이고

다. 우선 의사가 말한 소화효소제란 약이 아니었다. 우유나 물에 타 먹는 변비 '예방제'로 마트에서도 구입할 수 있는 보조식품이었다. 약사가 내놓은 진통제 역시 집에 쌓여있던 코스트코 제품과 완전히 똑같았다. 게다가 의사가 특별하다고 말했던 그 파스란, 한국의 '신신파스'와 별다르지 않았지만 가격은 무려 350달러, 즉 40만 원이 넘었다. 설마 했는데 역시나였다. 결국 나는 그 모든 약을 포기한 채 집으로 돌아왔고, 죽과 밥을 조심스럽게 먹으며 잔탁을 꾸준히 복용했다. 그러자 배를 꼬집는 것 같은 고통도 위염과 함께 점점 사라지게 되었고, 남편은 그 즉시 보험을 해지해 버렸다. 나중에 날아온 치료비 청구서에는 70만 원 가량이 적혀 있었다.

물론 십 년 동안 나는 두 번의 임신과 출산, 그리고 두 딸의 정기 검진을 위해 문이 닳도록 병원을 드나들었다. 저소득층에게 한없이 자비로운 미국에서는 보험료를 내지 않고도 의료혜택을 누릴 수 있는 프로그램들이 꽤 있었다. '메디칼'이나 '메디케어'는 영주권 이상자만 신청할 수 있는 프로그램이지만, 신분에 상관없이 저소득층의 임산부와 아이들에게 제공되는 'WIC Women, Infants and Children 프로그램'은 비교적 문턱이 낮은 편이었다. 서류 몇 장만으로도 신청이 가능했던 그 주정부 의료 프로그램 덕분에 나는 아무런 보험도 가입하지 않은 채 두 딸을 낳고 기를 수 있었다.

사실 WIC 프로그램이 아니었다면, 첫딸과 둘째 딸을 낳을 때 각각 청구된 4천만 원과 1,800만 원가량의 수술비를 우리 부부는 결코 지불하지 못했을 것이다. 나와 똑같은 형편이었던 친구도 WIC 프로그램이 아니었다면 8개월부터 조산의 기미를 보인 아기를 절대로 지키지 못했을 거라고 말했다. 두 달간 병원 침대에 꼼짝없이 누워 있다가 아기를 낳은 친구의 병원비는 55만 달러, 약 6억 5천만 원으로 웬만한 집 한 채를 살 수 있는 돈이었다. 그처럼 지옥 같은 의료체제 속에서 두 딸을 낳고 기를 수 있었던 건 완전히 WIC프로그램 덕분이었다. 하지만 그들의 자비로운 혜택은 오직 시민권자로 태어난 딸들에게만 해당되었기에 남편과 나는 계속해서 진통제에 의존할 수밖에 없었다.

한국에 돌아와 우리 가족이 처음 한 일은 배달된 짜장면을 먹는 일이었다. 전화 한 통화면 짜장면을 문 앞까지 가져다주는 그 마술 같은 모습을 보기 위해, 우리 가족은 틈만 나면 중국집에 전화를 걸곤 했다. 그다음은 병원 투어였다. 한국에 오기 몇 해 전부터 천식을 앓기 시작한 나는 미처 한국 의료보험을 만들기도 전에 병원으로 향했다. 각종 검사와 더불어 호흡기 치료제를 처방받았지만 치료비는 미국의 십 분의 일, 아닌 백 분의 일도 되지 않았다. 게다가 미국에서 약 40만 원가량이었던 호흡기 치료제를 한국 약국에서는 단돈 만 오천 원을 내고 구입할 수 있었다. 그처럼 저렴하고 빠른 한국 의료시스템에 오히려 허탈감을 느꼈던 나는 병원에 다녀온 지 일주일 만에 천식에서 벗어났고, 지금까지도 아무런 문제 없이 잘 지내고 있다.

우리 가족의 병원 투어는 계속해서 이어졌다. 천식이 가라앉자 나는 그동안 방치했던 내 몸을 구석구석 살피기 시작했다. 먼저 산부인과를 돌았고, 내과에서 위내시경을 받았다. 마음 같아선 한 일주일 병원에 입원해 깨끗한 침대에서 누워 온갖 검사와 진료를 받고 싶었지만, 그러기엔 난 너무 멀쩡했다. 그사이 치과에 간 남편은 그동안 문제 되었던 치아를 모두 치료받았고, 안과며 정형외과까지 빠짐없이 돌고 또 돌았다. 아이들도 뒤질세라 별의별 검사를 다 받았다. 발목뼈가 휘어진 건 아닌지 정형외과에서 엑스레이를 찍었고, 미국에서 괜찮다고 넘어간 코뼈를 재검사받았으며, 심지어 각종 알레르기 검사까지 모두 받았다. 물론 한의원에도 들러 보약 한 재씩 배달받은 뒤였다. 마치 병원에 한 맺힌 사람들처럼 세상의 모든 병원을 돌며 각종 검사를 받은 우리는 아무런 이상이 없다는 소견을 모두 받은 후에야 병원 투어를 그만두었다.

그렇다고 병원에 대한 사랑이 식은 것은 절대 아니었다. 미국에서는 반드시 예약을 해야만 병원에 갈 수 있었고, 가봤자 뜨거운 차를 자주 먹이라는 의사의 이야기만 듣고 나와야 했다. 그 때문에 정기검진 말고는 거의 소아과에 가지 않았던 두 딸은 한국에 온 뒤로 조금만 목이 아파도 병원을 찾는다. 사실 아파트 후문 바로 옆에 있는 병원까지는 100m도 되지 않는다. 게다가 예약할 필요도 없이 바로 병원으로 가도 되고, 진찰을 받은 후엔 1층 약국에서 약을 타 오면 그만인 것이다. 이제 두 딸에게 병원에 혼자 가는 것쯤은 예삿일이 되어 버렸다. 그래 봤자 삼십 분도 걸리지 않고, 진료비와 약값까지 합쳐 칠, 팔천 원을 넘지 않으니 무엇을 망설이겠는가.

어제 아침 나는 며칠 전부터 부어오른 목을 위해 병원으로 향했다. 편도선이 약간 부었을 뿐 별로 심각하지는 않다는 의사 말에도 불구하고, 나는 기어이 항생제가 잔뜩 들어간 약을 처방받았다. 그것도 모자라 간호사에게 각종 비타민과 포도당이 들어간 수액을 부탁한 나는 마지막 한 방울까지 모두 맞고 나서야 병원문을 나섰다. 당연히 몸과 마음은 날아갈 것만 같았다. 덕분에 병원에 한 맺혀 있던 마음도 많이 풀어졌다. 내가 원하면 언제 어디서나 병원에 갈 수 있다는 사실을 이제야 실감한 탓이다. 언제 미국으로 되돌아갈지 몰라 모아두었던 항생제들도 이제는 모두 쓰레기통에 던져버렸다.

생각해보면 내가 병원에 대해 그토록 애달파했던 이유도 한국의 쉽고 편한 의료시스템에 너무 익숙했던 탓이 아닐까 싶다. 미국에 비하면 한국 사람들은 너무 자주 병원에 드나들고 의료비용도 너무 저평가되어 있는 게 사실이다. 또한 미국인이라고 해서 그 어마어마한 치료비를 모두 내는 것도 아니다. 오히려 심각한 병에 걸렸다면 다양한 구제책을 보유하고 있는 미국이 훨씬 유리할 수도 있다. 하지만 한국의 저렴하고 빠른 의료 시스템에 젖어 있던 나의 몸은 고품질, 고비용이었던 미국의 의료시스템에 아무런 매력을 느낄 수가 없었다.

나는 여전히 한국의 병원들을 사랑한다. 쉽고 빠르고, 게다가 얼마나 저렴한가. 나는 있는 동안만이라도 한국의 병원들을 두루두루 다녀볼 생각이다. 한국의 의료보험은 내게 축복과도 같기에 오늘도 나는 그 축복을 찾아 거리를 헤맨다. 며칠 전 뻐끗한 허리 때문에 물리치료를 받고 왔다. 내일은 아무래도 한의원에 가서 침이라도 한 대 맞아야 마음이 편해질 것 같다.

#24.

라스베이거스의 여름

방학을 맞은 두 딸이 박제된 인형처럼 집 안에 틀어박혀 있다. 잠깐 공부하는 시간을 빼면 하루 종일 침대에 누워 폰만 들여다보는 딸들을 보고 있자니 울화가 치밀어온다. 하지만 백십사 년만이라는 불볕더위를 뚫고 밖으로 향할 용기가 없기에 그냥 두고 보는 중이다. 어제는 더 이상 폰으로 볼 게 없어진 딸들이 시큰둥한 얼굴로 남편에게 대뜸 물었다.

"아빠, 이번 여름에 우리 어디 갈 거야?"

남편의 얼굴에 막막함이 스쳤다. 사실 우리 부부는 여름휴가에 대해 아무런 계획도 없는 상태였다.

"글쎄… 너흰 어디 가고 싶은 곳 있어?"

공을 아이들에게 패스한 남편이 정말로 궁금하다는 얼굴로 딸들에게 물었다.

"음, 나도 잘 모르겠어. 워터파크는 한 번 가고 싶은데, 어디 멀리

가고 싶지는 않아."

이런 걸 두고 '이심전심'이라 하는 걸까. 특별히 가고 싶은 곳이 없다는 딸의 말에 안심한 남편은 워터파크는 주말에 날을 잡아서 다녀오고, 혹시나 가고 싶은 곳이 생기면 아빠에게 알려달라며 다정한 말투로 이야기를 끝냈다. 그리고 지금까지의 피서지들을 얘기하던 우리의 화제는 자연스럽게 라스베이거스로 옮겨졌다.

사실 샌디에이고에 살면서 일부러 다른 곳에 피서를 간다는 건 우스운 일이었다. 하와이에서 만났던 사람들은 우리가 샌디에이고에서 왔다는 소리를 들을 때마다 놀라는 시늉을 하며 왜 그런 미친 짓을 하냐고 묻곤 했다. 그처럼 완벽한 피서지로 알려진 샌디에이고를 두고 떠날 수밖에 없었던 이유는 다름 아닌 세 달에 가까운 아이들의 길고 긴 방학 때문이었다. 6월이 시작되자마자 방학 분위기에 접어들었던 학교는 둘째 주가 되기만을 기다렸다가 방학을 선언한 뒤 재빨리 교문을 닫아버렸다. 숙제도 없고 다닐 만한 학원은 더 없는 아이들은 하루 종일 놀거리를 찾아 헤매고 다녔다. 온 동네의 수영장을 모두 섭렵하고, 플레이 데이트playdate와 도서관에서 한때를 보내고도 아이들의 얼굴에 무료함이 묻어날 때면, 우리는 짐을 챙겨 라스베이거스로 떠났다. 샌디에이고에서 차로 다섯 시간이 걸리는 라스베이거스는 비행기를 타지 않아도 갈 수 있는 제일 가까운 피서지였다. 또한 크게 돈을 들이지 않고도 며칠을 보낼 수 있는 우리에게 가장 만만한 곳이기도 했다. 오래전 비행기에서 내려다본 라스베이거스는 '모하비 사막' 끝자락에 세워진 회색빛 도시였다. 도시의 끝에서 시작되는 사막을 위에서 내려다볼 때마다, 나는 메마르고 척박한 땅에 그처럼 화려한 도시를 세운 인간의 힘에 늘 감탄하곤 했다. 라스베이거스는 캘리포니아에서 금광으로 벌어들인 광부의 돈을 가로채기 위해 만들어졌다고도 말하는 사람들도 있고, 네바다에서 채집된 은을 수송하기 위해 세워졌다고 말하는 사람들도 있다. 어떤 이유였던 간에 세계적인 관광지로 이름을 굳힌 그곳은 오랜 시간 도시를 점령해왔던 갱단이나 매춘부, 도박꾼들의 모습은 더 이상 볼 수 없는, 빛나는 불빛과 네온사인을 구경하기 위해 세계에서 몰려든 관광객들로 붐비고 있을 뿐이었다. 유학생 처지에도 불구하고, 그처럼 화려한 라스베이거스를 일 년에 몇 번씩이나 다녀올 수 있었던 건 세 가지 이유 때문이었다. 첫째는 호텔의 저렴한 숙박비 때문이었다. 라스베이거스 호텔들은 관광객들이 하룻밤에 수천 불을 쓰고 가는 카지노 수입에 의존하기 때문에 상대적으로 숙박비가 저렴한 편이다. 게다가 체크인 때 5달러의 팁을 전해받은 직원은 라스베이거스의 야경을 한눈에 내다볼 수 있는 특실이나, 침실과 거실이 분리된 스위트룸으로 우리를 안내하기도 했다. 덕분에 우리는 50달러도 되지 않는 숙박비로 라스베이거스의 으리으리한 호텔을 차지한 후, 청소 걱정 없이 아이들을 뛰어놀게 할 수 있었다. 또한 호텔의 자존심을 걸고 지어진 수영장은 규모와 시설에 비해 늘 한산했고, 두 딸은 가져온 공과 튜브를 물에 잔뜩 띄워둔 채 지칠 때까지 물놀이를 즐기곤 했다.

두 번째 이유는 다양하고 화려한 호텔의 뷔페식당 때문이었다. 유명 셰프들의 이름을 내건 호텔 뷔페에서 팝콘처럼 쏟아져 나오는 세계 각국의 음식들을 바라보고 있노라면, 왠지 모르게 왕이 된 것 같은 느낌을 받았다. 언젠가 호텔 뷔페 패키지를 29.99달러에 구입한 우리 가족은 이틀간 일곱 군데의 뷔페를 돌아다니며 개성 강한 호텔의 음식들을 맛보기도 했다. 중국의 샥스핀부터 프랑스의 푸아그라까지 맛본 두 딸은 초콜릿으로 만든 꽃과 무지갯빛의 케이크 앞에서도 무덤덤하기만 했다. 그중에서도 우리 가족이 가장 사랑했던 식당은 메인 스트리에서 약간 떨어져 있는 M 리조트 뷔페였는데, 한국의 갈빗집보다 더 맛있는 LA갈비와 김치를 갖추고 있었다. 아침저녁으로 향했던 호텔 뷔페가 지겨워질 때면 우리는 커다란 돔 모양으로 생긴 M 뷔페에서 하얀 쌀밥에 김치와 LA갈비만을 가져와 무한 리필되는 맥주와 함께 먹곤 했다. 물론 라스베이거스에도 몇 군데의 한국식당들이 있었지만, 세상에서 제일 비싼 김치찌개와 불고기를 팔고 있다는 소문이 들릴 정도로 가격이 엄청났기에 저렴한 호텔 뷔페를 이용하는 편이 훨씬 이득이었다.

마지막은 라스베이거스의 화려한 볼거리 때문이었다. 갈 때마다 새로운 호텔들이 들어서 있던 라스베이거스는 언제나 우리들의 눈을 즐겁게 해 주었다. 이집트의 피라미드 모양의 호텔, 뉴욕의 빌딩들을 연상시키는 호텔, 프랑스의 에펠탑을 세워둔 호텔, 미래의 도시를 형상화한 호텔들을 구경하는 것만으로도 며칠이 걸릴 정도였다. 호텔 말고도 볼거리가 다양했던 메인스트리트에서는 영화에도 여러 번 등장했던 벨라지오 호텔의 분수쇼와 불쇼, 해적쇼를 구경할 수 있었다. 또한 그물망처럼 엮어진 호텔의 지하통로들을 걸으며 유럽의 파란 하늘 밑을 걷고 있는 듯한 착각에 빠지기도 했다. 터질 듯한 음악과 네온빛을 뿜어내는 '프레몬트 거리의 전자쇼'는 한국의 LG기업이 제작한 도시의 또 다른 볼거리였다.

라스베이거스에서 빠뜨릴 수 없는 각양각색의 쇼와 뮤지컬은 웅장한 무대와 예술적 감각으로 세계 관광객들을 매료시켰다. 지금까지도 공연되고 있는 〈쥬빌레〉 쇼와 〈오O〉, 〈카KA〉 등의 마술쇼는 공간과 시간이 무너지는 듯한 신비로움을 자아냈고, 얼마 전까지 상연되었던 뮤지컬 〈라이언 킹〉은 어른들이 더 열광했을 정도로 아름답고 감동적이었다. 그처럼 세계적인 공연을 할인에 할인을 받은 가격으로 관람하며 미각과 시각, 청각에 이른 모든 감각을 만족시킨 우리 가족은 경험할 뭔가가 더 이상 없다는 확신이 선 후에야 샌디에이고로 돌아오곤 했다.

샌디에이고로 돌아온 후에도 방학은 한참이나 남아있었다. 레고랜드의 워터파크와 크고 작은 비치들, 박물관과 도서관을 몇 번이나 돌고 나서야 겨우 여름의 끝이 보이기 시작했다. 그러고도 시간이 남을 때면 샌디에이고 북쪽에 있는 팜스프링스Palm Springs이나 세도나 Sedona를 다녀오기도 했는데, 이상하게도 우리가 다녀온 도시들의 대부분은 사막의 한가운데 자리하고 있었다.

친구들 역시 여름의 대부분을 사막에서 보냈다. 검은색을 넘어 잿빛이 되어 있는 아이들의 얼굴은 그랜드캐니언과 자이언트캐니언, 또는 모하비 사막의 열기가 만들어낸 영광의 표징과도 같았다. 사막의 휴가를 끝내고 돌아온 아이들은 마지막 여름을 즐기기 위해 동네 수영장으로 몰려들었고, 아이들의 피부는 흑진주보다 더 까맣고 반짝거렸다. 그처럼 끝날 것 같지 않던 여름은 어느 날 아이들에게 까매진 피부만을 남겨 놓은 채 사라져 버렸고, 길고 긴 방학도 끝을 향해 달려가고 있었다. 남겨진 아이들의 얼굴엔 새 학년에 대한 기대감으로 번뜩이기 시작했다.

조상들이 일컫길, 고기도 먹어본 사람이 잘 먹고 놀아본 사람이 더 잘 논다고 하지 않았던가. 하지만 샌디에이고와 라스베이거스, 팜스프링, 하와이를 거쳐 쫌(?) 놀아본 나의 두 딸은 소금에 절인 배추처럼 늘어져 있다. 방학도 얼마 되지 않으려니와 마땅히 가고 싶은 곳도 없다는 아이들의 피부는 겨울보다 오히려 하얗기만 하다.

이제 라스베이거스에서 보낸 여름은 추억의 한편으로만 남아 있다. 뜨거운 사막을 누비면서도 덥기는커녕 시원하게 느꼈던 우리들의 열기도 어느새 차갑게 식어버렸다. 하지만 라스베이거스를 떠올린 오늘, 나는 어떻게 해서든지 축 처진 아이들과 함께 밖으로 나서볼 계획이다. 사막보다 더 뜨거웠던 우리들의 여름을 되찾기 위해 달궈진 아스팔트 위를 걸어보련다. 그리고 얼마 후 도착할 시원한 계곡에서 피부가 까매질 때까지 아이들을 놀게 할 것이다. 구릿빛으로 변한 아이들의 얼굴을 보노라면, 사막으로 향했던 우리들의 뜨거운 열정 또한 돌아오지 않겠는가. 그렇다면 오늘 하루는 미지근한 우리의 여름을 뜨겁게 만들어줄 또 하나의 추억이 될 것이다.

chapter 6

미국에서도 한국에서도 살아남는 법

#25.
마지막 춤은 우아하게

미국에서 이씨 아저씨를 만난 건 우리 부부에게 커다란 행운이었다. 매일같이 친구들을 불러 파티를 여는 이태리 학생들 때문에 아파트에서 나와야 했던 우리는 학교 앞에 붙어 있던 광고지의 구인란에서 아저씨를 알게 되었다. 같은 한국인이라는 이유로 볼 것도 없이 방 하나를 내주신 아저씨는 부엌은 물론 거실의 가구와 자질구레한 물건들까지 맘대로 쓰게 해 주셨다. 그렇게 함께 지내는 시간이 길어지자 아저씨는 우리에게 조금씩 마음을 내보이기 시작하셨다. 미국의 초창기 이민자 치고 사연 없는 사람들이 어디 있겠는가마는, 이씨 아저씨 역시 남들 못지않은 사연을 가지고 계셨다.

미국에서 '가라테Karate'로 알려진 태권도의 인기가 높아지자 LA에서 도장을 운영하고 계셨던 아저씨 친구분은 태권도 유단자이자 체육교사로 일하고 있던 아저씨를 불러들였다. 하지만 절반씩 투자해 운영하던 도장이 기울기 시작했을 무렵엔 아저씨 친구가 보증금을 빼돌려 달아난 상태였다. 이윽고 경제적인 문제로 아내와 자주 다투었던 아저씨는 급기야 이혼까지 하게 되었다. 결국 얼마 남지 않은 돈마저 모두 아내에게 내주었던 아저씨는 제약회사에서 작은 일자리를 구해 살아오셨던 것이다. 어렵게 키운 아들은 우리보다 두 살이 많은 세일즈맨이었는데, 근처에 볼 일이 있을 때만 아버지를 찾았다. 그나마도 화만 내고 돌아가는 경우가 허다했지만, 아저씨는 아들의 와이셔츠들을 빨아 다린 후 새 양말과 함께 챙겨주는 일을 한 번도 거르지 않으셨다.

기댈 수 있는 가족은커녕 가까운 친구 하나 없었던 아저씨의 유일한 희망은 은퇴와 함께 노인 아파트에 입주하는 것이었다. 이십 년 넘게 제약회사에 다녔던 덕에 넉넉한 노인연금을 받을 수 있는 데다 노인들에게 제공되는 아파트 렌트비가 시세의 삼분의 일도 되지 않았기에 가능한 일이었다. 아저씨의 계산에 따르면, 이 년 후 받게 될 연금은 렌트비와 병원비를 지불하고도 가끔씩 순두부찌개를 사 먹을 수 있을 정도로 충분했다. 그래서인지 은퇴를 말씀하시는 아저씨의 눈빛은 언제나 즐겁고 편안해 보였다. 그것 말고도 아저씨는 자신의 장례비를 위한 예금을 가지고 계셨고, 은퇴하자마자 떠날 크루즈 여행을 위한 경비마저 모두 마련해 두신 상태였다. 게다가 선상파티에서 멋진 댄스를 선보일 요량으로 커뮤니티센터에서 일주일에 두 번씩 댄스 강습까지 받고 계신다니, 완벽하고도 멋진 노후 설계였다.

미국에서 은퇴란, 평생을 옭아매던 직장과 주택부금에서 벗어나 느긋하고 편안한 시간을 갖게 됨을 의미한다. 자식들을 독립시키는 데 타의 추종을 불허한다는 미국인들은 자식들에게 유산을 물려준다는 의식이 거의 없고, 자식들 또한 부모의 재산에 미련을 두지 않는다. 당연히 부모를 모셔야 한다는 책임감도 없다.

내가 본 미국의 노인들은 은퇴와 함께 새로운 일을 찾아 새로운 삶을 시작했다. 어덜트 스쿨의 선생님들은 정년 퇴임한 교사들이 대부분이었고, 병원이나 관공서에서 안내를 담당하는 일은 모두 은퇴한 노인들에게 맡겨졌다. 자신이 할 수 있는 일들을 찾아 또 다른 열정을 보였던 그분들은 여행과 취미를 즐기는 일 역시 잊지 않았다.

은퇴 후 생활을 즐기던 부부 중의 한 명이 죽게 되면 혼자된 노인들의 대부분은 살던 집을 처분해 노인전용 아파트나 양로원으로 들어간다. 물론 재산에 따라 아파트나 양로원의 형태도 천차만별이다. 대부분의 노인 아파트들은 갓 지어진 건물에 노인들에게 필요한 응급버튼과 치료시설을 가지고 있었지만 렌트비에 따라 시설면에서 많은 차이가 났다. 양로원 역시 각종 시설을 갖춘 호텔과 비슷한 곳이 있는가 하면, 정부에서 운영하는 최소한의 시설만을 갖춘 곳들도 있었다. 많은 사람들의 보살핌을 받으며 스위트룸에서 체스와 댄스를 즐기는 노인들과, 지나가는 사람들이라도 구경할 목적으로 양로원의 담벼락 밑에 앉아있는 노인들의 삶은 분명 질적인 면에서 많은 차이가 났다. 그럼에도 의식주는 물론, 아플 때 병원비를 걱정하지 않아도 되고, 위급상황에서 누군가의 도움을 받을 수 있다는 것은 누구에게나 공평하게 주어지는 사실이었다.

16년 전, 겁도 없이 종갓집의 종손과 결혼했던 나는 한집에서 시할머님과 시부모님, 시누이, 시동생과 살게 되었다. 얼마 후 미국으

안녕, 샌디에이고

로 떠났던 남편과 내가 잠시 한국에 들른 사이, 시아버님께서 그만 병으로 돌아가시고 말았다. 그 뒤 시어머님이 가게 운영을 떠맡으시면서, 시할머님을 돌봐드리는 일은 자연스럽게 내 차지가 되었다. 사실 할머니는 손주며느리였던 나를 특별히 이뻐하셨던 데다 건강하셔서 특별히 챙겨드릴 일은 없었다. 집안을 청소하고 빨래를 돌리는 사이 늘 텔레비전을 보고 계시던 할머니는 점심상을 차리고 나서야 조용히 나타나셨고, 식성도 좋으셔서 피자나 스파게티도 맛있게 드셨다. 가끔씩 어린아이처럼 생선초밥을 먹고 싶다고 조르시는 할머니를 달래 드리거나 목욕탕에 모시고 가서 등을 밀어드리는 일을 빼면, 할머님은 음식의 간을 맞춰주시고 마늘과 파를 다듬어 주셨던 나의 든든한 조력자였다. 얼마 후 미국으로 다시 떠나던 날, 할머니께선 그간 모아둔 쌈짓돈을 모두 꺼내 내 손에 쥐어 주셨다.

미국에서 두 딸과 씨름하고 있는 사이 시할머니의 임종 소식을 듣게 되었다. 하지만 한국에 계신 어른들이 만류하는 바람에 장례식에 참석하지 못했다. 오랫동안 치매 때문에 시어머니를 힘들게 하셨던 터라 가족들은 할머니의 죽음에 오히려 안도감을 내비쳤을 뿐이었다. 얼마 후 손녀들을 보기 위해 처음 미국 땅을 밟으신 시어머님께선 그간의 어려움을 우리에게 토로하셨다.

우리가 떠난 후 우울해하시던 할머니를 위해 시어머님께선 아파트 단지의 노인정과 노인학교를 찾아 보내드렸다고 한다. 하지만 노인정에서는 날마다 자식 자랑을 늘어놓는 할머니들 앞에 뚱하게 앉아 있다가 쫓겨나셨고, 노인학교는 춤추고 노래하는 노인네들의 모습이 꼴사납다며 나가시지 않으셨다고 한다. 결국 혼자 집에서 하릴

없이 텔레비전만 보고 계시던 할머니는 어느 날엔가 마트에 나갔다가 집을 찾지 못하게 되셨고, 급속도로 진전된 치매 때문에 대소변도 가리지 못하게 되셨다. 그날부터 삼 년간 시어머니의 삶이 어떠했을지는 짐작이 되고도 남았다. 아침마다 할머니를 씻겨 밥을 챙겨드린 후 가게로 향해야 했던 시어머니는 집으로 돌아와 현관문을 열 때마다 가슴이 두근거렸다고 하셨다. 과연 할머니께서 집에 계실지, 집안 상태는 어떠할지 언제나 불안하고 초조하셨으리라. 일주일에 몇 번씩 사라진 할머니를 위해 온 동네를 뒤져야만 했고, 분비물로 뒤범벅된 이불과 벽지 때문에 한 겨울에도 창문을 모두 열어놓아야만 했다니 말이다. 물론 지역센터에서 일주일에 두 번씩 찾아와 목욕을 시켜드리고 잠깐씩 돌봐드리기는 했지만, 나머지 시간은 온전히 시어머님의 몫이었던 것이다. 그래도 할머니가 계실 때가 좋았다며 희미하게 웃으시는 시어머님을 뵈니 괜스레 죄송한 마음이 들었다. 이제 시어머님은 그때의 시할머니 나이가 되셨다. 여전히 일을 하시며 건강한 삶을 보내고 계시지만, 하얗게 변한 시어머님의 머리카락을 볼 때마다 가슴이 철렁 내려앉는다.

한국에서 나이를 먹는 것처럼 서럽고 애달픈 일이 어디 있을까. 뼛골 빠지게 일해서 키워놓은 자식들은 골수까지 내놓으라며 성화고, 점점 아기가 되어가는 부모님은 효도관광을 보내달라며 응석을 부리신다. 그나마도 경제력이 있으면 다행이지만, 사십 대도 명퇴를 당하는 세상에서 정년을 기대하는 건 거의 불가능에 가깝다. 결국 재산의 전부인 집을 팔아 자식들에게 나눠주고 나면, 남은 건 병원에서

안녕, 샌디에이고

받은 처방전과 한숨뿐이다. 약값이라도 마련해보겠다며 시작한 근로사업과 폐지 줍기는 자존심을 천 길 낭떠러지로 떨어뜨리고, 결국엔 허름하기 짝이 없는 요양원에서 지옥으로 변해버린 삶을 바라보며 길고 긴 생을 마감하는 게 우리나라 노후의 현실이다.

한편, 부모 부양 의무가 있는 자녀들의 마음 역시 편치 못하다. 나날이 심해지는 경쟁사회에서 월급의 반 이상을 아이들의 학원비로 지출하고 있는 자식들은 선뜻 부모님께 용돈을 쥐어드리지 못한다. 점점 부담만 느낄 뿐인 부모들을 떠맡으라고 정부는 별의별 법안을 다 만들어내고 있지만, 그것은 부모 자식 간의 골을 깊게 만들고 있을 뿐이다.

문득 시어머님께선 어떤 노후를 그리고 계실지 궁금해졌다. 보나 마나 자식과 손주들에게 둘러싸여 텃밭을 가꾸고 여행을 다니시는 꿈을 꾸고 계시리라. 어느 누구도 감옥처럼 생긴 요양원에서 삶의 마지막을 보내고 싶어 하지는 않는다. 우리가 상상하는 양로원이나 요양원은 오갈 데 없는 노인들이 향하는 끔찍한 수용소와 비슷하기 때문이다. 하지만 우리의 노후를 기대야 할 곳은 자식이 아닌 사회라는 걸, 나는 요즘에서야 깨달았다. '효자 법'을 운운하며 노인의 부양과 복지를 가족에게 떠넘긴 우리 사회야말로 처참해진 노후를 책임져야 한다는 것을 말이다. 평생토록 그 많은 세금을 내고서도 한 달치 약값도 안 되는 노인연금을 지급하는 정부는 반드시 그 부분에 대해 해명해야만 할 것이다.

나 역시 아름다운 노후를 꿈꾼다. 손주들을 끌어안고, 친구들을 만나고, 크루즈를 타고 세계를 여행하는 노후를. 하지만 당연하다고 믿고 있는 우리들의 노후가 정말로 그러할지는 아무도 확신하지 못한다. 어쩌면 이제부터라도 최소한의 의식주와 의료비 마련을 위해 눈에 불을 켜고 계산기를 두들겨야 할지도 모른다. 그렇지만 나는 크루즈 여행만큼은 절대로 포기하고 싶지 않다. 천천히 움직이는 아름다운 크루즈 위에서 거대한 빙하와 지나가는 고래 떼를 보는 건 모든 노인들의 로망이 아닌가. 그중에서도 백미는 거품이 피어오르는 샴페인을 들고 백발이 성성해진 남편과 춤을 추는 일일 것이라. 그것이 나의 처음이자 마지막 춤이 될지라도 말이다.

그날을 위해 나 역시 이씨 아저씨처럼 많은 일을 계획해 두었다. 춤 배우기와 아름다운 표정 유지하기, 세상에서 가장 멋진 크루즈 여행 조사하기 등의 일들을. 하지만 그토록 우아한 춤을 추기 위해선 얼마나 많은 준비가 필요한 걸까. 도무지 계산이 되지 않는다. 이제 다가오는 나의 노후에게 묻노니, 그대 얼마면 되겠는가.

안녕, 샌디에이고

#26.
맥가이버의 귀환

아침상을 보고 있는데 식탁에 앉았던 남편이 고개를 갸웃거리며 식탁을 뒤집었다. 잠시 이음새를 살펴본 남편은 창고에서 전동드라이버를 꺼내와 식탁의 헐거웠던 나사를 바짝 조였다. 금세 흔들거림이 사라졌다. 나는 이때다 싶어 책장 여닫이문도 봐달라고 했다. 그역시 안쪽에 있는 나사를 조여 튼튼하게 고정시켰다. 더 이상 고칠게 없나 주위를 살핀 남편은 전동드라이버를 가져다 놓고 식탁에 앉았다. 무척 자랑스러운 얼굴로.

사실 결혼했을 당시 남편은 거의 등신에 가까웠다. 망치질은커녕 전구 하나 제대로 갈아 끼우지 못했던 남편은 공부 말고는 할 줄 아는 게 하나도 없었다. 꼼꼼하고 손재주가 좋으셨던 시아버님 덕분에 집안은 언제나 완벽했고, 시어머님께선 유난히 몸이 약했던 남편 대신에 시동생에게 모든 일을 맡기셨던 것이다. 시아버님께서 돌아가신 후, 가게 앞에 수상해 보이는 남자가 서성거릴 때에도 시어머님께서 부른 사람은 남편이 아닌 시누이였다. 그날 가게에 들어와 칼을 휘둘렀던 남자는 검도 유단자였던 시누이에게 흠씬 두들겨 맞고 다리를 절며 도망쳤다고 한다. 그 소리를 들은 시어머니께선 놀라기는 커녕 남편이 아닌 시누이를 내보낸 걸 오히려 다행으로 여기셨다.

불행히도 나는 남편보다 더 솜씨 없고 몸도 더 약했다. 그처럼 솜씨 없기로 둘째가라면 서러워할 우리 부부가 미국행에 올랐을 때, 양가 부모님은 그야말로 걱정이 태산 같았다. 저래서 둘이 밥이나 먹고살겠냐며 하나라도 더 챙겨 보내려 애쓰셨지만, 철없던 우리는 그마저도 옆으로 밀어 놓았다. 하지만 현실은 생각보다 훨씬 냉혹했다. LA공항 수화물 칸에서 집어 든 가방은 모두 찌그러져 있었고, 바퀴 하나가 망가지는 바람에 가방을 끌 수조차 없었던 것이다. 하지만 공항 주변을 둘러본 남편은 누군가 버리고 간 가방에서 바퀴 하나를 떼어내 우리 가방에 옮겨 달았다. 그나마라도 가방을 끌 수 있게 만든 남편에게 나는 진심 어린 박수를 보냈고, 덕분에 의기양양해진 남편은 터미네이터와 같은 몸짓으로 짐을 나르기 시작했다. 평생 뭔가를 고쳐본 적 없는 남편이 집안일에 자신감을 갖게 된 것도 그때부터였을 것이다. 하지만 남편이 전혀 예상하지 못한 게 있었다. 그때부터 자신의 삶이 국비유학생에서 수리공으로 바뀌리라는 것, 그리고 펜만 쥐었던 섬섬옥수 같은 손이 상처와 얼룩투성이로 변하게 되리라는 것을 말이다.

남편의 고생은 그날부터 시작되었다. 이케아IKEA 가구점에서 구입한 서랍장과 옷장, 책상 등을 직접 조립하는 일부터 벽시계를 걸기 위해 못을 박는 일까지, 남편에게 주어진 일은 정말로 산더미 같았

안녕, 샌디에이고

다. 게다가 사용법도 제대로 알지 못한 채 사용하기 시작한 가전제품들은 끄덕하면 말썽을 일으켰다. 아침마다 우당탕탕 소리를 내며 멈춰 섰던 세탁기는 물론, 틈 사이로 하얀 세제 거품이 계속해서 흘러나오던 식기세척기는 하루도 빠짐없이 남편을 불러댔다. 한 번은 음식물을 갈아 흘려보내는 싱크대 안에 실수로 닭뼈를 넣는 바람에 모터가 타버린 적도 있었다. 별거 아닐 거라 여겼던 그 작은 실수는 수리비와 모터 교체비로 800달러를 지불한 뒤에야 해결되었다. 그렇게 두 달치 식료품비를 하루 만에 날린 우리 부부는 그 후론 한 번도 사람을 부르지 않았다.

손에 드릴과 드라이버가 쥐어있는 시간이 늘면서, 남편의 솜씨도 하루가 다르게 좋아져 갔다. 못 하나 박는 데 한 시간이 넘게 걸리고 손까지 다치기 일쑤였던 남편은, 몇 년 후 책장 하나를 30분 안에 조립할 만큼 빠르고 정확해져 있었다. 그래도 남편의 일은 전혀 줄지 않았다. 전기 레인지는 끄덕하면 불이 들어오지 않았고, 어느 날에는 창문의 블라인드가 갑자기 쏟아져 내리는 바람에 난리를 겪기도 했다. 더군다나 차의 엔진오일은 물론 방향지시등까지 직접 교체해야만 했던 남편의 손은 정말이지 하루도 쉴 틈이 없었다. 그것마저도 바로 갈아 끼우지 않으면 경찰에게 걸려 벌금을 내야 했기 때문이었다. 덕분에 남편의 공구함은 다양한 종류의 못들과 이름 모를 연장들로 한없이 쌓여가고 있었다.

두 딸이 태어난 이후, 남편을 기다리고 있던 일들은 태산 그 자체였다. 유모차와 보행기, 하다못해 아기 침대까지 중고로 구입했던 탓에 예전보다 일이 더 늘어났던 것이다. 헐값에 사들인 가구는 늘 아귀가 맞지 않았고, 자주 삐그덕거렸다. 자칫 잘못하면 아기가 다칠 수 있다는 두려움 때문에 남편은 더욱 매서운 눈으로 가구들을 살펴보았고, 그런 남편의 손에는 늘 스패너와 드라이버가 들려 있었다.

김치를 담그기는커녕 잘 먹지도 않았던 내가 집에서 족발과 순대를 만들고 있을 때, 남편은 그야말로 생활의 달인이 되어 있었다. 단순히 고치는 일뿐만이 아니라, 늘 점검하고 꼼꼼히 살피는 남편의 모습은 살아생전 시아버님 모습 그대로였다. 저녁 무렵에 전화한 친구로부터 차고 문이 내려앉아 차가 두 동강이 나고 들어가지도 못하고 있다고 했을 때에도, 남편은 그 즉시 달려가 차고 문을 수동으로 전환한 뒤 열어주기까지 했다.

사실 대부분의 미국 사람들은 모든 것을 스스로 고치고 수리하며 살고 있었다. 맥가이버가 미국에서 나온 데는 그만한 이유가 있었던 것이다. 가구나 전자제품을 살 때, 공짜로 수리해주거나 교체해주는 특별 보증제도Special Warranty를 사지 않으면 문제가 생길 때마다 수백 달러에서 수천 달러의 수리비를 각오해야만 했다. 우리가 영화에서 자주 보았던 장면, 즉 웃통을 벗은 채 차 밑에서 뭔가를 수리하는 남자들의 모습이란 부모에게 물려받은 고물차로 운전과 수리를 시작하는 미국인들의 실상이었던 것이다.

가구와 전자제품만이 아니었다. 미국의 집들은 한국에 비해 땅도 넓고 잔디와 나무들로 잘 가꾸어져 있었다. 하지만 잠시라도 사람의 손길이 닿지 않으면, 집이 '귀곡산장'으로 변하는 건 시간문제였다. 아름다운 정원에 앉아 커피를 마시고 책을 읽는 일은 잔디를 깎고 잡초를 제거한 후에 산더미 같은 쓰레기를 모두 처리한 뒤에야 가능한

안녕, 샌디에이고

일이었다. 물론 정원관리를 멕시칸들에게 맡기는 사람들도 많았지만, 그 역시 적지 않은 돈과 기다림을 지불해야만 했다.

정원이 있는 집으로 이사한 뒤에 느꼈던 우리 부부의 기쁨도 잠시 잠깐이었다. 정확히 일주일 뒤에 잔디를 깎기 시작한 남편은 나중엔 각종 벌레와 동물들과 엄청난 사투를 벌여야만 했다. 정원에서 새하얀 토끼 두 마리를 처음 발견했을 당시 우리 부부는 정원 있는 집으로 이사하기를 잘했다며 기쁨의 눈물을 흘리고 있었다. 하지만 토끼가 지나간 자리에 남아 있던 벌레 가득한 똥과 줄기만 앙상하게 남은 토마토들은 우리로 하여금 담벼락의 구멍들을 모조리 막아버리도록 만들었다. 그래도 도마뱀들은 계속해서 담벼락을 기어올랐고, 새들은 나무 위에 집을 짓느라 연신 푸드덕거렸다.

그나마 집에 수영장이 없는 게 큰 다행이었다. 아름다운 정원과 멋진 수영장을 자랑하던 선배가 정원에 콘크리트를 붓고, 수영장을 없애버린 사연은 참으로 기가 막혔다. 어느 날, 한참 동안 정원을 손질한 선배 부인이 더위도 식힐 겸 수영을 하고 있었다. 그런데 왠지 오싹한 느낌이 들어 옆을 보니 커다란 초록색 뱀 한 마리가 함께 수영을 하고 있더라는 것이다. 너무 놀라 간신히 수영장 밖으로 나온 선배의 부인은 '애니멀 컨트롤Animal Control'에 전화해 뱀을 잡아들이게 했지만, 800달러의 돈도 함께 거두어간 뒤였다. 뱀이 돌아다니던 물을 찝찝하게 여긴 선배네는 수영장의 물을 모조리 뺀 후 다시 채워 넣었지만, 다음날 아침 수영장에 떠오른 죽은 쥐를 보고는 수영을 포기할 수밖에 없었다. 며칠간 방치된 수영장은 하루가 다르게 변해갔다. 어느덧 풀장에는 죽은 벌레들과 쥐의 사체들이 떠다니는 가운데,

새로운 뱀 한 마리가 나타나 신나게 헤엄치고 있더라는 것이다. 결국 두 손 두 발 다 든 선배는 수영장 물을 모두 빼버렸고, 뱀의 소굴이 있던 정원마저 콘크리트로 덮어버렸다. 하지만 이웃집 사람들은 동네 조경을 망쳤다는 이유로 선배 부부를 계속해서 비난해댔다.

눈썹을 휘날리며 세탁기를 수리하고 차고를 기름칠하며 나무의 잔가지와 잔디를 관리하던 남편은 이제 한국에서 편안한 시간을 보내고 있다. 새로 산 전자제품은 완벽하고 설사 문제가 있더라도 전화 한 통화면 득달같이 달려와 모두 고쳐주기 때문이다. 한국에서는 차의 엔진오일만 하나 갈아도 점검은 물론 정비까지 친절하게 해주지 않던가. 더군다나 아파트 여기저기에 흩어져 있는 정원은 언제나 말끔하고 낙엽 하나 보이지 않는다. 이제 남편을 필요로 하는 곳은 어쩌다 나사를 조이는 일이나 벽에 못을 박는 일이 전부가 되어버렸다.

이런 이야기를 들은 많은 사람들은 얼마나 편하고 좋아졌냐고 물을지도 모르겠다. 하지만 순대와 족발은 배달시켜 먹고, 모든 수리와 관리는 A/S센터에 맡긴 우리 부부의 손은 왠지 모르게 허전하기만 하다. 사실 잔디를 깎고 나무를 보살피는 일은 단순히 힘들고 시간이 많이 걸리는 노동만은 아니었다. 깎은 잔디에서 품어져 나오는 풀냄새와 공들인 정원에서 피어나는 색색의 꽃들이 얼마나 삶을 충만하게 했었는지 우리는 한국에 와서야 깨달았다. 하지만 유튜브 영상을 들여다보며 차를 분해하고 수리했던 남편의 무용담은 이제 지나간 추억으로만 남게 되었다. 우리의 살림살이는 언제나 깨끗하고 너무나 완벽하다.

안녕, 샌디에이고

언젠가 읽은 《타샤 할머니의 오래된 집》이란 책에서 보았던 낡은 오두막은 오랫동안 내게 동경의 대상이었다. 아마도 그곳엔 내가 할 수 있는 소소한 일들이 많아 보였기 때문일 것이다. 집안을 가꾸고 다듬는 일은 힘들지만, 우리의 삶을 충만하게 만든다는 것을 이제는 나와 남편 모두 알고 있다. 다시 우리의 손길을 기다리는 곳을 찾을 때까지 남편의 기술이 녹슬지 않기만을 바라며, 나 역시 여러 번의 실패를 거쳐 완성한 레시피 노트도 계속해서 간직할 생각이다. 언젠간 잡초가 무성한 집에서 족발과 순대를 만들어 먹게 될지도 모르니 말이다.

#27.

저기, 총 한 자루만 주세요

비 내리는 오후, 혼자서 〈미스 슬로운〉이라는 영화를 보았다. 보는 이마다 두 엄지를 치켜들었던 영화는 총기규제 법안을 두고 치열한 두뇌싸움을 벌이는 로비스트들에 대한 이야기였다. 영화 속 주인공 슬로운은 승리를 위해서라면 물불을 가리지 않는 악명 높은 로비스트였지만, 자신의 신념을 위해 모두가 포기했던 싸움에 뛰어들게 된다. 결국 승리를 위해 주변 사람들과 자신마저 희생시킨 슬로운은 반대편에게 큰 한방을 날리며 끝을 맺었다. 배우의 연기는 물론, 예측하지 못했던 반전까지 너무도 멋진 영화였다. 하지만 미국의 현실을 감안한다면 영화와 같은 짜릿한 결말을 절대 기대할 수 없을 거란 생각이 나를 쓸쓸하게 만들었다.

총기 문제에 관해서라면 미국의 그 어떤 사람도 예외가 될 수 없었다. 제아무리 법 없이 사는 성자라 해도 거리에서 무차별적으로 쏜

아지는 총탄을 비껴갈 수 없을 테니 말이다. 총이라곤 영화에서나 등 장하는 물건인 줄로만 알았던 나 역시 마찬가지였다. 사실 경찰이 차 고 다니는 권총이 아니더라도, 총은 어디에서나 쉽게 발견되었다. 신 문 사이의 전단지에는 전쟁을 치르고도 남을 법한 총기 전시장을 광 고하고 있었고, 코스트코에서는 기다란 엽총 두 개들이 선물세트가 장난감 옆에 버젓이 세워져 있기도 했다. "엑스레이 한 장 찍으려면 6개월도 넘게 기다려야 하지만, 권총 한 자루를 사려면 이틀이면 된 다"는 영화 속 슬로운의 말은 절대로 과장이 아니었던 것이다. 그 말 인즉, 총기 규제가 없다시피 한 버지니아주가 아니더라도, 규제가 엄 격한 캘리포니아 역시 결코 안심할 수 없다는 말이다.

미국에서 처음 총소리를 들은 건 버클리에 도착한 지 채 두 달도 되지 않아서였다. 저녁 무렵 붉은 하늘에 울려 퍼지던 '펑' 소리가 설 마 총소리일 거라고는 아무도 상상하지 못했다. 갑작스레 몰려드는 경찰차와 구급차를 보면서도 전혀 감을 잡지 못했던 나와 남편은, 눈 물로 범벅된 후배가 집으로 뛰어들어온 후에야 총기 사건이 일었다 는 것을 알게 되었다. 더군다나 총에 맞은 사람이 전날 후배에게 쿠 키를 선물했던 옆집 아줌마였다는 사실도. 하지만 더욱 충격적이었 던 건 다음날 지역 신문에 나온 사건의 전말이었다. 총격사건 후 한 시간도 되지 않아 검거된 범인은 그 지역 출신의 갱단이었는데, 후배 의 옆집 아줌마를 쏜 이유가 잘못된 주소 때문이었다는 것이다. 쉽게 말해, 1018번지에 살고 있던 갱단 한 명을 쏜다는 게 1108번지의 아 줌마를 실수도 쐈다는 게 범인의 해명이었다. 평소에 쿠키 만들기를 좋아해 오븐 앞을 떠나지 않던 아줌마는 그처럼 갱단의 작은 실수 때문에 갑작스러운 죽임을 당했던 것이다.

　그나마 샌디에이고는 치안이 잘 되어 있기로 소문난 곳이었다. 그렇지만 두 시간 거리의 LA는 벌건 대낮에도 총소리가 울려 퍼졌고, 빨간 옷을 입었다는 이유로 여자와 아이들까지 총격을 당하기도 했다. LA에 갈 때마다 내가 남편과 아이들에게 체크무늬나 무채색의 옷을 입게 했던 것도 모두 그런 이유 때문이었다. 게다가 큰딸이 초등학교에 입학하자마자 발생한 사건은 샌디에이고에서는 절대로 총기사건이 일어나지 않을 거란 나의 믿음을 보기 좋게 걷어차 버렸다. 아이들과 마트에 갔다가 보았던 그날의 풍경은 평소의 분위기와는 사뭇 달라 보였다. 작은 길을 사이에 둔 건너편 타운은 비교적 부유한 사람들이 모여 사는 조용한 동네였다. 그래서인지 마을을 둘러싼

사진: 총기 판촉 행사, 위키피디아 공개 사진

안녕, 샌디에이고

경찰차들과 사람들의 침울한 표정을 보면서도 나는 결코 총기사건을 떠올리지 못했다. 미국의 부유층이야말로 자신들의 재산을 지키기 위해 더 많은 총기들을 가지고 있으며, 권총은 타살은 물론 자살의 도구로도 많이 쓰인다는 사실을 그때까지도 전혀 알지 못했기 때문이다.

그날 저녁, 뉴스에서 낯익은 건물들을 발견한 남편이 황급히 나를 불렀다. 달려가 보니 과연 낮에 보았던 장면 그대로였다. TV 앞에 나란히 앉은 우리에게 기자는 그날에 있었던 총기사고를 자세히 설명했다. 화창한 오후에 벌어졌던 총기사건의 범인은 어이없게도 7살 남자아이였다. 그리고 총에 맞은 사람은 한동네에 살던 9살 여자아이였다. 딸의 옆반 친구이기도 했던 여자 아이는 근처 친구 집에 놀러 갔다가 친구 동생이 가지고 놀던 총에 맞아 즉사했던 것이다. 경찰은 사건 당시 방 안에서 TV를 보고 있었던 부모들을 연행해 7살 아들이 총을 갖게 된 자초지종과 총의 안전핀이 뽑혀 있었던 이유를 철저히 조사하고 있다고 말했다. 또한, 상대편 부모 역시 경찰에 출두해 9살 소녀가 아무런 보호자도 없이 혼자 친구 집에 놀러 간 경위를 설명하는 중이라고 보도했다.

다음날 학교는 조용했다. 딸이 지나가면서 봤다는 옆반 소녀의 책상에는 하얀색 꽃이 올려져 있었다. 누구도 웃지 않았고, 누구도 떠들지 않았다. 가해자는 없고 피해자만 있었던 그 사건은 사실 언제, 어디서나 벌어질 수 있는 사건이었지만, 곁에 총이 있는 한 누구도 막을 수 없는 사고였다. 그에 반해 나는 그 사건을 통해 주변의 얼마나 많은 사람들이 집에 총을 가지고 있는지 알게 되었다. 미국은 총 때문에 망할 거라도 열변을 토했던 이웃집 대만 여자도 실은 침대 밑에 총 한 자루를 가지고 있다고 고백했을 정도였다. 그때까지 총을 쥐어본 적도 없다는 그녀가 코스트코에서 총을 구입한 이유는 정말로 단순했다. 강도가 나타난다 해도 총을 쏘진 못하겠지만 적어도 상대를 위협할 수 있을 거라 여겼기 때문이었다.

한동안 뜸했던 아이들의 플레이 데이트가 다시 시작되었을 때, 아이들의 부모는 한결같이 집에 총이 있는지를 내게 물었다. 그리고 얼마 후 우리 집은 절대로 총기를 소지하지 않는 한국인 가정으로 주변 엄마들에게 최고의 플레이 데이트 장소로 꼽히게 되었다.

그때까지도 나에게 총기사건은 멀고 먼 이야기일 뿐이었다. 하지만 실제로 총을 소지하고 있고, 쏠 줄도 알았던 미국인들은 나보다 총을 더 무서워하는 것 같았다. 학교 근처를 배회하던 도둑 때문에 학생과 학부모들에게 대피령이 내려지고 헬리콥터와 다섯 대의 경찰차까지 동원되었던 이유는, 바로 도둑이 총을 소지하고 있을지도 모른다는 불안감 때문이었다. 결국 경찰의 추격 끝에 잡힌 도둑에게서 발견된 물건은 훔친 반지 하나가 전부였다. 그야말로 자라보고 놀란 가슴 솥뚜껑 보고 놀란 격이었다.

흔히들 미국을 술보다 총을 사기가 더 쉬운 나라라고 일컫는다. 실제로 미국에서는 21세 미만의 미성년자가 술을 사거나 그들에게 판매하는 일을 엄격히 금하고 있지만, 사냥할 때 쓰는 긴 장총은 18세가 되면 누구나 살 수가 있다. 권총의 경우는 그보다는 까다로워 21세 이상의 성인으로 신원조회를 거쳐야 하지만, 그마저도 허술하기 짝이 없었다.

미국에서 총기 구입이 까다롭기로 유명한 캘리포니아에서도 대부분의 마트나 상점에서 쉽게 총기를 구입할 수 있었다. 합법적인 총기 취급상만 15만 명이 넘고, 서점이나 학교의 수보다 총을 파는 상점의 수가 훨씬 많은 미국 내 사람들은 장난감을 고르듯 총을 고른 뒤 TV홈쇼핑이나 인터넷 판매를 통해 간편하게 구입했다. 미연방수사국FBI에 따르면 민간인이 소유한 총기의 수는 2억 7천만 개에 이르고, 해마다 500만 개 이상이 증가하고 있다고 한다. 결과적으로 미국인 모두가 총을 한 자루씩 가지고 있는 셈이다. 그처럼 자신들은 모두 총을 한 자루씩 쥐고 있으면서도 혹시라도 내가 총을 가지고 있는지를 묻는 그들을 나는 끝까지 이해할 수 없었다.

미국인들은 총을 자신과 가족을 지켜주는 최고의 방어 수단이라고 생각한다. 뿐만 아니라, 총기는 미국의 역사와 문화에서 빼놓을 수 없는 키워드이기도 하다. 영국의 식민지 시절부터 민병대를 꾸려 무장시켰던 미국인들에게 총은 나라와 시민의 자유를 지키는 유일한 방법이었기 때문이다. 결국 영국과 투쟁 끝에 독립을 얻어낸 미국은 "규율을 갖춘 민병대는 자유로운 주 정부의 안보에 필요하므로, 무기를 소유하고 휴대할 수 있는 국민의 권리가 침해를 받아서는 안 된다"라는 수정헌법 제2조를 채택했고, 지금까지도 지켜지고 있다. 그처럼 총기 소유는 폭정에 맞서고 연방 정부의 독립을 지탱하는 시민들의 권리였고, 남북전쟁을 거치면서 더욱 당연시되었다.

이방인의 눈으로 바라본 미국의 총기 문화는 이해할 순 있어도 공감하기는 힘들었다. 물론 미국이 로비가 합법화된 나라이고, 미국총기협회의 로비활동이 대단하다는 건 웬만한 사람들도 모두 알고 있는 사실이다. 그렇다고 해서 총기사고로 20초마다 1명이 사망하고, 6시간마다 13세 이하의 어린이가 숨지는 상황을 해명할 수 있는 것은 아니다. 더군다나 매년 총 때문에 치르는 사회적 비용이 우리나라 국가 예산보다도 많은 160조 원에 달한다는 것은 경제적인 면으로 보나 그 무엇으로도 절대로 효율적이지 않다는 것을 나타낸다. 이런 상황에서도 학교 총기난사를 막기 위해 교사들을 훈련시켜 총기를 소지하도록 만들겠다는 트럼프 대통령의 발언은 절대로 총기 소지를 포기할 수 없다는 그들의 신념을 확실히 보여주었다.

이제 미국의 많은 사람들은 공포가 아닌 체념을 경험하는 중이다. 얼마 전 신문 기사를 보니, 학생들에게 가장 무서운 일은 시험에서 C를 받는 게 아닌, 무조건 뛰라는 선생님의 비명소리라고 한다. 총소리가 나도 놀라지 않고, 다만 무서울 뿐이라는 학생들의 인터뷰는 이제 총기사고가 '발생하느냐, 아니냐'를 넘어 '언제, 어디서로 접어들었다'라고 전했다.

미국의 친구들은 한국이 북한 때문에 위험하지 않냐며 늘 내게 묻곤 했다. 하지만 남북정상회담이 연달아 열리고 종전협정까지 거론되고 있는 지금, 위험한 쪽은 오히려 미국이 아닐까 싶다. 미국인 중에는 어떤 정치인이라도 그가 총기 소지 금지를 주장한다면 지지율 하락은 물론 다음날 시체로 발견될 가능성이 높다고 말하는 사람들이 적지 않다니 말이다. 결국 미국이 선택한 것은 미스 슬로운 같은 로비스트 100명이 아니라, 총격전에 대비한 사격술이라는 생각이 든

안녕, 샌디에이고

다. 그러니 나 역시 미국으로 돌아간다면 마트의 총기 앞에서 망설이게 될지도 모른다. 공항에 도착하자마자 눈에 들어오는 경찰의 번쩍거리는 총과, 타이어만 터져도 땅바닥에 엎드리는 사람들을 보고 나면 누구라도 그런 마음을 먹게 된다. 하지만 칼로 흥한 자, 칼로 망한다고 하지 않았던가. 정말이지 진퇴양난이 아닐 수 없다.

#28.

미국인들이 강도보다 경찰을
더 무서워하는 이유

얼마 전 한 경찰관이 어느 40대 남성이 휘두른 흉기에 찔려 숨졌다는 신문 기사를 보았다. 숨진 경찰관은 '아들이 살림살이를 부수며 소란을 피운다'는 신고를 받고 나갔다가 변을 당했고, 함께 출동한 경찰관 역시 남성이 던진 화분에 맞아 부상을 입었다고 한다. 하지만 이 끔찍했던 사건을 눈여겨보는 사람은 거의 없었다. 또한 수많은 정치 기사에 밀려 대수롭지 않게 다뤄졌던 그 사건은 후속 기사 하나 없이 신문에서 영영 사라지고 말았다. 사실 술에 취해 경찰서에서 난동을 피웠다는 기사, 벌금을 물렸다고 여경을 때리고 위협했다는 기사를 본 게 어디 한두 번이던가. 이처럼 공권력 침해 사건은 한국에서 별다른 뉴스거리가 되지 못한다. 반면에 '공무집행 방해사범이 1,769건으로 계속해서 늘고 있다'는 기사는 이상하게도 나에게 묘한 안도감을 안겨주었다. 한국에서는 피습된 경찰의 수를 세고 있는 반면, 미국에서는 경찰의 총격으로 숨진 민간인의 수를 세

안녕, 샌디에이고

고 있다는 점과 그 수가 매해 천 명에 이른다는 점 때문에 미국 경찰을 두려워했던 나는 한국 경찰의 나약한 모습이 결코 싫지만은 않았던 것이다.

미국 경찰은 세계에서 가장 복잡한 제도를 가지고 있는 것으로 유명하다. 영국의 제도를 본받은 자치체 경찰이긴 하지만, 국가경찰이라는 게 아예 없으며 경찰의 운영과 제도는 모두 개별주의 권한에 속해 있다. 영화에서 자주 보는 FBIFederal Bureau of Investigation는 사실 경찰이라기보다 연방수사국으로, 주 이상의 걸쳐서 발생한 각종 강력사건이나 연방 공무원의 범죄, 항공기 범죄 등만을 다루기 때문에 일반적인 치안활동은 하지 않는다. 따라서 일반 치안을 맡고 있는 자치 경찰은 개별주, 개별 카운티, 시티마다 모두 다르기 때문에 경찰이라는 단일한 이름을 사용하지 않고, 공통으로 이야기할 때만 법집행기관Law Enforcement이라고 부른다. 또한 미국 경찰관의 대부분은 권총을 항시 휴대하고 있으며, 그 사용은 다른 나라에 비해 훨씬 자유로운 편이다.

정말로 미국인들은 경찰을 무서워했다. 고속도로에서 차들이 좀 답답하게 달린다 싶으면 그 앞엔 언제나 경찰차가 눈에 띄었다. 비상시가 아니면 경찰차들은 규정 속도보다 천천히 달리는 게 보통이었지만, 경찰차를 앞질러 달리는 차들은 좀처럼 나타나지 않았다. 마치 한 번도 속도를 내본 적 없다는 듯 경찰차를 양전히 따라가는 차량행렬은 경찰차가 시야에서 사라질 때까지 계속되거나, 앞질러 가라는 경찰의 수신호가 떨어지고 나서야 조심스레 흩어지곤 했다.

한국에서 나고 자란 나는 미국인들의 그러한 태도를 좀처럼 이해할 수 없었다. 그때까지 나에게 경찰은 결코 무서운 존재가 아니었다. 경찰 하면 제일 먼저 영화 〈투캅스〉를 떠올릴 만큼 한국 경찰의 이미지는 코미디적인 면이 적지 않았고, 교통경찰에게 걸려도 오천 원만 있으면 모두 해결할 수 있다고 믿는 사람들이 도처에 널려 있었기 때문이었다. 하지만 미국에서 나와 친구들이 저질렀던 실수는 미국인들이 왜 그렇게 경찰을 무서워하는지, 또 경찰 앞에서 어떤 식으로 말하고 행동해야 하는지를 뼛속 깊이 새기도록 만들었다.

미국인들이 경찰을 두려워하는 첫 번째 이유는 바로 어마어마한 벌금 때문이었다. '티켓'으로 통하는 미국의 범칙금은 300달러 미만이 없었다. 장애인 구역에 잠시 차를 댔다가 차를 견인당한 친구는 티켓비와 견인비용으로 700달러를 내야 했고, 크리스마스 전날 기분 좋게 드라이브를 즐겼던 후배는 신호위반에 걸렸다가 안경을 쓰지 않고 운전했다는 게 발각돼 2,500달러짜리 티켓을 받기도 했다.

물론 방법이 없는 것은 아니었다. 경찰이 티켓을 발부하면 보통 두 달 간의 시간 여유가 주어지기에 그 사이에 변호사를 고용해 벌금을 깎을 수도 있었다. 그러나 미국 경찰에게도 융통성이 있음을 알게 된 건, 정작 친구의 불행한 경험 때문이었다. 평소에 큰 소리 한번 내지 않던 미츠코가 갑자기 왜 미국 경찰에게 대들었는지는 나는 끝내 알아내지 못했다. 그저 신호위반으로 350달러짜리 티켓을 받았다가 경찰에게 언성을 높이는 바람에 750달러짜리 티켓을 받았다는 사실만을 들었을 뿐이었다. 같은 유학생 부인으로 서로의 살림살이를

안녕, 샌디에이고

뻔히 알았던 미츠코와 나는 정말이지 함께 부둥켜안고 울고 싶은 심정이었다. 그러나 하염없이 울고 있는 미츠코를 위해 내가 할 수 있었던 일은 고작 남편이 오면 함께 경찰서로 찾아가 보라는 말뿐이었다. 그날 저녁 미츠코는 정말로 남편과 함께 경찰서로 향했고, 낮에 만났던 경찰을 찾아 참회와 반성의 얼굴로 자신의 어려운 형편을 솔직하게 털어놓았다고 한다. 마침내 미츠코의 이야기를 차분히 들어 준 경찰은 750달러의 티켓을 다시 350달러짜리로 바꿔주었고, 미츠코는 큰 교훈 하나를 얻은 후 집으로 돌아왔다. 즉, 절대로 경찰에게 대들어서는 안 된다는 것, 동시에 엄청난 티켓을 받더라도 끝까지 포기해서는 안 된다는 것을 마음 깊이 새겨 넣었다.

미국인들이 경찰들과 마주치고 싶어 하지 않는 두 번째 이유는 그들의 허리춤에서 반짝거리는 총 때문이었다. 앞에서도 잠깐 이야기했듯, 미국에서는 매년 천 명가량의 사람들이 경찰에 의해 목숨을 잃었다. 그 천 명 가운데 약 20%는 경찰에게 살해될 당시 아무런 무기도 갖고 있지 않았고, 59명은 아예 무장 여부조차 밝히지 못했다. 특히 미국 인구의 2%만을 차지하는 15~35세 흑인 남성은 전체 사망자 수의 15% 이상을 차지할 정도였다. 미국의 흑인 젊은이들이 경찰을 보호자나 안전 지킴이가 아닌, 자신들의 목숨을 위협하는 존재로 여겼던 이유도 바로 그런 사실 때문이었다.

지금이야 미국의 그런 상황들이 널리 알려져 있지만, 십 년 전만 해도 별로 그렇지가 못했다. 영화에서 경찰의 총을 맞는 사람들은 언제나 흉악한 범죄자였고, 거기서 발생되는 희생은 시민들의 안전과 정의구현을 위해 피할 수 없는 선택으로만 비쳤다. 그러나 최악의 상황에서 경찰들을 맞닥뜨린 몇몇 친구는 전혀 다른 이야기를 하고 있었다.

또 다른 유학생이었던 남편의 후배는 방학을 맞아 3명의 친구들과 여행을 떠났다. 운전할 수 있는 사람이라곤 며칠 전 임시 면허증을 받은 후배뿐인 데다 준비한 것이라고는 양말 몇 켤레와 달랑 지도 한 장이 전부였지만 아무도 걱정하지 않았다. 서울에서 부산까지 무전여행을 했던 경험이 오히려 그들의 조심성을 잃게 했던 것이다. 하지만 미국이 한국과 절대로 같지 않다는 것을 깨달은 건 그들이 여행을 떠난 지 이틀도 되지 않아서였다.

끝없는 외길이 펼쳐졌던 곳에서 길을 잃은 네 남자는 국경을 코앞에 두고 있었지만, 좀처럼 방향을 잡지 못한 채 지도를 들여다보고 있었다. 얼마 후 수상한 차량을 발견하고 다가온 경찰을 보았을 때 그들은 구세주를 만난 심정이었다. 하지만 차에서 얌전히 앉아 경찰의 지시를 기다렸어야 할 그들은 일제히 차에서 내렸고, 환호성과 함께 경찰에게 다가갔던 것이다. 그때 경찰이 흉악해 보이는 네 남자의 심장이 아닌 발끝에만 총을 쏘았다는 건 당시 상황으로 볼 때 거의 기적에 가까운 일이었다. 더군다나 총기 사용에 주저함이 없는 미국의 경찰들은 일단 총을 쏘면 탄창이 다 비거나 완전 제압이 될 때까지 쏘도록 규정되어 있다는 것을 고려하면 말이다.

물론 오줌까지 지리며 기절했던 네 남자는 경찰서에서 조사를 마칠 때까지 꼬박 이틀을 보내야만 했다. 그나마 무사히 나온 것만으로도 감지덕지 여겨야 할 판국이었다. 결국 여행을 그만두고 초췌한 얼굴로 돌아온 후배들의 이야기는 우리에게 또 하나의 교훈을 남겨 주

안녕, 샌디에이고

었다. 미국 경찰은 결코 우리들의 안전 지킴이가 아니라는 것, 또한 위험한 상황에서 경찰이 가장 우선시하는 것은 시민이 아닌 자신의 목숨이라는 것을 말이다.

'도로 위의 저승사자'로 불리는 미국 경찰차는 미국이 치안 국가로 우뚝 서게 한 일등공신이었다. 미국에 십 년 넘게 살면서 경찰차의 추격을 따돌리는 데 성공한 사람을 나는 한 번도 보지 못했다. 뉴스는 물론 영화나 드라마에서조차 승리는 늘 경찰 편이었다. 전조등조차 켜지 않고 숨어있다가 용의자를 발견하는 즉시 사이렌을 켜고 따라붙는 경찰차들의 모습은 사람들에게 늘 긴장감을 불어넣었다. 더군다나 긴급뉴스로 보도되는 경찰과 범인과의 실제 추격전은 경찰차야말로 도로의 제왕이라는 사실을 한시도 잊지 않게 했다.

누군가 목숨을 걸고라도 경찰을 따돌리겠다고 결심한 사람이 있다면, 우선 거대한 바람을 일으키며 운전을 방해하는 헬기를 따라올 수 없도록 만들어야만 한다. 만약 신의 도움으로 헬기를 물리쳤다고 해도 절대로 한숨을 돌려서는 안 된다. M16이나 K2 총격 정도는 끄떡도 하지 않는 방탄 3등급 도어를 구비하고, 최고 시속은 248km이며, 정지상태에서도 6초 만에 시속 100km에 이를 수 있는 포드 '폴리스 인터셉터 세단'을 앞질러야만 하기 때문이다. 물론 시속 120km에서의 추돌까지도 견뎌낼 수 있는 미국의 경찰차에게 범퍼가 갈기갈기 뜯겨나가는 고통도 견뎌야만 한다. 그때까지 목숨이 붙어 있다면 말이다.

미국의 경찰을 그토록 두렵게 만드는 세 가지, 티켓과 권총, 그리고 경찰차는 다민족 국가인 미국의 질서를 유지하는데 필요악으로 간주되어 왔다. 경찰 총격으로 사망자가 나올 때마다 나라 전체가 떠들썩하지만, 대부분은 경찰관의 정당방위로 인정되거나 재판에 가서도 경찰이 승소하는 경우가 압도적이다. 물론 과잉진압과 경찰관 공권력 남용이라는 문제가 계속해서 제기되고 있지만, 범법자들이 총을 들고 있는 한 경찰의 총기 사용은 절대로 줄어들지 않을 것이다.

아무튼 미국에서는 경찰관에게 대들거나 경찰차를 앞질러 보겠다는 야무진 생각은 하지 않는 게 좋다. 미국 여행 중 혹시라도 뒤에서 사이렌이 울리면 경찰의 지시에 따라 얌전히 차를 세워야 한다. 창문은 반쯤 내리고, 운전대에 두 손을 올린 채 다가오는 경찰을 조용히 기다리자. 혹시라도 성급한 행동을 취해 경찰관을 불안하게 해서는 안 된다. 그리고 미소 띤 얼굴로 경찰이 묻는 말에 '예, 설'을 붙여 답하는 게 좋다. 그렇게 티켓 하나로 끝낼지, 차와 인생을 모두 박살낼지는 그 순간의 선택에 달려 있는 것이다. 인간미 넘치는 한국 경찰을 그리워하는 일은 미국 경찰이 완전히 사라진 후에 해도 결코 늦지 않을 테니 말이다.

안녕, 샌디에이고

chapter 7

우리는 모두 이웃사촌

#29.
서울 쥐의 첫 번째
추수감사절 파티

　서울 어느 집 마당에서 먹을 것을 찾고 있던 생쥐 한 마리가 문득 고개를 들어 생각에 잠겼다. 생쥐에겐 새로운 삶이 필요했다. 그때 생쥐에게 떠오른 생각은 지금까지 살아왔던 도시를 떠나야 한다는 것이었다. 하지만 어디로 가야 할지가 문제였다. 또다시 생각에 잠긴 생쥐에게 며칠 전 친구에게 들었던 미국 이야기가 떠올랐다. 생쥐는 곧바로 그곳을 찾아 떠나기로 했다. 왠지 멋진 삶이 자신을 기다리고 있을 거라 여겼던 생쥐는 다른 쥐들에게 물어 간신히 공항에 도착하게 되었고, 약간의 위험을 무릅쓴 뒤 미국 비행기에 오를 수 있었다. 사실 생쥐에겐 짐도 비자도 필요 없었기에 오히려 쉽게 미국으로 향할 수 있었다.

　이윽고 미국 LA 공항에 도착한 생쥐는 다시 한번 트럭을 타고 샌디에이고라는 도시로 가게 되었다. 눈앞에 펼쳐진 바다가 무척이나 마음에 들었던 생쥐는 그곳에 남기로 결정한 뒤 먹을 것을 찾아다니기 시작했다. 문득 어디선가 풍겨오는 고기 냄새에 이끌려 담장을 넘은 서울 쥐는 그 자리에서 얼어붙고 말았다. 잔디밭에 놓여 있는 커다란 그릴 위에 스테이크 고기가 산더미처럼 올려져 있고, 그 옆에는 버터를 바른 옥수수들이 고소한 냄새를 풍기며 익어가고 있었던 것이다. 더군다나 그릴 앞에서 고기를 굽고 있던 노란 머리의 남자는 고기의 지방 부분을 잘라 잔디밭으로 던져 버리고 있었는데, 그 밑에선 커다란 들쥐 한 마리가 넙죽넙죽 고기를 받아먹고 있었다. 서울 쥐는 용기를 내어 샌디에이고 쥐에게 다가갔다. 이미 배가 불러 있던 샌디에이고 쥐는 서울 쥐를 따뜻하게 맞이했다. 마침 축제 시즌이라며 서울 쥐를 반긴 샌디에이고 쥐 곁에는 미국인들이 먹다 남긴 핫도그와 스테이크들이 여기저기 널려 있었다.

그날부터 서울 쥐의 꿈같은 생활이 시작되었다. 널찍한 정원에는 숨을 곳도 많았을 뿐만 아니라 먹을 것도 넘쳐났다. 서울에선 일 년에 한 번 볼까 말까 했던 치즈마저도 군데군데 떨어져 있었고, 그릴 위에는 입도 대지 않은 고기들이 그대로 남아있었다. 더군다나 뭔지 모를 그 파티는 나흘간이나 계속되는 데다 소파 위에 늘어져 있는 사람들은 서울 쥐가 마당 여기저기를 돌아다녀도 전혀 신경 쓰지 않았다. 어느덧 배가 남산만 해진 서울 쥐는 나무 그늘에서 쉬고 있던 샌디에이고 쥐에게 다가가 묻기 시작했다.

"저 실례합니다만, 샌디에이고에 사신 지는 오래되셨습니까?"

"저는 오랫동안 뉴욕에서 살았었죠. 뉴욕에서 사는 것도 흥미롭긴 했소만, 나이가 들면서 따뜻한 곳이 그리워지더군요. 그때 마침 집주인이 은퇴를 해서 샌디에이고로 내려오는 바람에 저도 함께 오게 됐지요. 샌디에이고에 내려온 지는 한 오 년쯤 됐을 겁니다."

"그러시군요. 그런데 여기 인간들은 매일 저렇고 놀고먹기만 합니까?"

"하하하, 그런 건 아닙니다. 마침 추수감사절 연휴가 시작 됐거든요. 여기 사람들이 가장 좋아하는 명절이지요. 아마도 며칠 동안은 파티가 계속될 겁니다. 얼마나 다행입니까? 우리는 옆에서 그저 구경만 하면 되는 거지요. 즐기세요, 풍요로운 추수감사절 파티를!"

나이가 지긋해 보이는 샌디에이고 쥐는 흥겨운 듯 말했다.

'추수감사절? 그게 파티 이름인가?'

어리둥절해하는 서울 쥐에게 샌디에이고 쥐는 영어로 '땡스기빙 Thanksgiving Day'이라고 불리는 추수감사절에 대해 자세히 설명하기 시작했다.

샌디에이고 쥐의 설명에 의하면 추수감사절은, 미국에서 크리스마스 다음으로 큰 명절이라고 했다. 11월의 마지막 목요일부터 다음 일요일까지 4일간 미국인들은 추수감사절 연휴를 보내기 위해 고향으로 돌아가거나 가족들이 모여 성대한 파티를 연다는 것이다. 사실 추수감사절은 메이플라워호로 신대륙에 이주한 필그림들Filgrims: 반영국 국교회파 프로테스탄트 교도들이 첫 수확을 하느님에게 바쳐 감사한 일에서부터 시작된 축제였다. 또한 자신들이 정착할 수 있도록 도와준 미국의 원주민 인디언들에게 감사를 표했던 날로, 지금까지도 미국인들은 구운 칠면조와 옥수수빵, 고구마, 호박파이 등으로 이 날을 기념한다는 것이다. 그리고 추수감사절 식탁에 올리는 모든 음식들은 뜨겁고 양이 푸짐하도록 되어 있다는 게 샌디에이고 쥐의 설명이

안녕, 샌디에이고

었다.

그제야 서울 쥐는 테이블에 남아있는 하얀 고기 덩어리를 바라보 았다. 가까이서 보니 닭고기처럼 보이긴 했지만 크기가 어마어마했 다. 모양도 냄새도 나쁘지는 않았지만 처음 먹어보는 음식 앞에서 서 울 쥐는 망설이고만 있었다.

"먹어보세요, 서울 쥐 양반. 그게 터키라는 겁니다. 지금은 식어 서 그렇지, 따뜻할 때 크렌베리 소스에 찍어 먹으면 맛이 기가 막히 죠. 사실 여기 집주인은 요리 솜씨가 좋진 않아요. 그래도 열심히 터 키를 굽더니 얼마 전부터는 귀찮아졌는지 마트에서 주문해다가 먹더 군요. 미리 예약해두면 잘 구워진 터키랑 크렌베리 소스, 그래비까지 세트로 만들어주더라고요. 집에 가져와 예쁜 접시에 올려놓고 먹기 만 하면 되니 얼마나 편한 세상입니까? 오히려 집주인이 만든 것보 다 맛도 더 괜찮은 것 같더라고요. 하하"

그 소리를 들은 서울 쥐는 테이블에 떨어진 '크렌베리 소스Cran- berry sauce'에 찍어 터키를 먹어 보았다. 닭고기보다 조금 퍽퍽하긴 했지만, 소스와 어울려 먹을 만했다. 하지만 서울 쥐는 크렌베리를 설탕과 함께 넣어서 만든 소스보다, 칠면조의 내장과 목으로 낸 육수 에 밀가루를 볶아 끓여낸 '그레비Gravy'가 더 나은 것 같았다. 터키를 먹고 난 서울 쥐는 옆에 떨어져 있는 고구마도 먹어보았다. 샌디에 이고 쥐가 '캔디드 얌Cadnied yam'이라고 불렀던 건 '얌yam'이라고 부 르는 주황색 고구마에 버터와 흑설탕을 듬뿍 뿌려 오븐에서 구워낸 음식이었다. 한국의 마탕과 비슷한 캔디드 얌은 서울 쥐에게 미국의 펌킨을 으깨, 설탕, 계핏가루, 생크림을 섞어 만든 달디단 '호박파이

Pumpkin pie'보다 훨씬 맛있게 느껴졌다.

　추수감사절의 모든 음식들을 맛본 서울 쥐는 속이 슬슬 거북해지기 시작했다. 아무래도 느끼한 음식들만 먹은 탓인 것 같았다. 서울 쥐는 한국에서 먹었던 개운한 김치 생각이 간절했지만, 절인 양배추한 조각으로 거북한 속을 달래야만 했다. 창문 안으로 들여다보니 인간들도 속이 거북한지 연신 맥주와 소다를 들이켜면서도 미식축구에서 눈을 떼지 않았다. 그 옆에서 수다를 떨고 있는 아줌마들 뒤에는 여전히 많은 음식들이 쌓여 있었지만, 서울 쥐는 더 이상 아무런 식욕도 느낄 수가 없었다.

　꺼지지 않는 배를 안은 채 서울 쥐가 마당 한쪽에서 꾸벅꾸벅 졸고 있을 때였다. 갑자기 인간들이 부산스럽게 움직이는 소리가 나서 눈을 떠보니 깜깜한 밤이었다. 하루 종일 집안에 틀어박혀 있던 인간들이 큰 가방을 안고 차에 오르더니 휑하니 사라져 버리는 게 아닌가. 깜짝 놀란 서울 쥐에게 샌디에이고 쥐가 다가와 말을 걸었다.

　"저렇게 빈 가방을 들고나가는 걸 보니 오늘이 바로 '블랙 프라이데이Black Friday'인가 봅니다. 추수감사절 다음날인 금요일에는 엄청나게 세일을 한다나요. 그래서 사람들이 저렇게 쇼핑을 떠나는 거죠. 인간들이 얼마나 사재던지 장부상의 적자가 흑자로 전환되는 날이라고 해서 '블랙'이라는 이름이 붙었을 정도랍니다. 정말 대단하죠? 그렇다고 쇼핑이 쉬운 것만도 아니라네요. 싸고 좋은 물건들을 사려면 아침부터 기다리거나 오랫동안 줄을 서서 기다려야 한다니 말입니다. 그래서 젊은 사람들은 온라인 쇼핑에 더욱 열을 올리는 편인 것

같고요. 그나저나, 인간들이 모두 집을 나갔으니, 우리도 제대로 파티를 즐겨볼까요? 서울 쥐 양반, 뭐 더 먹고 싶은 건 없소? 뭐, 가지고 싶은 장난감이라도. 이래 봬도 뭐가 어디에 있는지 집주인보다 훨씬 잘 알고 있다오, 에헴."

참 재미있는 인간들이었다. 낮에는 먹고 놀다가 밤이 되어서야 나가다니, 라이프 스타일이 자기와 비슷하지 않은가. 하기야 밤에만 돌아다니던 자신도 이제는 낮에만 돌아다니고 있었다. 서울 쥐는 샌디에이고 쥐를 꾀어 쇼핑몰에 가볼까 하다가 그만두었다. 보지 않아도 수십 개의 쇼핑백을 든 채 길게 늘어선 인간들의 모습을 상상할 수 있기 때문이었다. 굳이 그럴 필요가 있을까 싶었지만 평소에 천 달러가 넘는 텔레비전이 백 달러에 판매되고, 15달러 하던 아이들 내복을 1달러에 팔고 있다면 자신이라도 긴 줄에 매달릴 거란 생각이 들기도 했다.

서울 쥐는 테이블 위에 팔베개를 하고 누워 떠나왔던 서울을 생각했다. 자신이 숨어 살았던 서울 집의 아줌마는 참으로 불쌍한 인간이었다. 미국의 추수감사절과 비슷한 추석이 되면, 아줌마는 며칠 전부터 장을 봐다가 하루 종일 음식 준비를 했다. 김치를 새로 담그고, 식혜를 만들어 두고, 생선을 다듬어 말리는 등 끊임없이 일을 해댔다. 더군다나 아랫동서가 직장에 다니자 작년부터는 그 많은 전들도 혼자 부치는 것 같았다. 게다가 추석 전날 밤에 몰려드는 사람들을 먹이려면 차례상에 올리는 음식보다 훨씬 더 많은 음식들이 필요했다. 사실 잡채와 갈비찜, 과일 샐러드는 차례상에 올리지는 않지만, 많은 가족과 친지들을 위해 아줌마가 절대로 빠뜨리지 않고 준비하는 음식들이었다. 서울 쥐는 아줌마가 만들어내는 수많은 전과 갈비찜을 보면서도 입맛만 다셨을 뿐 손도 대지 못했다. 깔끔한 아줌마는 그 많은 음식을 만들면서도 뭐 하나 흘리는 법이 없었고, 음식들이 식자마자 모두 냉장고에 보관했기 때문이었다. 음식 장만이 끝나고 정리된 부엌은 음식쓰레기조차 말끔하게 치워져 있어, 아무리 눈을 씻고 찾아봐도 먹을 게 남아있지 않았다. 그나마 다행인 건 추석날 여기저기 음식을 떨어뜨리는 아줌마의 손자들 덕분에 허기를 면할 수 있다는 점뿐이었다.

사실, 추석에 지내는 차례가 제사가 아니라는 건 아줌마도 진작부터 알고 있었다. 어느 오후 소파에 앉아 뉴스를 보고 있던 아줌마는 차례에 대한 황교익 씨의 설명을 자세히 들었던 것이다. 〈알쓸신잡〉에 출연해 유명해진 황교익 씨의 설명에 따르면, 유교의 경전인 《주자가례》에도 어떤 음식을 올려야 한다는 예는 없으며 계절에 많이 나오는 것을 그저 차례상에 올리는 게 유교 예법이라고 말했다. 지금의 규격화된 차례상은 오히려 한국전쟁 이후 1950년대 말에 본격화되었다고 한다. 소파 한쪽에서 아줌마와 함께 텔레비전을 지켜보던 서울 쥐는 흥미로운 사실들을 알게 되었다.

"유교 국가인 조선에서 유교 예법을 지키던 이들은 양반들이었잖아요. 양반이 아니면 차례를 지낼 필요가 없었던 거죠. 조선 초기에 양반이 전체의 5~10%였다고 합니다. 나머지는 상민이었으니, 90% 이상의 사람들은 차례를 안 지냈어요. 그런데 조선말에 와서 계급 질서가 무너집니다. 양반 계급이 약 70%가 되는 거죠. 양반들이 자식

안녕, 샌디에이고

을 많이 낳아서 늘어난 게 아니라, 상민들이 군역을 피하기 양반으로 신분 세탁을 했기 때문이죠."

결국 양반으로 신분을 세탁한 사람들이 정작 유교 예법은 알지도 못한 채 차례를 지내게 되었다는 게 바로 황교익 씨의 설명이었다.

"해방 후에도 양반인 것처럼 행세해야 사회적인 대접을 받는다고 생각해 양반처럼 차례를 지내고 있는 거죠. 그런데 문제는 많은 사람들이 차례를 지낼 줄 몰랐다는 겁니다. 그러다 다른 집의 '가례'를 훔쳐보며 '홍동백서'니 '조율이시' 등이 만들어져요. 그렇게 만들어진 건 1970년대 국가에서 확정했습니다. 사실 유교적으로 따졌을 때 아무 근거도 없고, 맞지도 않은 것인데도 말이죠."

뉴스에 나온 황교익 씨는 지금의 차례가 정부 주도로 규격화된 차례상에 순응하도록 만들려는 통치권력이 숨어 있다며 추석에 반드시 차례를 지내야 한다는 생각부터 의심해야 한다고 강조했다.

"차례 안 지내면 됩니다. 본래 추석은 노는 날이에요. 서양의 추수감사절 의미는 없어요. 사실 추석은 추수감사절과 절기가 맞지 않아요. 밤은 죽음, 귀신, 도깨비 등을 떠올리게 만드는 두려움의 시간이었어요. 그런데 추석은 큰 달이 뜨는 날이에요. 한반도의 가을 하늘은 굉장히 맑잖아요. 그 맑은 하늘 밤에 휘영청 보름달이 뜨면 한밤중에도 대낮 같아요. 그렇게 추석의 밤은 죽음의 시간이 아닌 인간의 시간으로 받아들여지는 거죠. 그날에는 여성도 해방됐어요. 바깥으로 나가 밤길을 돌아다녀도 되는 날인 겁니다."

그러고도 흥분을 감추지 못한 황교익 씨는 '추석을 축제의 의미로 만들어야지, 조상께 예를 갖추는 날로 제한하는 것은 우리 풍습을 제

대로 해석하지 못하는 것'이라며 아쉬움을 감추지 못했다. 그런 뉴스
와 신문을 보았으면서도 아줌마는 계속 전과 같이 차례상을 차렸다.
자신은 알고 있지만 그런 내용을 받아들이려 하지 않는 주변 어른들
때문이란 걸 서울쥐도 이해할 수 있었다. 모르긴 해도 아줌마는 계속
해서 비슷한 추석을 맞이할 것이다. 일주일 전부터 장을 보고, 하루
종일 서서 음식과 안주거리를 장만하고, 식구들을 해먹이다가, 연휴
가 끝나면 병원에서 물리치료를 받으며 끙끙 앓아눕는 추석이 앞으로
도 계속될 거란 의미였다. (참조 - 2018. 9. 12. 〈노컷뉴스〉 황교익 씨 인터뷰 기사 내용)

샌디에이고의 깊어져 가는 가을밤을 바라보며 서울 쥐는 참으로
이상한 점을 깨달았다. 첫 수확물로 하느님께 제사를 지내던 미국에
서는 오히려 먹고 놀기만 하는데, 추수를 앞두고 한번 쉬어갈 요량으
로 추석을 만들었던 한국 사람들은 왜 이제 와서 제사를 지내는 것인
지, 도무지 이해할 수가 없었다.

어쨌거나 미국에서는 추수감사절이 끝나자마자 바로 크리스마스
시즌으로 들어간다니, 자신에게는 얼마나 다행스러운 일인가. 크리
스마스엔 또 어느 음식들을 먹게 될지 상상하는 것만으로도 가슴이
벅차올랐다. 그런데 갑자기 차고 문이 열리는 소리가 들려왔다. 쇼핑
나갔던 인간들이 돌아오는 모양이었다. 야단법석을 떠는 걸 보니, 오
늘 쇼핑이 꽤나 만족스러웠나 보다. 서울 쥐는 인간들이 집안으로 들
어서는 모습을 보면서도 전혀 두려워하거나 몸을 숨기지 않았다. 어
차피 미국인들은 쇼핑한 물건들에 정신이 팔려 자신에게 신경도 쓰
지 않을 터였다. 인간들의 소란에 잠시 눈을 떴던 서울 쥐는 다시 옆

으로 돌아누웠다. 달이라곤 보이지 않는 칠흑 같은 밤이 오히려 서울 쥐의 모습을 가려주고 있었다. 아무래도 저 미국인들은 오늘도 밤을 새울 모양이었다.

#30.
슬라이딩 도어즈

오랜만에 두 딸과 함께 백화점으로 나섰다. 요즘 들어 부쩍 외모에 관심이 생긴 두 딸에게 예쁜 셔츠라도 사 입힐 요량이었다. 뭐가 그리 좋은지 일 초도 쉬지 않고 재잘대는 두 딸과 백화점에 도착했지만, 웬일인지 큰딸은 문 앞에서 멈춰 서고 말았다.

"왜 그래, 갑자기? 들어가기 싫어?"

"아니, 그게 아니고. 문 때문에….'"

딸이 눈짓으로 가리키던 백화점 문은 지문 하나 없이 완벽한 자태로 우리 앞에 서 있었다. 하지만 마음 약한 딸에겐 굳게 닫힌 백화점 문은 비켜갈 수 없는 지옥의 문처럼 느껴질 뿐이었다. 왜 아니겠는가. 한국에서 그토록 오래 살아온 나도 적응 안 될 때가 많은 것을. 결국 큰딸은 작은 숨을 토해내더니 비장한 얼굴로 문을 향해 걸어갔다. 그리고 조심스럽게 문 안으로 들어가 손잡이를 잡은 채 나와 작은딸이 지나가기를 기다렸다.

안녕, 샌디에이고

그때였다. 어디선가 나타난 아주머니가 헐레벌떡 뛰어오더니 나와 작은딸 사이를 파고들었다. 간발의 차로 나를 놓친 작은딸이 황급히 나를 따라 들어오려 했지만, 그마저도 실패하고 말았다. 또다시 다가온 남자 한 명이 슬라이딩으로 작은딸을 가로막았던 것이다. 그 남자는 딸의 가녀린 팔을 밀쳐가며 황급히 문 안으로 들어섰지만, 정작 백화점 안에서는 아무 일도 없었다는 듯 천천히 걸어 들어갔다. 마치 개울가의 돌 틈을 빠져나가는 한 마리의 유연한 물고기처럼. 물론 미안하다는 말도, 고맙다는 말도 전혀 없었다. 작은딸은 남자를 보내고 나서야 간신히 백화점 안으로 들어섰다. 하지만 문을 잡고 있던 큰딸은 할머니 한 분과 아주머니 몇 분을 들여보낸 후에야 문에서 겨우 손을 뗄 수 있었다. 마침내 백화점 안으로 들어온 우리 세 모녀는 안도의 숨을 내쉬었다. 그러나 남자에게 부딪혔던 작은딸은 얼마간 팔을 감싸 쥔 채 백화점 안을 돌아다녀야만 했다.

그나마도 이번엔 나은 편이었다. 어려서부터 유난히 문 열어주기를 좋아했던 큰딸은 한국에 와서 적지 않은 시련을 겪어왔다. 은행에서는 지나가는 사람들을 기다리다 십 분 이상을 문 앞에 서있기도 했고, 전철에서는 할머니께 먼저 타시도록 했다가 문이 닫혀 가족들과 생이별을 경험하기도 했다. 비슷한 일들이 이삼 일 간격으로 계속되었지만, 그때까지도 적응하지 못한 두 딸은 괜스레 문에 대한 공포심만 키워가고 있었다.

그렇다고 지금에 와서 사람들의 매너나 에티켓을 탓하려는 것은 아니다. '다른 사람을 소중하게 생각하는 마음'이라는 뜻을 지닌 예의나 예의범절에 대해 논하자는 것도 아니다. 왜냐면 나 역시 한때는 누군가를 밀치고 다녔던 사람들 중의 한 명이었으니깐. 물론 미안한 마음이나 고마운 마음도 그때는 전혀 들지 않았다. 학교에 늦기 않기 위해, 회사에 빨리 가기 위해, 조금이라도 뭔가를 먼저 이루기 위해 주변의 불쾌함이나 짜증 따위는 손톱만큼도 신경 쓰지 않았던 것이다. 하지만 나는 변할 수밖에 없었다. 그것도 아주 작은 사건 때문에.

미국에 도착한 지 서너 달 만에 혼자 시립도서관에 가게 되었다. 책보다는 미국 도서관에 오히려 흥미를 느꼈던 나는 주변을 둘러보다가 누군가가 열어준 문 사이로 자연스럽게 안으로 들어섰다. 하지만 문을 통과하는 순간 감지했다. 나의 행동이 전혀 자연스럽지 않았다는 것을. 젊은 여성이 문을 잡고 서 있던 이유가 실은 내가 아닌, 내 뒤에서 걷고 있던 할머니 때문이었다는 사실을 말이다. 결국 나는 처음 보는 두 모녀 사이를 갈라놓은 매너 없는 여자가 되고 말았던 것이다. 나는 고맙다거나 미안하다는 말도 없이, 아무렇지도 않게 문을 통과했다. 그러나 아무렇지도 않은 것은 절대 아니었다. 누군가 내 뒤통수를 잡아당기는 것 같았다. 얼굴은 벌겋게 달아오르고, 입술이 바짝 타들어갔다. 그때 나는 뒤돌아서야 했다. 뒤돌아서서 '미안하다고, 일부러 그런 건 아니었다고' 웃음 띤 얼굴로 말해야 했다. 하지만 나는 그러지 못했다. 고개를 돌리면 수많은 눈동자가 나를 지켜보고 있을 것만 같았다. 뭐 하는 짓이냐고, 대체 매너는 어디다 두고 왔냐고 내게 따질 것만 같았다. 그날 내가 조금만 용기를 냈더라면, 지금에 와서 이런 고백 따위는 하지 않아도 되었을 텐데 말이다. 그나마도 다행인 것은 그 사건 이후로 내가 달라지기 시작했다는 점이다.

그때까지도 나는 사람들에게 호의를 베풀기는커녕 호의를 받아들이지조차 못하고 있었다. 샌디에이고 사람들은 유난히도 살갑게 굴었다. 생전 모르는 사람도 길에서 마주치면 인사를 해왔고, 이웃집 여자는 직접 구운 빵을 들고 찾아와 처음 겪는 미국 살이가 어떤지 묻기도 했다. 그곳 사람들에게 엘리베이터에서 먼저 타게 하거나, 마트에서 문을 연 채 기다려주는 일 따위는 당연한 일에 속했다. 머나먼 타인에 불과했던 그들은 넘어져서 당황한 나를, 거리에서 길을 잃고 헤매는 나를 단 한 번도 지나치지 않았다. 꿔다 놓은 보리자루처럼 서 있는 내게 다가와 무슨 문제라도 있는지 혹시 도움이 필요한 것은 아닌지를 물어왔고, 쭈뼛대며 말 한마디 하지 못하는 나를 기다려 주었다. 반면 그들의 호의에 대해 나는 언제나 똑같은 반응을 보였다. 얼굴을 푹 숙이고 지나가거나, 괜찮다며 손사래를 치거나 둘 중의 하나였다. 그런 호의를 주고받는 일에 익숙하지도 않았거니와, 무엇보다도 용기가 없어서였다.

그날부터 나는 달라지기 시작했다. 누군가 문을 잡아주면 반드시 고맙다는 인사를 했고, 엘리베이터에서 만난 사람들에겐 서툰 영어지만 먼저 말을 걸기도 했다. 대부분은 오늘 하루는 어땠는지, 날씨가 좋다는 등의 짧은 대화였지만, 어색함을 날리는 데는 전혀 부족함이 없었다. 뒷집 여자와는 딸이 천사 같다는 말로 친해지기 시작했고, 신발이 예쁘다는 말 한마디로 절친이 되기도 했다. 그렇다고 해서 내가 화려한 사교계로 진출했다는 얘기는 아니다. 그저 사람들 사이에서 나의 행동이 어색하지 않고 자연스러워졌을 뿐이었다. 사실

에티켓이나 매너란 단어가 대단한 희생이나 도움을 의미하지는 않는다. 단지 사람들 사이에서 지켜야 할 바람직한 행동의 방식을 의미할 뿐이다. 사족이지만 '에티켓'이란 고대 프랑스어의 동사 estiquer 붙이다에서 유래한 말이다. '나무 말뚝에 붙인 표지'의 뜻에서 출발해 상대방의 신분에 따라 달라지는 궁중의 각종 예법을 가리켜왔다. 그러나 현대에 와서 에티켓이란, 남에게 폐를 끼치지 않는 것, 호감을 주는 것, 존경하는 것으로 요약할 수 있으며, 결국 타인과의 불화를 줄이고 정답게 살아가기 위한 방편으로 이해되고 있다.

문을 통과하기는 힘들었지만 백화점에서의 나머지 일정은 다행히 순조로웠다. 백화점의 번쩍거리는 물건들을 구경하고 딸들의 티셔츠를 고르는 사이, 문 앞에서의 일도 점점 희미해져 갔다. 그래도 완전히 잊을 수는 없었다. 엘리베이터 앞에서 통화 중이던 그 남자를 작은딸이 기가 막히게 알아보았던 것이다. 하지만 남자는 엘리베이터에 타려던 나와 딸들을 보지 못지 못했는지, 우리를 남겨둔 채 엘리베이터 문을 닫고 올라가 버렸다.

"와! 저 아저씨 진짜 매너 없다. 그렇지, 언니?"

"엄청 바쁜가 보지, 뭐."

이해심 많은 큰딸이 동생을 달랜다.

"바쁘다고 매너를 안 지켜?"

"너 매너가 중요해, 밥이 중요해?"

"그거야 밥이 중요하지! 근데 밥하고 매너 하고 무슨 상관이야?"

"할머니가 그러시는데, 요즘 밥 먹고 살려면 바쁘게 움직여야 된

안녕, 샌디에이고

대. 안 그러면 굶어 죽는대. 그러니깐, 저 아저씨도 안 굶으려고 바쁘게 뛰어다니는 거야. 알겠어?"

"칫, 말도 안 돼…."

다행히도 큰딸은 나보다 훨씬 똑똑하고 이해심도 많은 편이다. 하지만 사람들이 바빠서 매너를 지키지 못한다는 딸의 말은 과연 사실일까. 사람들은 종종 우리가 작은 호의조차 베풀지 못하는 이유를 시간이 없거나 마음의 여유가 없어서라고 말한다. 너무 바빠서 사람들을 치고 가도 미안하다는 말 한마디 못한다고 말이다. 그렇지만 나의 경우는 아니었다. 내가 사람들에게 미안하다거나 고맙다고 선뜻 말하지 못했던 진짜 이유는 일 분이란 짧은 시간이 없어서가 아니었다. 문제는 용기였다. 모르는 사람에게 선뜻 호의를 베풀 수 있는 용기, 실수를 인정하고 미안하다고 말할 수 있는 용기가 나에겐 없었던 것이다.

어쩌면 딸을 밀치고 간 남자 역시 자신의 실수를 알고 있었는지도 모른다. 그저 예전의 나처럼 뒤돌아설 용기가 없었을 뿐인지도. 만일 그렇다면 그 남자도 깨닫길 바란다. 한 번의 용기가 불러오는 사람들의 변화된 시선과 자신에 대한 자부심을 말이다. 또한, 그 한 번의 경험이 우리들의 삶을 얼마나 깊어지게 하는지도. 세상을 바꾸는 건 결코 대단한 일이 아닌, 누군가의 작은 용기란 사실을 나의 두 딸 역시 영원히 잊지 않길 바랄 뿐이다.

#31.
딸의 치명적 매력

　학교 수업을 마친 중학생 큰딸이 전화기를 귀에 댄 채 집에 들어선다. 엄마인 내게는 그저 눈짓으로만 인사를 하더니 냉장고에서 초콜릿 우유 하나를 꺼내 방으로 쏘옥 들어가 버린다. 이윽고 방에서 들려오는 기괴한 소리들 - 울다가, 웃다가 나중엔 괴성까지 질러대는 통화는 매일같이 벌어지는 딸의 일상이었다. 방금 전까지 함께 있다 온 친구들과 무슨 할 말이 그리 많은 것인지 도무지 이해가 되지 않지만, 사춘기려니 하고 그저 넘어가는 수밖에. 딸은 그 뒤로도 서너 통화를 끝낸 후에야 내 앞에 앉았다. 그리고 또다시 이어지는 수다.

　"엄마, 예지는 오늘부터 동하랑 사귀기로 했대."

　"엄마, 내 짝은 학원을 바꿨는데, 거기는 11시까지 공부를 시킨다더라. 너무 힘들다고 울길래 내가 안아줬어."

　"엄마, 쫌 전에 전화한 애 있지? 나랑 동아리 수업 같이 듣는 앤데, 우리 반 남자애를 좋아한대. 그래서 어떻게 할까 고민하길래 내가 상담 좀 해줬어. 나 잘했지?"

숨도 안 쉬고 학교에서 있었던 일들을 얘기하는 딸에게 나는 그저 고개만 끄덕여 보였다. 도대체 학원도 안 다니고, 남자 친구도 없는 딸이 누구를 상담해준다는 것인지 의아했지만, 딸이 좋아하는 일이란 것만큼은 확실했다. 그래서인지 슬슬 공부 좀 해야겠다며 방으로 향하는 딸의 얼굴엔 만족감과 자신감이 흘러넘쳤다.

큰딸의 학교생활이 처음부터 즐거웠던 것은 아니었다. 한국에서 초등학교 2학년으로 전학한 딸의 반 친구들은 너무나도 똑똑했다. 반면, 미국에서 사교성과 학습력이 뛰어나 영재라고 일컬어졌던 큰딸은 한국에 온 지 몇 달 만에 둔재가 되어버렸다. 국어실력은 말할 것도 없었고, 반에서 유일하게 덧셈을 할 수 있는 학생이었던 딸의 수학 실력은 한국의 유치원생에게조차 미치지 못했다. 혹시나 영어라면 한국 아이들과 대적할 수 있지 않을까 했지만 그마저도 쉽지 않았다.

어느 날 큰딸은 생일을 맞이한 친구를 위해 작은 선물을 준비했다. 문방구에서 친구가 좋아할 만한 필통과 카드는 내가 골랐지만, 카드는 직접 쓰겠노라고 나섰다. 그때까지도 영어가 편했던 딸은 카드에 긴 장문의 영어 편지를 쓰더니 선물과 나란히 챙겨 넣었다. 하지만 다음날 학교로 떠난 딸의 책상 옆에는 선물 가방이 그대로 놓여 있었다. 그렇지 않아도 딸이 학교에 적응하지 못할까 봐 전전긍긍했던 나는 선물을 가지고 학교로 향했다. 다행히도 딸은 생일을 맞이한 친구와 나란히 걸어 나왔고, 나는 뒤늦게나마 선물을 전할 수 있었다. 그 자리에서 선물을 풀어헤친 딸의 친구는 필통이 마음에 드는 눈치였다. 그런데 카드가 문제였다. 딸의 영어편지를 쓱 읽고 난 친구가 대뜸 말하기를,

"야, 너 이거 스펠링 틀린 거 아니야? 너는 미국에서 왔다는 애가 이런 것도 못 쓰냐?"

깜짝 놀란 딸이 카드를 확인하는 사이, 딸의 친구는 필통을 챙겨 떠나가 버렸다. 과연 스펠링이 잘못되어 있었다. 나는 친구에게 무안을 당한 딸을 위로하려 애썼지만, 딸은 하루 종일 시무룩해 있었다. 그 뒤로 딸은 한 번도 영어를 입밖에 내지 않았고, 나에게도 자신이 미국에서 왔다는 말을 절대 하지 말라고 신신당부했다.

딸의 친구들은 영어만 잘하는 게 아니었다. 국영수는 물론, 글 짓는 솜씨마저 훌륭했던 아이들은 운동까지 잘했던지, 2단 줄넘기 테스트를 통과하지 못한 사람은 오직 우리 딸뿐이었다. 더군다나 얼굴까지 뽀얗고 예뻤던 딸의 친구들은 미술 솜씨와 노래실력까지 훌륭했고, 책도 많이 읽어 모르는 게 없을 정도였다. 세상의 천재들을 모아놓지 않고서야 어떻게 이럴 수 있는지, 우리로선 도무지 이해할 수 없는 일이었다.

반면, 큰딸은 공부는 물론 운동도 별로인 데다 말주변마저 없었다. 게다가 좋아하는 일이라곤 놀이터에서 뛰어노는 게 전부였던 딸의 얼굴은 더 이상 까매질 수 없을 정도로 그을러 있었다. 그런 딸의 모습을 지켜보는 나의 마음은 불안하기만 했다. 혹시 친구들에게 '왕따'를 당하거나 괴롭힘을 당하는 것은 아닌지 꼬치꼬치 캐물었지만, 말이 별로 없던 딸은 그저 고개만 저을 뿐이었다. 결국 나는 담임 선

안녕, 샌디에이고

생님께 상담을 신청하기로 했다. 며칠 후 편치 않은 얼굴로 교실에 들어서는 나에게 선생님은 커다란 파일을 가지고 내 앞에 앉았다. 그리고 내 마음을 알고 있기라도 한 듯 파일 속 사진을 내밀었다. 반 친구들 틈에 끼어있는 딸의 까만 얼굴이 금방 눈에 들어왔다.

"어머님, 루니 얼굴 보이세요? 혼자 웃고 있는 거?"

그랬나? 그제야 엄숙하고 진지한 친구들 사이에서 환하게 웃고 있는 딸의 모습이 보였다.

"어머님께서 걱정이 많으신가 본데, 루니는 잘 지내고 있어요. 친구들도 많은 편이고요. 얼마 전에 빙고 게임을 하면서 좋아하는 친구들을 적은 적이 있는데, 루니 이름이 제일 많이 나왔어요."

"정말요? 왜요?"

"아이들 말이 루니가 잘난 척 안 해서 제일 좋다고 하더라고요. 친구들 얘기도 잘 들어주고요."

"그런가요? 아마 잘난 척할 게 없어서 그런가 보네요."

"어머님도 아시잖아요. 사람이란 게 원래 빈틈이 좀 있어야 매력적이라는 거. 그런데 요즘 애들은 너무 빈틈이 없어요. 너무 완벽해서 탈이죠. 하지만 루니는 걱정 안 하셔도 될 것 같아요."

"아, 그나마 다행이네요."

그렇게 선생님과의 상담은 싱겁게 끝나버렸다. 빈틈이 있어서 걱정하지 않아도 된다는 선생님의 말씀이 칭찬이었는지는 몰라도, 나의 불안감만큼은 확실하게 씻어 주었다. 게다가 엄마의 얼굴이 환해졌다는 것을 알아챘는지, 딸은 학교에서 있었던 일을 조금씩 털어놓기 시작했다.

그 뒤로 딸과 나는 점점 바빠지기 시작했다. 딸은 딸대로 친구들의 얘기를 들어주느라 하교 시간이 늦어졌고, 나는 나대로 엄마들의 고충을 들어주느라 정신없었다. 하지만 딸이 자신의 어수룩함으로 친구들에게 파고들었던 반면, 나의 경우는 좀 달랐다. 주변의 엄마들이 나를 편하게 생각했던 건 내가 언젠간 한국을 떠날 사람이라는 이유 때문이었다. 요약하자면, 사람들이 딸과 나를 좋아했던 이유는 우리가 주류가 아닌 비주류였기 때문이었다. 말 그대로 딸과 나는 비주류였다. 여기저기 빈틈도 많고, 경쟁력이라곤 없는 데다 언젠가는 미국으로 돌아가버릴 존재가 바로 우리였던 것이다.

　다른 엄마들 얘기를 들으면 들을수록 나는 씁쓸하기만 했다. 그 이유는 딸과 내가 주류가 되지 못해서는 아닌, 사진 속 웃지 않는 아이들 때문이었다. 엄마들은 내게 서로 물어왔다. 똑똑하기만 한 아이들이 왜 친구들과 툭 터놓고 지내지 못하는지, 왜 서로를 경쟁상대로만 여기는지 말이다. 하지만 내가 엄마들과의 대화를 통해 알게 된 것은 앞으로도 그 아이들이 절대로 웃지 않을 거란 사실 뿐이었다.

　생각해보면 완벽한 타입을 좋아하는 사람들은 별로 많지 않다. 미국의 심리학자 '에론슨'은 너무 완벽한 사람보다 약간 빈틈이 있는 사람들을 더 좋아한다는 것을 실험으로 증명해 보였다. 그는 대학생들에게 '대학 퀴즈 왕' 선발대회라고 소개하며 두 사람의 녹음테이프를 들려주었다. 첫 번째 출연자는 모든 문제를 완벽히 문제를 풀었고, 실수도 하지 않았다. 반면 두 번째 출연자는 문제도 제대로 풀지 못했으며, 대담 중에 커피를 엎질렀던 자신의 허점을 털어놓기도 했다. 대학생들은 누구에게 더 호감을 느꼈을까. 말할 것도 없이 개인적인 실수담을 털어놓은 출연자에게 높은 호감도를 보였다. 에론슨 박사는 이처럼 허점이나 실수가 대인관계에서 매력을 증진시키는 것을 '실수 효과Pratfall Effect'라고 이름 붙였다. 이렇듯 사람들이 어수룩하고 빈틈이 있는 사람들을 좋아하는 것은 여러 가지 이유에서이다. 첫 번째, 인간미를 느끼게 해 주고 실수를 해도 부담이 없다는 점, 둘째로 상대방이 실수를 저지를수록 자신의 대한 우월감이 느껴진다는 점, 마지막으로 자신의 허점을 드러낸 사람일수록 솔직하고 꾸밈없이 보인다는 점 등이다. 그 때문에 완벽한 타입의 사람일수록 자석의 N극과 S극처럼 비슷한 유형의 사람들을 밀쳐내고 허술한 타입에 끌리게 되는 것이다.

공부하겠다고 들어간 딸의 방에서 카톡 소리가 계속 울려댄다. 학교에다 노트를 두고 왔다는 딸애가 친구에게 사진을 찍어 보내라고 부탁한 모양이다. 노트필기만큼은 절대로 남에게 보여주지 않는 친구들이 자기한텐 노트를 잘도 찍어서 보낸다며 좋아하는 딸을 보자니 만감이 교차한다. 아무래도 완벽한 딸의 친구들은 허술한 큰딸이 마냥 좋은가보다. 어쩔거나 딸아, 너의 치명적인 매력을.

#32.
그림의 떡

도시의 아파트에서 바라보는 바깥 풍경은 어디에서나 비슷하다. 이리저리 둘러봐도 아파트와 빌딩들, 그 사이를 오가는 장난감처럼 생긴 자동차들이 눈에 보이는 전부다. 세종시의 아파트 19층에서 바라보는 풍경도 별반 다르지 않다. 겹겹이 아파트로 둘러싸인 이곳은 아파트로 이루어진 거대한 숲과도 같다. 그런데도 집 없는 사람들이 줄지 않는 이유는 도대체 무엇 때문일까. 이렇게 집을 지어대다간 사람 수보다 아파트 수가 더 많아질 것 같은데도, 집값은 도통 내려갈 줄을 모르니 말이다.

나 역시 집 없는 사람 중의 하나다. 별로 대단치도 않은 아파트를 구입하기 위해 대단한 돈이 들어간다는 사실을 알고 난 후, 나는 기꺼이 내 집 마련에 대한 꿈을 접어 버렸다. 그 이유는 아직까지도 내 몸속에 남아있는 '역마살' 때문이기도 했지만, 단순히 잠자리 마련을 위한 일 치고는 치러야 할 대가가 너무 커 보였다. 그 대단치도

안녕, 샌디에이고

않은 아파트를 마련하기 위해 친구들이 제일 먼저 한 일은 염치 불문한 채 부모로부터 목돈을 뜯어내는 일이었다. 그러고도 모자라 은행에서 아직 구입하지도 않은 아파트를 담보로 거액의 대출을 받아야 했던 친구들은 뭉텅이로 빠져나가는 원금과 이자를 힘없이 지켜봐야만 했다.

비슷한 방법으로 서울에 조그만 아파트를 마련한 사촌 동생은 집안에서도 유명한 독종이었다. 외식은커녕 시골에서 부쳐준 김치와 채소만으로 버텨 목돈을 마련한 동생은 시댁에서 보태주신 돈과 대출을 더해 아파트 한 채를 마련했다. 마침내 인테리어 공사까지 마친 동생네는 집 안 식구들을 불러 성대한 집들이를 열었다. 하지만 그날 내가 본 것은 편안하고 아늑한 보금자리가 아니었다. 여기저기 구멍 난 면티를 걸친 채 고무장갑 하나 없이 설거지를 하고 있는 제부와, 처음인 듯한 얼굴로 게걸스럽게 아이스크림 핥아대는 어린 조카들만 눈에 들어왔다. 그 대단하신 아파트가 대기업 이사였던 제부의 월급을 몽땅 먹어치웠던 것이다. 그처럼 아파트를 위해 삶의 소소한 여유마저 저당 잡힌 동생네는 지금까지도 가족여행 한 번 가지 못한 채 살아가고 있다.

한때였지만 나 역시 '내 집 마련'이라는 거대한 꿈을 품은 적이 있었다. 그것도 조그만 아파트가 아닌, 방이 네 개와 화장실 세 개에 패밀리룸까지 갖춘 집. 세 대 이상의 차를 주차시킬 수 있는 차고가 있고, 바비큐 그릴과 야외 테이블을 놓을 수 있는 넓은 테라스가 있는 집. 푸른 잔디 위에 레몬트리와 아기자기한 꽃들이 심어져 있는 넓은 정원을 가진 집을 말이다. 그리고 그 집은 반드시 고즈넉한 강가나 호수 근처에 있어야만 했다. 수년간 바닷가 근처의 높은 습도와 거센 바람을 경험했던 나는 해변이 아닌 잔잔한 호수나 강 주변을 선택했던 것이다.

집의 전체적인 분위기는 모던 풍이 좋을 것 같았다. 가급적 화이트 톤의 가구를 배치해 깔끔한 인상을 주고, 빨간색 의자나 특이한 조명을 통해 포인트를 줄 참이었다. 그중에서도 가장 신경을 쓴 건 아이들 방이었다. 두 딸의 침실엔 핑크빛 침대 두 개를 나란히 두었다. 양옆에는 역시 핑크빛 옷장과 함께 서랍장을 배치했고, 아늑한 분위기 연출을 위한 핑크빛 캐노피도 침대 위에 걸어 두었다. 이처럼 머릿속에서나마 완벽한 구도와 형태를 지니고 있던 나의 집은 실상 얻은 부동산 잡지와 카탈로그를 오리고 붙여 만든 이미지에 불과했지만, 그런 집을 갖게 되리라는 걸 나는 결코 의심하지 않았다.

사실 미국에서 집을 구입하는 일은 한국보다 훨씬 까다로운 편이다. 주택매매에 필요한 서류만도 수십 가지가 넘는 데다 시간도 짧게는 두 달, 길게는 일 년이 넘는 시간이 소요되기도 한다. 일단 집을 구입하고 싶은 마음이 있다면 우선 크레디트Credit를 쌓아야 한다. 미국의 신용기관은 개인의 신용도를 계산해 점수로 매기는데, 이 점수에 따라 주택구입을 위한 대출금액과 이자율이 결정되기 때문이다. 크레디트와 함께 미리 준비해야 하는 게 바로 다운 페이먼트를 위한 현금이다. 다운페이먼트Down payment란, 일종의 선 계약금으로 집값의 일부를 먼저 내는 돈을 말한다. 당연한 이야기지만,

안녕, 샌디에이고

다운페이먼트의 비율이 높을수록 주택구입은 쉬워지게 마련이다. 모기지 회사로부터 대출도 쉽게 승인받을 수 있고, 이자율도 낮아질 테니깐.

어느 정도의 현금과 크레딧이 쌓이면 부동산 에이전트를 정해 '오픈 하우스'를 방문한다. 한국과는 달리, 미국에서는 매물을 아무 때나 볼 수 있는 게 아니다. 집주인이 정한 오픈 하우스 기간에만 집을 둘러볼 수 있으며 약속 시간도 철저히 지켜야만 한다. 마음에 든 집이 있다면 부동산 에이전트를 통해 '오퍼Offer'를 넣는다. 여기서 쌍방의 합의가 이루어지면 구매계약을 수락하고 '에스크로Escrow'를 개설하게 된다. 이것은 구매 계약서와 예치금을 접수한 에스크로 회사나 변호사가 중립적인 제삼자로서 매매 계약을 진행하는 것이다. 이 과정에서 구매자는 소유권의 적법성을 확인할 수 있으며, 전문 검사관을 고용해 주택의 결함이나 상태를 '검사Physical Inspection' 할 수 있다. 주택의 수리를 요청하거나 가격을 재조정하는 것도 바로 이 시기에 이루어지게 된다. 이렇게 해서 인스펙션까지 끝나면, 판매자는 에스크로에 있던 계약금을 받음으로써 '클로징Closing'을 준비하게 되고, 다운페이먼트와 세금, 보험금 등은 이때까지 모두 은행에 예치되어 있어야 한다. 매매의 최종 단계인 클로징Closing에는 보통 변호사가 지켜보는 가운데 최종 합의가 이루어지게 된다. 계약서 작성을 완료하고, 대금 지급과 키 전달까지 이루어지면 주택매매의 모든 과정이 끝나게 된다.

친구들은 모이기만 하면 집에 대한 이야기들을 늘어놓았다. 어느

곳의 학군이 좋고, 집값은 얼마라는 둥, 자신이 내고 있는 HBO가 너무 높은 것 같다는 둥, 또는 차고 문이 고장 나서 보험회사에 연락을 했다는 둥의 끝도 없는 이야기들이었다. 그 속에서 나는 언제나 침묵을 지켜야만 했다. 모기지가 어떻고, 홈 워런티가 어떻다는 친구들의 말들은 사실 이해하기도 힘들었지만, 별 관심도 들지 않아서였다. 하지만 남편의 기나긴 공부가 끝나갈 무렵, 나 역시 집에 대한 관심이 슬슬 일기 시작했다. 크레디트는커녕 모아둔 현금 한 푼 없었지만, 언젠간 집을 마련할 수 있다는 희망이 내 안에서 싹을 틔웠던 것이다. 그 희망의 저변엔 집을 사기 위해 필요한 현금, 즉 다운페이먼트가 한국에 비해 현저히 낮다는 사실이 자리 잡고 있었다. 한국에서는 융자를 받는다 해도 주택 가격의 절반 이상의 현금이 필요하지만, 미국에서는 집값의 10%만큼을 다운페이로 내고도 집을 마련할 수 있는 방법이 존재했다.

샌디에이고의 집값이 요동치기 시작한 것도 바로 그즈음이었다. 2009년 금융위기로 계속 하락세를 보였던 미국의 집값이 일제히 반등하기 시작했다. 그렇지 않아도 비싼 샌디에이고의 집값은 말 그대로 날아가기 시작했다. 학군이 좋은 지역에서 시작된 집값의 고공행진이 주변까지 확대되면서 집은 내놓기가 무섭게 팔려나갔다. 적게는 1억 원에서 많게는 3억 원까지 주택 가격이 상승했고, 시중에서는 백 퍼센트 현금이 아니면 집을 구경하기조차 힘들다는 소문까지 돌고 있었다. 신문에서는 어떻게 하면 원하는 집을 매입할 수 있는지에 대한 방법과 사례들을 소개하고 나섰다. 집주인에게 좋은 인상을 주기 위한 옷차림, 꼭 그 집이어야만 하는 이유를

안녕, 샌디에이고

구구절절이 설명한 러브레터 쓰기와 가능한 모든 현금을 마련하기 등의 내용이었다.

결국 내 집 마련의 꿈은 깨지고 알았다. 고요한 강물 뒤에 세워진 나의 아름다운 이층집이 모두 그림의 떡이 되고만 거였다. 물론 집값이 오르지 않는다고 해도 당장 집을 마련할 수 있는 것은 아니었다. 다운페이먼트를 제외하고도 내 발목을 잡았을 일은 차고도 넘쳤을 테니 말이다. 친구들 중 한 명은 계약을 마치고도 집수리가 제대로 이루어지지 않아 오랫동안 골치를 썩혔다. 친구가 전 주인을 고소하자, 전 주인은 보험회사를 상대로 고소를 했고, 마지막으로 보험회사는 대행사를 고소했던 것이다. 결국 친구는 창문 하나 없는 집에 들어가 만진창이가 된 몸과 마음을 추슬러야만 했다.

친구들이 우스갯소리처럼 떠들어대는 '집이 백만 달러면, 빚도 백만 달러다'라는 말은 결코 거짓이 아니었다. 페이먼트를 몇 달만 못 내도 기다렸다는 듯이 차압을 가하는 은행은 언제나 집주인 자리를 호시탐탐 노리고 있었다. 이처럼 집주인이 된다는 것은 은행과의 길고 긴 줄다리기 싸움에서 승리해야만 가능한 일이었다.

유학생이란 어려운 상황에서도 집을 구입하는 사람들도 종종 있었다. 당연히 그 뒤엔 매달 보내줘야 하는 렌트비를 아까워하거나, 내 집 마련을 탈세와 투기목적으로 삼는 한국의 부모들이 버티고 있었다. 그런 유학생 중에는 방 하나만을 쓰고 세를 놓아 생활비를 충당하는 현명한 이들도 있었지만, 문제가 있는 집을 매입했다가 되팔면서 부동산 수수료와 각종 인스펙션 비용 등으로 2만 달러 이상을 손해 보는 사람도 적지 않았다.

　이제 샌디에이고의 그림 같던 집도, 수많은 한국의 아파트도 나에게는 오직 그림의 떡일 뿐이다. 동생처럼 악착같이 돈을 모을 자신도, 모든 위험을 무릅쓰며 은행과 싸워 이길 자신도 내게는 없는 것이다. 그럼에도 나는 아늑한 집에서 가족들과 행복한 시간을 보내고 있다. 나에게 집이란 삶이 머무는 장소일 뿐, 그 어떤 목적도 갖지 못할 테니깐.

#33.

내가 만난 사람들

요즘 트럼프 정부의 행보가 미국의 많은 이민자들의 걱정과 우려를 낳고 있다. 친구들의 소식에 의하면 해고를 당하거나 쫓겨난 사람들도 많거니와 계속되는 압박을 이기지 못해 영구 귀국하는 사람들도 늘고 있다고 한다. 일부러 영주권 상태를 유지했던 사람들 중에는 뒤늦게 시민권을 신청하는 사람들도 있지만, 아예 영주권을 포기하고 한국으로 돌아오는 사람들도 적지 않다는 것이다. 게다가 하나둘씩 머리를 치켜드는 백인 우월주의자들이 일자리와 무역 적자를 내세워 외국 이민자들의 숨통을 점점 조여 오는 바람에 문밖에 나서기가 점점 두렵다고 했다.

그럼에도 미국이 다양한 지역과 국가의 사람들이 하나로 합쳐진 '인종의 용광로'라는 사실은 변함이 없는 것 같다. 1996년 미국의 여론 조사에 의하면 81%의 미국인들이 최근의 인종적, 민족적 다원주의의 증가를 좋게 보고 있으며, 미국인 90% 이상의 사람들이 모든 사람들을 평등하게 대하는 것이 미국 시민의 필수적이고 매우 중요한 의무로 생각한다는 내용을 보면 말이다. 특히 캘리포니아는 다른 어느 곳보다도 다양한 인종들이 모여 사는 곳이었다. 게다가 멕시코와 국경을 맞대고 있는 샌디에이고는 '미국의 작은 인종 용광로'라고할 수 있을 만큼 다양한 사람들이 모여드는 도시였다.

미국에서 처음 눈을 뜬 아침, 희미하게 들려오던 소리는 영어가 아닌 옆집에서 들려오는 한국말이었다. 공원에서 처음 마주친 사람은 파룬궁을 연습하던 중국인들이었다. 게다가 아파트 커뮤니티 안에는 인도와 타이완, 독일, 일본에서 이민 온 사람들이 주를 이루었기에 오히려 금발의 미국인들은 구경하기조차 힘들었다. 아이들의 담임 선생님조차 이태리에서 나고 자란 사람이었고, 자원봉사자로 나섰던 여섯 명의 엄마들은 나를 비롯해 베트남, 멕시코, 중국, 카자흐스탄, 헝가리인까지 전부 외국인 이민자들이었다.

덕분에 나는 다양한 인종과 국적의 친구들을 갖게 되었다. 그중에서도 처음 만난 아랍 사람인 모하메드는 지금까지도 잊히지 않는 친구다. 이라크 남자들의 50% 이상이 '모하메드'일 거라고 삐죽거렸던 친구는 그 비싼 아르마니 셔츠를 구겨진 러닝셔츠처럼 입고 다녔다. 하지만 그가 자신의 집에 오십 마리의 낙타가 있노라고 떠들어댈 때에도 나는 그 말의 의미를 이해하지 못했다. 얼마 후 크리스마스 선물로 다섯 대의 BMW를 집에 보내는 모습을 보고 나서야 그가 어떤 사람인지를 알게 되었다.

어려운 이름 때문에 그저 데이비드라고만 불렸던 친구는 사랑하는 사람과의 결혼을 위해 인도를 떠나온 청년이었다. 그런데 그가 조국을 버렸던 이유는 정말 이해하기 힘든 것이었다. 처음 '바이샤 계급상공업 계층'이었던 친구가 '수드라 계급천민 계층'의 아가씨를 만나 사랑에 빠진 것까지는 좋았다. 하지만 결혼하고 싶다는 친구의 말에 불같이 일어난 친척들은 물론, 차라리 죽음을 택하라며 칼을 던져주었다는 그의 어머니 이야기는 나의 상식에서 훨씬 벗어나 있었다. 친구들의 도움으로 간신히 여자 친구와 미국에 올 수 있었다는 데이비드는 언젠가 가족들이 들이닥쳐 자신을 끌고 갈지도 모른다며 두려워했다.

가까운 친구들의 대부분은 동양인들이었다. 말이 통하지 않는다는 점에서 보자면 사실 동양인이나 서양인은 다를 게 없었다. 그런데도 차가운 북유럽 사람들보다 시끄러운 중국인들이 오히려 편하게 느껴졌다. 서양인들 역시 몰려다니기는 마찬가지였지만 우리와는 많은 점에서 달랐다. 가정 형편이 꽤 좋았던 아시아인들에 비해 미국을 찾는 유럽인들은 비교적 평범한 편이었다. 마사지사로 일했다가 새로운 직업을 위해 영어연수를 받고 있다는 핀란드 친구와 숙박업에 종사했다는 터키 친구는 누구보다도 재빨리 영어를 배운 후 조용히 미국을 떠났다.

이처럼 다양한 사람들과의 만남은 나의 가치관과 사고방식을 바꾸어 놓았다. 그토록 미워했던 일본인들이 실은 누구보다도 수줍어하며 조용한 사람들이라는 걸 나는 옆집에 살던 일본인 가정을 통해 처음 알았다. 아이가 둘이나 되는데도 인기척 하나 들리지 않았던 옆집은 어느 날 집을 깨끗이 청소한 뒤 아무도 모르게 사라져 버렸다.

그 밖에도 학교에서 만났던 대부분의 일본인 친구들은 독도에 대해 자신들은 아무런 관심도 없으며 한국에 돌려주는 게 맞는 것 같다고 이야기했다.

가장 특별했던 기억은 '북한 사람들'과의 만남이었다. 미국에도 북한 사람들이 있다는 걸 처음 알게 된 건 어느 한인 식당에서였다. 친구와 밥을 먹고 있는데, 혼자 밥을 먹고 나가던 남자가 계산대 앞에 섰다.

"서류 주시라요."

"네?"

순간 식당 안이 조용해졌다. 나는 남자가 카운터에 뭔가를 맡겼나 보다고 생각했다.

"손님, 뭐 맡기셨었나요?"

"고참, 서류 주라니까. 그래야 돈을 낼 게 아닙네까?"

남자 앞에서 한참을 멍하니 서 있던 웨이트리스는 그때서야 말뜻을 알아듣고 계산서를 내밀었다. 식당에 있던 모든 사람들이 지켜보는 가운데 계산을 마친 그는 유유히 사라졌다.

"북한 사람 맞지? 북한 사람들도 미국에 올 수 있는 거야? 와, 엄청 신기하다."

"글쎄, 나도 처음 봤네. 자유로운 나라니깐, 되나 보지."

처음 본 북한 사람은 '머리에 뿔'을 달고 있지도 않았고, 싸우면 '일당백'이 가능해 보이지도 않았다. 감색 정장 바지에 반팔 셔츠를 입고 있던 그를 길에서 봤다면 결코 눈에 띄지 않았을 사람이었다. 그러고 나서 얼마 후, 나는 또 한 명의 북한 사람을 보게 되었다. 정확히 말하면 북한에서 살다가 망명한 미국인이었다.

미국 친구가 베푼 작은 파티에서 만난 그녀는 영어도 한국말도 서툰 사람이었다. 미국인과 거리낌 없이 대화를 나눌 만큼 영어에 능숙했지만 발음은 그렇지가 않았다. 그런 그녀가 나에게 다가온 건 파티가 거의 끝날 때쯤이었다.

"남한에서 오신 분이 맞디요? 내래 척 보고 알았디. 미국 사람들은 몰라도 우리는 다 알아보지 않칸? 저고이 일본 사람인지, 중국 사람인지 말이야."

처음엔 놀랐다. 그래도 지난번 경험이 있었던지라 나는 아무렇지 않은 척 대화를 이어나갔다. 그녀의 말에 따르면, 그녀의 아버지는 김일성 대학을 나온 얼마 되지 않는 북한의 지식인이었다. 그럼에도 굶기를 밥 먹듯 하고, 절대복종만을 요구하는 당 때문에 그녀의 아버지는 중국에 망명하기로 결정했다. 결국 복잡한 절차를 거쳐 미국에 오게 된 그녀의 가족은 계속 뉴욕에서 살다가 샌디에이고에 내려온 지 얼마 되지 않았다는 것이다. 자신을 포함해 다섯 형제가 모두 미국의 대학교수로 일하고 있노라고 자랑스럽게 얘기했던 그녀는 얼마 후 자신이 겪었던 서러움을 털어놓았다.

미국에 살면서도 고향을 그리워했던 그녀의 가족은 몇 번이나 남한을 방문했었다고 한다. 하지만 자신들의 말투를 들은 남한 사람은 늘 홍해 바다처럼 갈라졌고, 눈을 동그랗게 뜨고 쳐다보았다. 어느 식당에서는 자신의 돈을 훔쳐 달아난 연변 여자가 생각난다며 자신들을 테이블에 앉지도 못하게 했다. 들어서는 가게마다 이상한 눈초리로 바라보는 사람들 때문에 그녀의 가족은 밥 한 끼 편하게 먹을 수가 없었다. 그런 사람들의 태도는 시간이 흐른 뒤에도 전혀 변하지 않았다. 그녀의 고급 정장과 명품 가방에 눈을 떼지 못하던 사람들도 그녀가 입을 열기만 하면 비웃는 듯한 표정으로 바뀌었던 것이다. 더 이상 남한에 가고 싶지 않다는 그녀에게 나는 조용히 물었다. 통일이 되면 어떨 것 같냐고, 북한에 가고 싶냐고.

"가야디, 내래 제일 먼저 갈 끼야. 고향이 있는데, 당연히 가야디."

그 말에 지금 당장 통일이라도 된 것처럼 흥분했던 그녀는 나중에 집으로 놀러 오라는 말과 함께 조용히 내 곁을 떠났다. 하지만 자신의 고향은 남한이 아닌 북한이라고 못 박았던 그녀를 나는 다시 찾지 못했다. 아무래도 그녀의 친구는 내가 아닌, 미국인인 것만 같아서였다.

다양한 국적의 친구들은 한국에 대한 나의 시선도 바꿔 놓았다. "한국은 내전을 너무 오래 *끄는* 게 아니냐"는 핀란드 친구의 말이 불쾌하기는 했어도, 남북에 대한 외국인들의 시선과 생각을 알 수 있는 기회이기도 했다. 한편으로 한국인이라면 무조건 수학을 잘한다고 믿는 미국인들의 시선이 불편하긴 했지만, 사실 고마운 면도 없지는 않았다. 또한, 미국에서 그렇게 영어 공부를 해봤자 한국에서 아무런 일자리도 찾지 못할 거라고 비아냥거렸던 친구 덕분에 한국 사람들의 영어 실력이 상당하다고 믿는 중국인들의 속내를 들여다볼 수 있었다. 뿐만 아니라 나이가 지긋했던 터키 아저씨를 통해 조국의 독립을 위해 투쟁한 민족이 우리뿐만이 아니었다는 사실도 알게 되었고, 마음이 넉넉했던 베트남 친구로부터 베트남 전쟁에서 저지른 한국인

안녕, 샌디에이고

들의 만행을 듣기도 했다.

　모든 점에서 다르다고 여겼던 친구들은 시간이 흐를수록 나와 비슷하게 생각되었다. 아침이면 일터로 향하고 저녁이 되면 가족들과 시간을 보내는 일상은 누구에게나 마찬가지였고, 향과 빛깔만 다를 뿐 음식에 사용하는 야채와 고기도 엇비슷했다. 그래서인지 머리카락과 피부색을 제외하면 고국과 가족을 그리워하며 살고 있다는 점에서 우리는 너무나도 닮아 있었다. 더욱이 종교나 이념보다는 친구를 더 소중히 생각하고 서로에게 의지하고 싶어 하는 마음은 나를 포함한 이민자 친구들의 공통점이기도 했다. 그러한 마음은 함께하는 시간이 많아질수록 짙어져 간다는 것을, 나는 십 년의 미국 생활을 통해 알게 되었다.

　한국에 돌아와서도 사람들에 대한 나의 시선은 별로 달라지지 않았다. 제주도에서 온 사람이나 강원도에서 온 사람들은 나에게 그저 친구일 뿐이었고, 수많은 걱정과 근심에 쌓여 하루를 버텨나가는 이웃일 뿐이었다. 정작 달라진 건 삶을 바라보는 나의 시선이다. 예전엔 나의 삶이 꼭 특별해야 한다고 생각했다. 반드시 멋진 집에서 멋진 정원을 바라보며 멋지게 차를 마셔야 한다고 생각했다. 그러나 특별한 삶이 호화로운 생활을 뜻하는 것은 아니며, 삶이 꼭 특별할 필요도 없다는 것은 시간이 내게 알려준 귀한 가르침이었다. 넓은 의미에서 세상의 모든 사람들은 이민자라 할 수 있다. 고향을 떠나 낯선 도시에 살고 있는 사람들, 낯선 거리에서 낯선 사람들과 오늘 하루를 살아가는 우리는 모두 이민자인 셈이다. 그럼에도 삶은 살아지게 마련이고 낯선 이웃이 곧 친한 친구로 변할 거라고 믿을 수 있다면, 어쩌면 우리의 삶은 이미 특별해졌는지도 모른다.

나는 또다시 집을 나선다. 낯선 거리와 낯선 사람들을 찾아서. 아마도 내년 이맘쯤이면 낯선 누군가와 친구가 되어 있을지도 모른다. 그렇게 나의 사진첩은 새로운 친구들의 사진으로 가득 차게 될 것이다.

안녕, 샌디에이고

안녕,
샌디에이고

초판 1쇄 인쇄 _ 2019년 10월 25일
초판 1쇄 인쇄 _ 2019년 10월 30일

지은이 _ 복일경

펴낸곳 _ 바이북스
펴낸이 _ 윤옥초
책임 편집 _ 김태윤
책임 디자인 _ 이민영

ISBN _ 979-11-5877-132-4 03810

등록 _ 2005. 7. 12 | 제 313-2005-000148호

서울시 영등포구 선유로49길 23 아이에스비즈타워2차 1005호
편집 02)333-0812 | 마케팅 02)333-9918 | 팩스 02)333-9960
이메일 postmaster@bybooks.co.kr
홈페이지 www.bybooks.co.kr

책값은 뒤표지에 있습니다.
책으로 아름다운 세상을 만듭니다. — 바이북스